일상은 얼마나 가볍고
또 무거운가

일상은 얼마나 가볍고 또 무거운가

**초판 1쇄 펴낸 날** 2022년 11월 22일
**초판 2쇄 펴낸 날** 2023년 5월 18일

**지은이** 조은
**펴낸이** 김일수
**펴낸곳** 파이돈
**편  집** 양지애
**디자인** 유혜현
**삽  화** 신현수
**출판등록** 제406-2018-000042호
**주소** 03958 서울 마포구 망원동 419-3 참존1차 501호
**전자우편** phaidonbook@gmail.com
**전화** 070-4797-9111
**팩스** 0504-198-7308

**ISBN** 979-11-963748-9-1  03800

# 일상은 얼마나 가볍고
# 또 무거운가

사회학자 조은의
**노트가 있는 칼럼**

조은 지음

파이돈

과거는 죽은 적이 없다. 과거가 된 적도 없다.*

– 윌리엄 포크너

제사문 출처

William Faulkner, *Requiem for a Nun* (Vintage Books, 1994), p.73의 문장 "The past is never dead. It's not even past"의 필자 번역. 포크너의 이 문장은 여러 번역 버전이 있다. "과거는 죽지 않는다. 지나간 것도 아니다" 또는 "과거는 죽지 않는다. 과거가 되는 일조차 없다" 등이 통용된다.

여러 사람이 힘과 말을 보태지 않았다면 나오기 힘든 책이었다. 책을 만들어가는 단계마다 감사의 말로 채워야 할 것 같다. 일일이 이름을 거명하기 힘들 만큼 많은 사람이 함께했다. 무엇보다도 1부의 긴 노트 글은 고향의 여러분들이 함께 힘을 실어주었다. 책 안에서 실명으로 글을 만들어 주어서 여기에 따로 이름을 올리지 않는다.

2부 〈한겨레〉 신문 칼럼을 쓸 때도 일상에서 만난 많은 분들이 글을 만들어 주었다. 관념적 언어에서 조금이라도 빠져나올 수 있었다면 그들 삶이 꺼내준 이야기 덕이다. 〈한겨레〉 신문에 실린 칼럼 글은 내용도 순서도 그대로다. 글의 사회적 시간을 그대로 살리고 싶어서다. 칼럼을 끝낸 뒤 스물다섯 편 중 다섯 편에 노트를 붙였다. 군더더기 같아 빼놓았던 내용을 덧붙인 노트도 있고, 나간 뒤 새로 알게 된 사실을 덧붙인 노트도 있다. 칼럼을 쓰는 일보다 훨씬 힘들게 노트를 쓰고 다듬었다.

책을 엮는 데 실제적인 도움을 준 여러분들께 감사의 말을 전하지 않을 수 없다. 동아시아 평화에 대한 관심으로 나름의 국내외 역사 탐방 팀을 꾸려 우연찮게 나의 고향길에 동행하게 된 김귀옥, 송연옥, 유정애, 이지원, 정진아 교수 일행에 마음 깊이 감사한다. 그들은 이 글을 묶어 내는 데 큰 버팀목이었다. 특히 정진아 교수는 현대사 전공자로 원고를 쓰는 내내 글 만들기 동반자였다. 영상예술학자 이윤영 교수는 주저함 없는 후의로 초고를 읽어주고 책을 내는 데 다리를 놓아 주었다. 문화연구자 김은정 교수는 정리되지 않은 이야기를 경청하며 세대가 다른 감수성으로 읽고 쓰기의 용도를 점검해 주었다. 이 책의 토대가 된 메모 정리, 이야기 들어주기, 거친 원고 정리에 시간 할애와 무임 노동을 마다하지 않았던 동국대 제자들의 노고를 빼놓을 수 없다. 이 자리를 빌어 고마움을 전한다. 본인의 박사논문을 지연시키면서 이 책을 내는 데 힘을 쏟은 서인숙 선생의 꼼꼼한 지성이 없었다면 책이 나오기 힘들었을 것이다. 수고에 감사한다. 바쁜 중에도 내 연구실에 직접 발걸음을 하며 책 출간을 독려한 파이돈 출판사 김일수 대표와 편집진에게 감사드린다.

# 차 례

## I부
## 어떤 한 해, 가까운 옛날이야기

## II부
## 일상에 대한 예의

### 1장 일상의 무게

## 2장  글 안의 사람, 글 밖의 풍경

## 3장 일상에서 던지는 물음

일상을 텍스트 삼아 〈한겨레〉 신문에 연재한 칼럼을 모아 한 편의 긴 노트와 다섯 편의 짧은 노트를 붙인다. 칼럼을 쓸 때 마주한 사유의 흔적과 함께 일상 읽기의 맥락을 드러내고 싶었다. 역사학자 브로델이 말한 "단기적 사건의 표층"을 읽는 데서 더 나아가 좀 더 깊은 층위의 일상을 읽는 방식을 고민한다.

'지난 1년간 마음을 실어 여행했다'는 메모가 붙은 일지를 정리해 칼럼 모음 글 앞에 긴 노트로 붙인다. 처음 메모를 하기 시작한 것은 너무 오랜만에 찾은 고향에서 그동안 귓전으로 흘렸거나 일부러 건너뛴 빈칸을 채우게 되면서다. 어림잡아 50년 전쯤 고향 땅을 밟고 그 이후 한 번도 찾은 적이 없다. 세어 보니 48년 몇 개월 만이었다. 다녀올 때마다 뭔가 기록할 만한 메모 거리가 있었다. 로드 무비 찍듯 고향 방문에서 마주친 이야기를 주워 담았다. 콘티 없이 찍은 다큐 같기도 하다. 현재의 네거티브 필름을 읽듯 메모를 정리하던 중에 바로 이어 〈한겨레〉 칼럼을 시작하게 되었다. 칼럼을 쓰면서 아이클라우드에 저장해 놓은 화일을 꺼내 읽듯 자주 메모 뭉치를 들여다보며 내 사유의 용수철을 밀고 당겼다. 긴 노트를 칼럼에 앞서 붙인 이유다.

〈한겨레〉 신문에 4년간 썼던 칼럼 중 다섯 편에는 길지 않은 노트를 붙인다. 칼럼을 쓰면서 담아내지 못한 사유의 회로를 짚고 싶어서 붙이게 된 노트도 있고, 칼럼이 나간 뒤 더 짚어 줘야 할 담론 거리가 있어 붙인 노트도 있다. 글 밖의 풍경 또는 글 안의 사람을 좀 더 들여다본다.


지난 5년간의 일상 읽기를 묶게 된 셈이다. 일상에서 시대와 시국을 읽고 싶었다. 접사하듯 카메라 렌즈를 일상에 가까이 대었다가 때로는 물러서서 망원렌즈로 다시 잡아 보듯 일상을 읽기도 하고 스냅 샷을 찍듯 일상을 읽기도 했다. 일상은 아주 먼 듯한 가까운 옛날과 겹쳐졌다. 몇 시간 씩 조리개를 열어 놓고 밤의 물체를 찍듯 매달려 쓰기도 하고 산책하듯 걸어 다니며 머릿속에서 쓴 글도 있다. 일상과 과거에 대한 예의를 생각해 본 시간이었다.

1부

# 어떤 한 해, 가까운 옛날이야기

# 50년 만의 고향 방문

어머니가 영광 선산에 묻히기로 마음을 정하지 않았다면 나는 아직도 고향 땅을 밟지 않았을지 모른다. 북쪽에 있는 것도 아닌데 출생지이자 누대에 걸쳐 선대가 산 고향을 50년 만에 찾는다는 게 말이 되느냐고 누가 묻는다. 말이 안 되는 일인 것 같은데 실제로 그렇게 되었다. 50년 만에 5시간 20분 동안 고향을 다녀온 뒤 생각지 않게 메모할 일들이 계속 생겼다. 컴퓨터에 집어넣기 시작했다. 메모는 점점 길어진다.

어머니는 조씨네 선산에 친밀감을 갖고 있지 않(았)다. 열아홉에 결혼해서 7년 만에 혼자된 어머니에게 조씨네 선산은 선뜻 가서 묻히고 싶은 곳이 아니다. 남편도 거기 있지 않고 앞서간 아들도 거기 있지 않다. 선산 앞에 큰 냇가가 있어 '큰물이라도 찌면' 어떻게 물을 건너며, 만약 여름 장마 때 당신이 세상을 떠서 상을 치르게 되면 큰 고생이니 서울 근교 "아무 데나" 좋다고 하셨다. (실제로 어머니는 장마 때 가셨다.)

어머니 마음이 영광 선산 쪽으로 기울기 시작한 것은 2015년

5월부터 서울에서 광주 송정역까지 KTX가 두 시간 이내에 주파하게 되면서다. 내려서 택시로 30분이면 선산에 갈 수 있다는 이야기를 전해 들은 뒤부터 어머니의 마음이 조금씩 움직였다. 때마침 오랫동안 소원하게 지내던 큰집의 주손인 사촌(동생)이 명절에 다녀가면서 "작은어머니를 선영에 잘 모시겠다"고 인사하고 갔다. 명절에 사촌이 찾아 온 것만도 적조했던 큰집과 우리 집 관계에서 몇 십 년 만의 획기적 사건이었다. 사촌이 다녀간 뒤 공원묘지에 가면 낯선 사람들과 누워 있는 거냐고 묻고는 낯선 사람들 옆보다는 시댁 어른 옆이 낫겠다고 살그머니 당신 갈 자리를 정리했다.

영광 선산을 둘러봐야 된다고 계속 마음을 먹었지만 선뜻 영광에 다녀오는 일정을 잡지 못하고 있었다. 마음이 움직여도 몸이 움직여지지 않는 길이 있다. 아니 몸이 움직여도 마음이 따르지 않는 길도 있다. 내게는 영광 가는 길이 그런 길이다. 물리적 시간보다는 심리적 시간을 내기가 쉽지 않았다.

선산에 가 볼 엄두를 내지 못하고 날만 받고 있던 2016년 3월 어느 날, 광주트라우마센터에서 인문학 강의 요청이 왔다. 그 강의 요청이 없었다면 영광 가는 일은 더 늦어졌을 것이다. 광주트라우마센터는 매월 세 번째 화요일에 인문학 강좌를 여는데 4월 강의를 맡을 연사를 섭외하는 연락이었다. 강의 일정이 잡힌 날이 4월 18일이다. 그다음 주 4월 26일 수요일에 제20대 총선이 있는데 바로 그 전주의 화요일 강의는 부담스럽다. 불과 얼마 전 민주당 선출직 공직자 평가 위원장을 맡아 19대 민주당 국회의원에 대한 경선 컷오프를 이끌었다. 총선을 앞두고 광주에서 하는 강의는 시기적으로 적절치 않다는 이유를 들어 양해를 얻어 낸다. 주최 측과 강의 일정을 조율해서 4월 이후에 비어 있는 가장 빠른 날짜로 잡았다.

강의 일정이 9월 세 번째 화요일인 20일로 잡혔다. 강의 제목은 〈'광주'의 장소성을 묻다: 기억과 상상 사이에서〉로 정했다. 광주트라우마센터에서 강의 요청을 받았을 때, 저녁 7시에 시작해서 9시에 끝나는 늦은 강의였지만 쉽게 응낙한 것은 머릿속에서 다음 날 영광에 가면 되겠다는 생각이 스쳐서다. 잠재해 있던 선산행 숙제를 광주 가는 김에 작전을 수행하듯 해내기로 한다. 광주에서 일박을 하고 다음 날 일찍 영광에 가서 사촌의 안내를 받을 계획을 세웠다.

광주 가기 전날 강의 준비로 약간 긴장된 저녁 시간에 생각지 않은 전화가 왔다. 영광 우체국의 이정연 선생이다. '내가 광주에 강의가 있는 걸 어떻게 알지?' 속으로 생각한다. 그는 몇 년에 한 번씩 전화해서 "영광에 오실 일 없느냐"고 묻고는 했는데 그때마다 나는 "글쎄요, 가게 되면 연락하지요"라고 답하고는 했다. 몇 년 동안 그런 전화도 뜸했다. "여보세요" 하면서 전화기를 들었는데 상대편에서 "아, 전화 잘못 걸렸어요"라고 말하고 "스마트폰 터치가 잘못 눌러졌나 봐요"라면서 끊으려 한다. 난 시급히 "아닌데요, 전화 잘하셨어요. 제가 내일 광주에서 강의를 하게 되었어요. 다음 날 영광에 가려 합니다"라고 말한다. "영광 오시면 연락 주세요"라는 말만 남기고 그가 전화를 끊는다.

이정연 선생은 20여 년 전쯤에 처음으로 통화를 하게 되었지만 이때까지 만난 적은 없었다. 영광 우체국 직원이라는 것 외에 그에 대해 아는 것도 없었다. 처음 인사를 전화로 하게 되었는데 동국대에서 정년을 맞은 정종鄭鍾 교수 심부름으로 내게 우편물을 보내면서다.

정 교수는 귀향해서 아침 10시면 영광 우체국 사서함에서 당신 우편물을 챙기는 일로 하루를 시작했다. 이정연 선생은 매일 10시면 우체국에 나와 커피 머신에서 커피 한 잔을 뽑고 사서함에서 우편물을 챙기는 낯선 노신사를 눈여겨보다가 인사를 나누고 정 교수의 우편물 심부름을 하게 되었다. (내가《침묵으로 지은 집》소설을 냈을 때는 다섯 권쯤 보내 달라는 정 교수의 요청을 전하기도 했다.) 그렇게 전화로만 소식을 이어 가다가 10년 전쯤에 정 교수가 소지했던 사회학 관련 묵은 책과 서류 등을 내게 소포로 보내 주었다. 정 교수가 마지막을 예감하고 영광을 떠나 아들이 있는 곳으로 거처를 옮길 준비를 하던 때였다. 우체국 직원의 소임을 넘어서는 통화를 한 적은 없지만 그는 나와 정종 교수 그리고 고향 영광을 잇는 마음속 끈이었다.

정종 교수는 내가 동국대에 부임하기 세 해 전에 정년 퇴임한 철학자다. 등반가이고 수필가다. 동료 교수나 선후배 교수로 맺은 인연은 아니다. 고향에서 윗대부터 가깝게 지낸 집안 간의 인연이 더 깊다. 무엇보다도 선친과 다정한 벗이었다는 인연으로 대학 때부터 정 교수 연구실을 드나들었다. 정 교수가 세상을 뜬 뒤에는 이정연 선생과 통화할 일이 거의 없었지만 언젠가 영광에 간다면 꼭 만나야 할 사람으로 내 전화부에 이름이 남아 있었다. 광주트라우마센터 강의를 끝내고 영광에 갈 생각을 했을 때 그가 맨 먼저 떠올랐지만 그가 정년을 했는지 여전히 우체국에 근무 중인지에 대한 정보가 없어 어떻게 할까 생각하던 중 예기치 않은 전화를 받은 것이다.

밤늦게 광주트라우마센터 강의를 끝내고 다음 날 일찍 택시로 영광 우체국으로 향했다. 선산 관리를 맡고 있는 큰집의 사촌 내외가 안내를 해 주기 위해 용인에서 오는데 만날 장소를 주저 없이 영광 우체국 앞으로 정한다. 이정연 선생이 아직도 우체국에 근무 중이라는 사실을 알게 되어서다. 영광에서 자신 있게 이름을 댈 수 있는 장소가 따로 없었다. 고향 땅을 마지막으로 밟은 것은 대학 4학년 때다. 그때가 1968년 어느 때쯤이었다. 할아버지가 가신 지 18년이 지난 뒤 가족들과 할아버지 제자 몇 분이 모여 묘비 제막식을 가졌다. 그 이후에는 영광에 발을 딛은 적이 없다. 할아버지 묘비 제막식이라는 의례를 끝으로 한국전쟁(6 · 25 전쟁)으로 풍비박산된 집안 이야기에서 발을 뺐다. 고향을 돌아볼 일을 만들지 않았다.

가을 햇볕을 받으며 사촌을 따라 선산에 들어섰지만 모든 것이 너무 낯설다. 어릴 적 기억으로는 선산에 오르기 전 '적서암'이라는 현판이 걸려 있던 작은 초가와 먼저 마주했는데 이제 아무 흔적도 없다. 적서암積書庵은 '책을 쌓아 놓은 암자'라는 뜻의 두 칸 정도의 작고 단정한 초가였다. 선대에 선비들이 모여 책 읽고 글 짓는 별장 글방 비슷했다. 시제 지낼 때나 제사 때 집안 어른들을 따라 조심스럽게 큰 돌을 찾아 밟으며 냇가를 건너뛰었던 기억이 되살아났다. 적당한 마당과 돌 틈 사이 곳곳에 꽃들도 심겨 있었다. 어느 시점까지는 완전히 쇠락한 모습은 아니었다. 비가 내린 어느 가을에는 마루에 걸터앉아 초가 볏짚을 따라 흘러내리던 빗방울을 무심히 세어 보기도 했다. 산소 앞의 내는 여름 장마 때를 빼면 작은 실개천이었다. 이제는 저수지 상류가 되어 물이 강처럼 도도히 흐르고 있었다. 물 가운데 깊숙이 잠긴 수양버들 몇 가지가 흐늘거렸는데 그곳이 적서암 마당이 있었던 곳이라고 사촌이 말한다. 적서암 건너편에 있던 산지기 집도 같이 수몰된 듯하다.

선산에 가서 할아버지와 큰아버지 산소에 절을 하고 돌아올 때 사촌이 내게 "작은아버지 산소는 어디 있어요?"라고 물었다. 나는 건조하게 "우리 아버지 산소는 아무 데도 없는데…"라고 말한

다. "장례를 치른 적이 없거든"이라고 혼잣말처럼 했다. 사촌이 더 묻지 않는다. 6·25 때 세 살이었던 사촌은 당시 집안에 무슨 일이 있었는지 아무 이야기도 듣지 못하고 자랐나 순간 생각한다. 사촌과 나는 그동안 그런 이야기를 해 볼 일이 없었다. 큰집과 우리 집 간에 교류가 끊긴 지가 꽤 오래되었다. 할아버지 비석에는 고장의 발전과 인재를 키우는 일에 일생을 바친 스승에 대한 제자들의 애도가 그득하다. 수식어 없이 "1950년 11월 2일(음)에 졸(卒)하다"라는 끝말에 잠깐 눈길을 멈췄다. 그 날짜를 눈여겨 읽지 않는다면 6·25 전쟁 후 '수복'이 늦어진 초겨울에 가셨다는 사실도 알아채기 힘들다. 큰아버지 비석에는 모자람이 없는 이력으로 채워진 일대기가 새겨 있다. 가신 날은 1951년 2월(음)이다. 전쟁의 혼란기에 세상을 뜬 아쉬움마저 흔적으로도 남아 있지 않다. 비석에 오탈자가 여러 군데 눈에 띄어 누가 쓴 거냐고 사촌에게 물었더니 "누구 한 명에게도 부탁할 사람이 없어" 자기 혼자 비문도 쓰고 산일도 모두 혼자 했다고 씁쓸한 표정으로 대꾸했다.

산소에서 나와 백수 해안가를 돌아보는데 생각보다 아름다웠다. 바다가 내려다보이는, 풍광이 좋은 곳에 펜션들이 곳곳에 눈에 띄었다. 사촌에게 이곳 바닷가 집들이 참 아름다운데 다음에 오면 그런 데서 일박을 하고 싶다고 말했다. 그는 펜션이 모두 외지인 소유라면서 "영광은 외지인은 살아도 토박이는 못 사는 곳"이라고 냉소적으로 내뱉었다. 아버지 사형제의 장남들 연명으로 등기가 된 선산을 빼고는 선대의 재산을 하나도 지키지 못하고 고향을 떠난 그의 처지에 대한 냉소인가 생각하면서도 귀에 오래 남았다.

선산에서 어머니가 누우실 만한 자리 몇 군데를 보고 내려오는 데 오랜 시간이 걸리지 않았다. 사촌과 불갑사에 들르기로 한다. 이번 고향 방문에는 어머니 산소 자리를 보는 일 외에 또 다른 숙제가 있었다. 평소 윗대의 삶을 생각해 볼 일이 없었고 그럴 생각도 별로 없어서 관심을 끄고 지냈는데 선영에 온 김에 불갑사에 들러 어쩌면 있을지도 모르는 선대의 친필 글씨를 찾아보기로 했다. 선대 문집에서 고조부(1826~1885)가 남긴 〈불갑사 상량문〉, 〈불갑사 중수기〉, 〈연화문〉을 보다가 생긴 호기심이다. 그 기록은 집안에 내려온 《하성세고夏城世稿》라는 문집에 있다. 윗대에 각자의 호로 4대가 연이어 문집을 냈는데 5대째인 조부가 윗대 네 분의 문집에서 추록해 새로 묶으면서 붙인 이름이다.

6 · 25 때 사랑채의 서책이 모두 불타서 집안의 어떤 기록이 남아 있다는 생각도 못했는데 윗대에 교류가 있었던 집의 후손이 집안을 정리하다가 우연히 인쇄된 《하성세고》를 발견해서 우리 집에 보냈다. 교류가 있던 집안과 후손들에게 나눠 주려고 1940~1941년에 100부 한정판으로 출간했던 모양이다. 닳고 닳은 문집이 내 손에 온 뒤에도 크게 관심을 두지 않았다. 첫 번째

문집은 내게는 7대조가 되는 '회당'이라는 호를 가진 할아버지 (1764~1821)의 문집이고 두 번째는 6대조인 침암(1792~1859) 문집, 그리고 세 번째 문집은 융산(1826~1885)의 문집*인데 이 문집을 보다가 고조부가 쓴 실제 글씨가 불갑사에 있을 듯해서 호기심으로 동국대 교수 재직 때 불갑사에 문의 편지를 띄웠지만 아무 답신을 못 받았다. 고향을 방문한 김에 한 번 더 부딪쳐 보기로 했다.

금선사의 법안 스님 소개를 받아 불갑사 주지 스님과 일정을 잡았고 현지에서는 이정연 선생이 주지 스님 안내를 맡아 동행했다. 고조부가 쓴 상량문 등이 사찰 박물관 성보사에 그대로 보관되어 있는 것을 확인한다. 열람은 절차가 까다로워 추후로 미뤘다.

다음 해 겨울 이지원 교수와 동행해 불갑사에서 템플 스테이를 하면서 두루마리로 보관된, 고조가 직접 쓴 상량문을 볼 수 있었다. 그 상량문의 끝에는 고조부의 호 융산 대신 '석학石鶴 씀'이라고 되어 있었다. '돌이 된 학' 아니면 '학이 된 돌'인가 속으로 생각했지만 날지 못한 학에 비유한 고조부의 복잡한 심사를 짐작하기 쉽지 않았다. 조선조에 벼슬길에 나서지 않은 유학자들은 글에 밝은 스님

---

● 기정진(奇正鎭, 1798~1879, 성리학자)이 서문을 썼다. 기정진 문집인 "노사집" 권18에는 《조회헌유고서曹悔軒遺稿序》라고 나와 있다. 기정진은 성리학에 대한 독자적인 해석을 통해 이일분수(理一分殊)론을 정립한 이학 6대가의 한 사람으로서 이항로와 함께 위정척사파의 정신적 지주로 일컬어진다.

들과 깊이 교류했던 듯하다. 윗대 어른들과 스님들은 식견이 통하는 점이 있었는지 교류 흔적이 곳곳에 있다. 불갑사에는 우리 집 선대의 글뿐만 아니라 여러 선비들의 글도 있었다. 유럽의 교구에 보관된 지역 교구 자료에 못지않은 각 고을의 자료가 오래된 사찰에 있을 듯했다.

원래 계획했던 선산과 불갑산 방문을 마쳤는데도 시간이 많이 남았다. 영광에서 특별히 더 만날 사람은 없었다. 아버지 형제와 그 후손들은 모두 고향을 떴고 할아버지가 6대 독자여서 만나 볼 만한 가까운 친척도 없었다. 내가 출생했던 본가를 한번 들러 보고 싶었는데 사촌이 "이제 남의 집인데 뭘 가 보느냐"고 해서 포기했다. 그 집을 지키지 못하고 남의 손에 넘긴 사촌의 마음도 헤아려야 할 것 같았다. 용인까지 운전해 갈 사촌 내외를 배웅하고 무료하게 시간을 보내다가 예약해 둔 광주 송정–서울 KTX 열차를 한 시간 앞당겼다. 기차에 몸을 싣고 계산해 보니 50년 만에 찾은 고향 영광에 머문 시간은 5시간 20분이었다.

# 고향을 다녀온 지 열흘 만에 전화 한 통을 받다

영광을 다녀온 후 열흘쯤 뒤 영광문화원 정택근 연구원의 전화를 받는다. 뜻밖의 전화다.

군에서 《영광 근현대 100년 인물사》라는 책을 내려 하는데 거기 포함된 어떤 한 분의 자료가 미흡하다는 전화다. 그분의 사회적 활동 자료는 충분히 발굴해서 원고를 정리했는데 가계 및 가족 관련 자료가 미흡해서 완결하지 못하고 있었다. 후손을 찾지 못해 가족사를 빈칸으로 남겨 놓고 고민하던 정 연구원의 안테나에 나의 영광 방문이 잡힌 것이다. 내가 영광을 다녀갔다는 얘기를 우체국 이 선생에게 들었는데 "어쩌면 그분과 관계가 있거나 아니면 최소한 그 집안 내력을 알 수도 있을 것 같아 전화하게 되었다"고 조심스럽게 말한다. 정 연구원에게 그분의 성함을 무심하게 묻는다. 예상치 않은 순간 듣게 된 조부의 함자에 순간 침묵한 뒤 호흡을 가다듬고 "제 할아버지 됩니다"라고 짧게 말한다.

'그분', 조부의 파일을 받아 읽는다. 원고를 10월 말에 마감하고 11월에 인쇄소에 넘길 예정이어서 내게 주어진 시간은 보름 정도다. 뒤늦게 받은 초고를 서둘러 끝내야 하는 예상치 못한 일이 내게 떨어진 것이다. 조부의 초고에 크게 자료를 더 찾아서 보탤 일 없이 가족 관련 빈칸만 채우면 될 거라고 생각하고 받았는데 파일의 첫 줄이 내 눈을 찌른다. 조부의 함자 옆에 괄호로 들어 있는 출생연도와 사망연도에서 사망연도가 비어 있다. 조부의 사망연도를 찾아 쓰고 가족 배경을 채워 넣기 위해 팽개쳐 둔 내 기억을 헤집는다.

영광군 근현대 인물에 포함시킨 다른 분들에 대한 글은 일찍이 후손이나 지인에게 연락이 닿아 몇 차례 윤독과 검독을 거친 모양이었다. 참조할 다른 분에 대한 원고를 요청했다. 현암<sup>玄庵</sup> 이을호<sup>乙浩</sup> 선생 원고가 왔다. 현암은 할아버지의 생질이다. (외삼촌과 조카 사이다.) 내게 육촌 오빠가 되는 현암 장남은 선친 원고를 여섯 번이나 검독했지만 영광의 근현대 인물사에 포함된 다른 사람들에 대해 묻지 않아 영광군에서 아버지 외가의 가계를 써 줄 후손을 찾고 있다는 것을 몰랐다고 했다. 지역에서 이런 책을 낼 때 부딪히게 되는 논란을 피하기 위해 책에 포함될 다른 사람들에 대해 묻지 않는 일종의 불문율을 철저하게 지킨 모양이다.

지역에서 근현대 100년의 인물에 누구를 포함시키고 누구를 뺄 것인가는 후손뿐 아니라 지역사회 안에서 첨예한 관심사이고 때로 논란에 휘말려 출간이 중지되는 불상사도 있는 듯했다. 더욱이 '좌우대립이 극심했다는 영광'에서 근현대 100년의 인물에 포함될 인물의 선정 과정은 순탄치 않았다. 월북한 시조 시인 조운曺雲을 영광 근현대 인물에 포함시키는 문제는 여전히 뜨거운 논란거리여서 출간 때까지 비밀에 부쳐졌다. 1988년 월북 작가 작품이 해금된 뒤에도 조운 시비 건립은 이른바 우익 후손들의 거친 반발로 거듭 무산되었다. 조부 원고를 정리하면서 조운을 언급하게 되어 그가 포함되었는지 물어보았다. 책임을 맡은 정 연구원이 원고는 준비해 놓고 있는데 마지막 순간까지 가 봐야 할 것 같다고 말한다. 사회학자라는 나의 위치 때문에 그 정도의 얘기라도 들었을 것이다. "영광은 6·25 때 광풍이 휩쓸고 간 뒤 쑥대밭이 되었다"는 어머니의 언어와 '좌우 대립이 가장 극심한 지역'이었다는 공식 자료를 함께 소환한다.

시간에 쫓기면서 조부 파일의 빈칸을 메꾸고 있는 바로 그때 광화문에서는 박근혜 탄핵 촛불시위가 시작되고 있었다. 빈칸을 채우던 원고를 밀쳐놓고 10월 29일 토요일 저녁에 촛불시위 현장으로 나간다. 사무실에서 광화문 촛불시위 광장까지는 5분도 안 되는 거리다. 짧은 길을 걸어가면서도 머릿속은 복잡한 그림들로 가득해 휘청거린다.

광화문 촛불시위 세 번째 주부터 청와대를 지나가는 길목에서 청운동 집으로 가는 길이 통제되기 시작한다. 밤 12시까지 사무실에서 시간을 보내면서 초고를 다듬는다. 여러 가지 기억과 생각이 머릿속을 떠다닌다. 조부는 "영광의 중추인물로 손꼽힌 명망가"라는 제목이 붙어 〈독립, 사회운동가, 교육자, 문학가〉 파트에 배치되어 있었다. 일제강점기 조부가 관여한 여러 사회운동 관련 자료를 훑어본다. 인재 양성에 신경을 많이 써 보통학교 월사금 삭감 운동(등록금 반값운동과 유사) 등을 훑어보다가 민립 대학 설립에 깊이 관여한 구절을 찬찬히 들여다본다. 당신도 일찍이 배재학당에서 수학했다가 고향 인재 양성이 더 급하다고 학업을 마치지 않고 귀향했고 당신 자녀들도 연희전문, 보성전문, 숙명여전에 유학시켰지만 아무도 일본에 유학을 보내지 않았다. 이유가 무엇이었는지 궁금했는데 '민립 대학'을 세우는 일에 그토록 열중한 이유가 무엇이었는지 다시 궁금증이 더해졌다.

    가족 계보는 《하성세고》에서 찾아 어렵잖게 메꿀 수 있었다. 연산군 사화 때 영광에 내려왔던 입향조入鄕祖는 한양은 쳐다보지도 말라고 후손에게 당부해서 출사를 안 하고 벼슬 없는 선비로 가풍을 이어 내려왔다는 이야기에서 잠깐 숨을 돌린다. 그리고 해방정국에서 분단되지 않은 주권 국가를 여망한 선대의 어른들이 6·25 전쟁의 격랑에 휩쓸렸던 흔적들을 어떻게 써야 할지 멈칫거린다. 광풍의 시대를 산 흔적이 촘촘하게 박힌 가족사에 감정을

●    민립(民立)대학 설립운동은 1920년대 초 일제가 한반도에 전문학교만 허가하고 대학을 허가하지 않아 우리 손으로 대학을 설립하고자 일어난 일제하의 문화 운동.

묻히지 않고 원고지 칸을 메꾸는 일이 쉽지 않다. 집안에서 들은 몇 이야기를 간단하게 추가해 마무리한다. 개인사, 가족사, 한 고을의 지방사, 우리의 근현대사가 엮이는 국면을 수시로 들여다보며 광화문 탄핵 농성장과 내 사무실 사이를 비틀거리며 오갔다.

조부 관련 초고와 씨름할 때 "네가 할아버지 산소에 가서 절하고 오니 억울하게 가신 할아버지 혼이 '그런 일'을 하게 하신 모양"이라는 이야기를 어머니가 지나가듯 툭 던진다. 애도 받지 못한 죽음을 그런 식으로 꺼내 놓은 듯하다. 초고를 다듬고 있는데 정 연구원이 전화를 했다. 아주 조심스럽게 혹시 할아버지가 6·25 때 어떻게 돌아가셨는지 아는지 묻는다. 어떻게 대답해야 할지 몰라 잠깐 멈칫한다. 그쪽도 약간 주저하는 듯하더니 "경찰 손에 돌아가셨다고 하는데…"라고 짧게 말하고 만다.

나도 잠깐 숨을 고른다. "네, 알고 있습니다. 어머니께 전해 들어서"라고만 말한다. 다시 숨을 고르고 "정 연구원께서는 어떻게 아셨지요?"라고 물었다. 정 연구원이 "저야 논문을 '전란 중 영광의 좌우대립'* 으로 쓰면서 필드 작업을 많이 했지요. 훌륭한 분이 었는데 동란 중 '그렇게 됐다'고 증언한 분이 여럿 계셔서…"라고 말끝을 흐린다. 많은 사람들이 얘기하지 않으려 주저하다가 '그렇

---

* 정택근 연구원의 석사논문은 〈해방 전후 전라남도 영광의 지역정치 구조와 민간인 학살: 이념갈등과 학살체제를 중심으로〉(전남대학교, 2010)이다.

게 됐다'는 말을 조심스레 꺼냈다고 전한다. '그렇게 됐다'는 것이 짐작은 가지만 정확히 무슨 뜻인지 헤아리다가 몇몇 나이 많은 분들을 찾아 자세하게 듣게 되었다고 덧붙인다.

전쟁의 광풍이 지나갈 때쯤 영광에서 지리산으로 이어지는 불갑산, 구수산, 갓봉산, 물무산 등으로 피난 갔던 사람들이 여기저기서 하산해 돌아오고 있었다. 그때 경찰이 주로 남자들을 조준했고 "할아버지는 거의 집 가까이 와서 그리되었다고 들었다"고 말한다. 나는 "그러셨군요"라고만 말하고 침묵한다. 그러다가 "우리집안에서도 워낙 쉬쉬해서 그 사실을 알고 있는 사람이 별로 없을 텐데…"라고 덧붙이고 멈춘다. 내가 어머니한테 들은 이야기를 좀 더 풀어 줬으면 하는 느낌이 파장으로 왔지만 전화로 길게 할 얘기도 아닌 듯해서 머뭇거리는데 그가 먼저 전화를 끊는다.

집안의 누구든 그 얘기를 소리 내어 말하지 않았다. 어릴 적 토막토막 얻어들은 이야기로 감을 잡고 있을 뿐이다. 집안에서 침묵으로 떠돌던 이야기를 제3자, 더욱이 연구자에게 듣게 되었을 때 구술 자료에 많은 관심을 둔 사회학자로서 적절하게 응답할 단어를 찾지 못해 당황하고 있었다. 머릿속에서 여러 이야기들이 서로 엉겼다. '민간인 학살'이라는 단어를 책에서나 언론에서 읽을 때 나는 그런 단어를 건너뛰곤 했었다.

정 연구원의 이야기를 들으면서 순간 할아버지 주검을 거둔 '공장 할머니'를 떠올리다 만다. 그런데 바로 며칠 뒤 공장 할머니 이야기를 아주 건조하게 큰집 사촌에게 하게 될 줄은 몰랐다. 정 연구원과 통화하고 일주일쯤 지난 뒤 할아버지 자료와 관련하여 몇 가지 확인하려고 큰집 사촌과 통화했다. 묻지 않았는데 사촌이 먼저 "할아버지가 빨간 물 든 종놈들한테 끌려가 숨졌다던데 누나도 알지요?"라고 물었다. 난 "아닌데"라고 말하고 다시 "아닌데…" 라고 잠깐 뜸을 들인 뒤 "할아버지가 어떻게 돌아가셨는지 모르는구나"라고 빠르게 말한다. 나와 내 사촌은 순간순간 멈췄다가 이야기를 다시 시작하는 일을 되풀이한다. 스마트폰으로 힘겹게 대화를 이어 가다 단호한 어조로 "할아버지는 경찰 손에 돌아가셨어"라고 잘라 말한다. 사촌은 "누나가 그걸 어떻게 알아요? 우리 어머니가 할아버지는 종놈들한테 인심을 못 얻어 그렇게 돌아가셨다고 하셨는데"라고 거듭 강하게 자기주장을 한다. "우리 어머니가 그 종놈 집이 있는 방향으로는 고개도 안 돌리셨고 그쪽에 대고는 눈인사도 못하게 하셨다"면서 그 누구네가 할아버지를 끌고 가는 데 앞장 선 종놈네라고 덧붙인다. 나는 다시 말한다. "아니야, 나도 우리 어머니한테 들었는데…" 스마트폰 너머로 의구심에 찬 사촌의 숨소리가 들린다. 나는 "할아버지 마지막을 거두신 공장 할머니라고 계셨는데…"라면서 이야기를 이어 간다. 사촌은 "누나가 그 할머니 봤어요?"라면서 믿고 싶지 않은 목소리로 강하게 되물었다.

공장 할머니는 6·25 참사를 겪은 후 영광 우리 집을 떠났지만 휴전협정이 체결된 뒤 10여 년 이상 광주 우리 집에 오셨다. 여름방학 때면 옥색 모시 한복을 곱게 차려입고 무등산 수박 한 통을 먼저 들여보내고 우리 집에 들어서던 그 할머니 모습을 사촌에게 말한다. 그 할머니와 어머니가 나눈 이야기를 숨죽이며 귀에 담았던 어린 시절 풍경도 소환한다.

공장 할머니는 할아버지와 늦게 속현續絃한 분이다. 부부애가 유별나게 돈독했던 할아버지가 할머니가 가신 뒤 맞게 된 이분에 대해 어머니는 '재가해 왔다'는 말 대신 '속연'이라는 표현을 쓰셨다. 혹 주변에서 그냥 와서 사는 과수라는 뜻의 '막수'라는 말을 꺼내면 얼른 막으셨다. 광주에서 딸 하나 데리고 일찍 혼자된, 지체 있는 집 며느리였는데 딸을 출가시킨 후 오셨다면서 "막수 대접 받을 분이 아니다"라고 되풀이 말씀하시고는 했다. 할아버지는 속연한 뒤 본가를 큰며느리에게 맡기고 제재소가 딸린 집으로 옮겨 사셨다.

'공장 할머니'는 제재 공장 별채에 거처해서 얻은 별호였다. 그 공장 할머니가 할아버지 주검을 거두는 일을 한 분이다. 공장 할머니는 할아버지와 함께 피난 갔다 돌아오는 길에 눈앞에서 그런 참혹한 일을 당한 듯했다. 아무도 그런 얘기를 자세하게 하지 않았다. 우리 어머니는 공장 할머니가 "'거적데기'로 덮인 주검들 속에서 할아버지 시신을 거둔 험한 일을 해냈다"고 혀를 차셨다. 경찰에 사살당한 시신을 아무도 감히 나서서 거두지 못할 때였다. 집안사람들은 무서워서 더 나서지 못했다. 정부인이 아니어서 서류상 아무 관계가 아닌 공장 할머니는 그런 험한 일에 나설 수가 있었다.

공장 할머니가 '거적데기로 덮인 시신'을 들춰보며 할아버지 주검을 거둔 이야기는 나의 어릴 적 기억에 화인처럼 강렬하게 남았다. 애도 받지 못한 주검 이야기에 너무 일찍 눈떴다. '주검의 정치'가 있다는 것을 일찍 알게 되었다. 고등학교 때 그리스 신화 《안티고네》를 처음 읽었을 때는 할아버지 주검을 둘러싼 쑥덕거림이 안티고네의 대사와 합창 소리에 자꾸 포개졌다. 공장 할머니 이야기는 더 극적이라고 할 수 없지만 뭔가 더 비감했다. 나의 언어로 설명은 불가능했다. 대학 졸업 후 헤겔이 쓴 《안티고네》 해설에서 자연법과 국가의 충돌, 또는 '자연법'과 '국가법'의 충돌이라는 변증법적 설명을 읽다가 《안티고네》에서 공장 할머니 이야기가 박리되어 떨어졌다. 감정이 탈색된 논리적 설명이 불편하기까지 했다. 독서하면서 감성과 논리의 불화를 겪은 첫 경험이기도 하다. 주검의 정치를 해독하는 일이 쉽지 않다는 것을 차츰 알아가기 시작했다. 주검을 둘러싼 권력투쟁의 문법을 이해하는 일은 쉽지 않았다. 주검의 정치를 둘러싼 논리적 또는 비논리적 언설과의 불화는 그때로 끝나지 않았다. 살면서 수시로 겪어야 했다.

사촌은 공장 할머니 이야기를 못 믿겠다는 듯 "우리 어머니가 왜 그런 거짓말을 하셨겠어요?"라고 강하게 부정하며 토를 단다. 나는 더 나갈까 말까 하다가 기어가는 목소리로 한마디 덧붙인다. "너희 어머니가 너를 보호하려고 거짓말하셨을지도 모르지." 그러다가 톤을 바꿔 "이 문제로 석사논문을 쓰신 정 연구원이라는 분도 그렇게 할아버지가 가셨다고 확인해 주었다"고 덧붙인다. 사촌은 못마땅한 듯 입을 다문다.

대화 분위기가 너무 싸늘해 화제와 분위기를 바꾸느라 가볍게 "큰아버지가 거문고를 참 잘 타셨다던데…"라고 다른 얘기를 꺼내 본다. 집에 거문고도 여러 대 있었던 모양인데 혹 집에 아직도 거문고가 있느냐고 슬쩍 물었다. 사촌은 금시초문인 듯 "그래요? 못 봤는데요. 아버지 물건 집에 하나도 없어요"라고 받았다. 그러고는 "누나는요?"라고 되물었다. "우리는 서울에서 6·25를 맞았으니 당연히 아무것도 없지" 하고 만다. 그러다가 생각이 나서 우리 집에는 머리맡 흑단 탁자가 유일하게 아버지 손때 묻은 물건이라고 말한다. 서울에서 6·25로 빈손이 되어 돌아왔을 때 지인의 집에 맡겨 놓았던 세간살이 중 몇 가지를 돌려받았는데 별로 현물 가치가 없었던 이 탁자만 남아 내가 소지하게 되었다. 이 말에 사촌은 뜻밖의 반응을 보였다. "누나는 좋겠다. 그런 아버지 손때 묻은 물건이 있어서"라는 말이 전화선을 탔다.

고향에서 전쟁을 맞아 세간을 그대로 물려받았을 큰집의 막내면서 주손이 된 사촌에게 아버지 손때 묻은 물건이 아무것도 남아 있지 않다는 이야기는 뜻밖이었다. (사촌은 위로 누나만 다섯이다.) 집안의 토지 자산 등 큰 덩치를 큰집이 거의 독차지했는데 집안에 아버지 물건 하나도 가지고 있지 않다는 것이 무엇을 뜻하는지 감을 잡을 수가 없었다. 누대로 살던 집까지 차압이 들어올 정도로 망해서 사촌이 고향을 떠났다는 이야기를 한 다리 건너 소문으로 듣기는 했다. 그래도 집안에 아버지 손때 묻은 물건이 하나도 없다는 말은 이해가 가지 않았다. 그런데 순간적으로 어릴 적 들었던 전쟁 때 고향 큰집 대문에 빨간 딱지가 붙었었다는 이야기가 갑자기 머리를 스쳤다. 집안의 세간이고 뭐고 문자 그대로 풍비박산되었다는 말이 그런 말이었나 하는 생각이 몰려왔다. 광풍이 휩쓸고 간 영광은 말 그대로 발을 디딜 수 없는 쑥대밭이었다면서 어머니가 혀를 끌끌 찼던 기억을 더듬는다. 사랑채 별채 모두 불타고 본채는 어떻게 전소되지 않고 남기는 했지만 그 안에 세간이 그대로 남았을 리 없었다.

증조부 때 일찍 노비 문서를 불태워 없앴다는 이야기, 천석 지주였다는 조부가 해방 후 곧 사재 절반을 영광중고등학교 설립을 위해 기부했다는 이야기는 전해 들은 적이 있다. 토지개혁에 찬성해서 일찍이 토지를 소작농에게 양도하고자 했다는 이야기도 흘러 들었다. 근대의 시류에 일찍 눈뜬 집안 어른들의 결단이었나 생각했는데 보다 현실적 결정이었을 수도 있다.

한반도가 제2차 세계대전 종전과 함께 일제에서 해방이 되었을 때 자소작농自小作農이 대부분이었던 농민의 관심은 지주로부터의 해방, 곧 자기 땅에서 경작한 수확물을 자기가 가질 수 있는 자경지를 갖는 것이었다. 남·북 모두 토지개혁이 최대 관심사일 수밖에 없었다. 북한은 보다 일찍 '무상몰수 무상분배'라는 토지개혁에 들어갔고, 남한에서 '유상몰수 유상분배' 농지개혁법은 1949년 6월 21일에 제정되었다. 농림부는 이날 기준으로 농가실태조사를 실시했지만 실제 농지개혁은 1950년 3월에 개정된 법령에 따라 이루어졌다. 농민들에게 '분배 예정 통지서'가 발급되기 시작한 것은 한국전쟁이 터지기 두 달 전인 1950년 4월이었다. 양도조건은 해당 농지의 연소출 150%를 매년 30%씩 5년에 걸쳐 갚는 조건이었다. 전쟁 중에도 농부들은 자경지를 분배받기 위한 절차를 밟고 있었지만, 정부가 지주에게 보상금을 바로 지급하지 않았으며 농지개혁이 순조롭게 진행되지 않았다. 지주 가족들은 궁핍한 상태에 몰렸다. 농지 양도 후 받은 지가증권을 둘러싼 집안 간 분쟁도 시끄러웠다. 6·25 전쟁으로 말미암아 전 국토가 참화를 겪었을 뿐 아니라 가족관계도 참화를 겪었다. 집안이 풍비박산된 책임에 무언의 눈치를 주고받았고 유산 분배를 놓고는 언쟁도 오갔다. 농지개혁과 '지(유)가증권', '무상몰수', '무상분배', '유상몰수', '유상분배' 같은 말을 나는 어린 나이에 일찍 주워듣게 되었다. 초등학교에 입학한 뒤 가족회의에서 들었다. 할아버지와 맏아들, 둘째 아들, 맏손자까지 없어진 집안에서 지가증권 분배를 놓고 갈등과 싸움이 없을 수 없었다. 우의가 무척 깊었다던 집안이었지만 할아버지 기일에 재산을 둘러싸고 형제들 간에 분쟁의 언어가 오가고 끝내는 냉랭하게 헤어지기 일쑤였다. 큰집은 다른 세 집 모두와 사이가 멀어졌고 차츰 별로 왕래도 하지 않게 되었다.

이 과정에서 아버지가 다른 자산 대신 집안의 귀중한 서화였던 완당 김정희의 10폭 글씨 병풍과 대원군의 8폭 난 병풍을 원해서 서울로 이사할 때 가져갔다는 이야기까지 나왔다. 결국 둘째인 우리 집은 토지나 임야 등 부동산을 하나도 차지하지 못했다. 당시 가솔이 많은 집에서는 땔감 확보가 필수여서 임야는 미리 자식들에게 몫을 나눠 주었다. 할아버지 생전에 험하고 덩치가 큰 월암산을 사이좋은 둘째와 넷째가 나누라고 몫을 정해 주었는데 넷째 숙부가 혼자 이름으로 등기한 후 우리 집과 관계도 소원해졌다. 유산 분배 문제가 얽히지 않은 우리 집과 셋째 집은 별 탈 없는 관계를 지속했다.

큰집의 사촌은 할아버지 명의의 토지가 "구석지 구석지"에서 나와 이를 처분해서 산다는 얘기가 일가들 사이에서 자주 흘러나왔다. 지금도 그런 일은 종종 있는 모양이었다. 사촌이 고향을 떠난 뒤 영광에 나타나면 어딘가에서 할아버지 명의의 토지가 나온 모양이라는 뒷소리가 들렸다. 그런 것 챙기러 왔을 것이라는 수군

거림이었다.

소작인들 중에는 전쟁과 그 이후의 혼란기에 농지 신고를 놓친 경우도 있고 가난 때문에 분배농지를 포기한 경우도 있었다. 농지만 신고 대상이어서 임야 주변 농지는 농지개혁 대상에서 제외되어 소유권이 정리 안 된 농지들이 꽤 있는 모양이(었)다. 그들 중에는 대대로 지어 오던 '자기들 땅'에서 명의 같은 것에 신경 안 쓰고 농사를 지었는데 후손 대에 오면서 명의를 정리해야 하는 일이 생기고 할아버지가 양도하기로 했는데 정리를 못하고 간 땅에 대해 사촌이 이를 챙기면서 집안이 인심을 잃었다는 이야기도 간간이 흘러나왔다. 어머니는 큰집에 서운함을 표하다가도 젖먹이 업고 피난 갔다 돌아오는 길에 자기 눈앞에서 남편이 쓰러진 것을 본 아낙의 마음이 오죽했겠느냐는 말로 당신 마음을 덮기도 했다. 사촌은 그때 어머니 등에 업혀 있었을 것이다.

무거운 생각을 털어 버리고 조부의 원고 빈칸을 채우면서 몇 군데 첨삭한다. 원고지 칸을 메꾸는 일보다 마음속의 빈칸을 채우는 일이 더 힘들다. 할아버지에 대한 원고를 손대면서 큰집 사촌에게 몇 가지 문의했다. 고향 집에 가장 늦게까지 남아 있었고 큰집의 주손이니 조금 더 생생한 자료를 기대했는데 사촌은 별 관심이 없어 했다. 할아버지에 대한 원고를 정리하면서 자료에 도움을 얻으려고 이 말 저 말 하다가 내가 슬쩍 할아버지가 상해임시

정부에 상당한 독립 자금을 내신 걸로 안다는 말을 꺼내 보았다. 뜻밖에도 그가 정색을 하면서 "누나가 그걸 어떻게 알아요?" 되물었다. 막내 고모한테 들었다고 했더니 약간 머뭇거리다가 그런 기록이 있기는 하다고 말했다. 기록이 있다는 말에 내가 놀라서 "그런 기록이 남아 있다고?"라며 다그쳐 물었다.

사촌은 상해임시정부 재무위원 김철 집안과 가까운 자기 친구가 김철에 대한 글에 조부와 관련한 기록이 한 줄 있어 알려 주었다고 지나가듯 말했다. 그 기록이 나온 책 제목이나 출간연도를 물었더니 모른다고 했다. 그 기록이 있는 페이지를 스마트폰으로 찍어 보내 달라고 청했다. 내키지 않아 하면서 보내 주기는 했다. 이를 토대로 국회도서관에서 이종범이 펴낸 《나는 호남인이로소이다》라는 책에 들어 있는 김철 편에서 "김철이 상해임시정부 자금책으로 광흥학교 동기인 조병모의 집에 은신하면서 호남 유지들의 자금을 모았다"를 찾아 조부의 사회활동 편에 추가했다.* 막내 고모는 조카인 내게 "할아버지가 6대 독자만 아니었으면 상해로 가셨을 것"이라는 변명을 수차례 했지만 항일 독립운동에 이름을 못 올린 집안의 콤플렉스로 듣고 흘렸었다. 할아버지가 6대 독자여서 광흥학교 동기들이 모두 독립운동에 몸 담고 해외나 외지로 떠날 때 고향을 지키는 일을 떠안게 된 당신 아버지의 고민과

---

* 이종범 편, 《나는 호남인이로소이다》(사회문화원 2002), 〈영광 함평〉 편, 173쪽.

고뇌를 막내 고모는 우회적으로 내게 자주 내비쳤다. 셋째 숙부나 넷째 숙부 등 살아남은 집안 남자들한테는 집안의 어떤 얘기도 들은 적이 없다. 해방 전이나 해방 후 어느 때에 대해서도 입을 다물었다. 집안 여자들은 가끔씩 집안 얘기를 내게 흘렸다.

조부 원고를 메꾸면서 셋째 고모가 언젠가 가람 이병기의 〈적서암〉이라는 시조 쪽지를 내게 전해 준 기억이 나서 이 시조를 찾아 조부의 교류 관계에 추가했다. 가까스로 원고를 마감해 보내고 사촌에게 전화했는데 받지 않았다. 선영에 함께 다녀오고 할아버지 관련 자료를 정리하면서 사촌과의 거리가 좁혀지기보다는 뭔가 더 멀어지고 있다는 느낌이 강하게 들었다. 서로 다른 기억을 안고 마주치면서 관계는 더 소원해졌다.

# 두 번째 영광 방문

첫 번째 영광에 다녀온 뒤 6개월 만에 영광에 두 번째로 갔다. 두 번째 영광 여행은 뜻밖에도 2박 3일의 타이완 방문 중 한 호텔의 커피숍에서 기획되었다.

동아시아 평화에 관심을 가진 한일 여성학자 몇 명이 타이완 위안부 사적지 탐방 여행을 떠났을 때다. 김귀옥 교수(한성대 사회학과)가 한국과 일본의 연구자들을 엮어 '옹기종기'라 이름 붙인 작은 모임을 만들어 떠나게 되었다. 한국 쪽에서 사회학자로 김귀옥(한성대)과 내가 합류했고 유정애(성균관대), 정진아(건국대), 이지원(대림대) 등 사학자 세 명 등 모두 다섯 명(이하 직함 생략), 일본 쪽에서 송연옥(아오야마 학원대학), 김영(르포작가), 김미혜(동경대 연구원), 유카 안자코(리츠메이칸 대학) 등 네 명으로 모임을 짰다. 그때는 박근혜 탄핵 시위가 한창이었다. 탄핵 시위가 시작될 때부터 한 번도 거르지 않고 매주 광화문 광장으로 나갔는데 2월 21일 토요일 타이완에 간 날 한 번 빠졌다.

타이완에서 모이게 된 것은 일본 팀 참가자 중 두 명이 조선적<sup>*</sup>이어서 서울에 오는 데 어려움이 있어서다. 일본 팀은 타이완으로 바로 날아와 호텔 로비에서 한국 팀과 만나도록 일정이 짜졌다. (유카 안자코는 타이완에서 안식년 중이어서 현지에서 합류하기로 했다.)

타이페이 중심가 호텔에 짐을 풀고 같은 세대끼리 룸메이트가 되었다. 나와 송연옥 선생이 한방에 묵게 되었다. 송연옥 선생과 나만 종전 직후 세대이고 다수는 우리와 띠동갑이거나 20년 이상 후배다. 송 교수는 재일동포 1세대 사학자다. 방에서 짐을 풀면서 동세대만 알 수 있는 몇 가지 사건들을 서로 주워 보며 말의 물꼬를 텄다.

공통의 화제가 없을 때 쉽게 나오는 관심의 표현으로 송연옥 선생이 내게 고향을 묻는다. 영광이라고 말한다. 송연옥 선생이 반색을 한다. 혹 부모님 고향이 영광이냐고 내가 묻는다. 경상도 통영이라고 답한다. 그런데 어떻게 영광이라는 말에 반색을 하느냐고 묻자 일제강점기에 조직된 여성 독립운동 단체인 근우회槿友會 연구

---

● '조선적'이란 일본정부가 해방후 한반도 출신자에게 일괄적으로 부여한 외국인등록상의 표시이다. 한일협정이 체결되는 과정에서 한일 양국은 '조선적'재일조선인의 대한민국 국적 취득을 장려했고, 그를 거부한 사람들은 여전히 '조선적'을 유지하고 있다. 한국 정부는 대한민국 국적을 취득하지 않은 '조선적'재일조선인을 불온시하며 한국 방문을 제한하고 있다. 조경희, 〈남북분단과 재일조선인의 국적-한일 정부의 '조선적'에 대한 해석을 중심으로〉(《통일인문학》 제58집, 2014) 참조. 조경희 논문에는 "한국정부는 대한민국 국적을 취득하지 않는다는 이유로 이들을 북한국적자로 간주했다" "원래 지역적 혹은 민족적 용어였던 '조선'은 냉전논리의 역학관계 속에서 정치와 해석의 대상이 되고 있다"는 내용도 수록되어 있다.

를 하다가 작가 박화성*에 관심이 생겨서라고 답했다. 여러 자료를 들여다보았는데 1920년대 당시 큰 도시인 광주의 교사자리를 그만두고 군 소재지인 영광 학교 교사로 간 기록을 보게 되었을 때부터 영광이 어떤 곳인지 궁금했다면서 눈을 반짝였다. 내가 아는 범위에서 설명을 시작하다가 결국 집안에서 들은 이야기로 채웠다. 즉석에서 송 선생이 다음번 서울에 오면 영광에 가고 싶다고 말한다. 나는 불과 몇 달 전 50년 만에 처음으로 영광에 다녀왔다는 이야기를 한다. 영광행을 주선하겠다고 말하지 않는다. 영광은 내 마음속에서 여러 사람들과 선뜻 여행에 나설 수 있는 곳이 아니다. 안내할 자신도 없었다.

다음 날 아침, 둘이서 아침 일찍 식사 장소로 갔다. 후배들은 어젯밤 늦게까지 이야기꽃을 피운 듯 움직일 기미가 없었다. 창가에 자리를 잡고 따뜻한 2월의 타이완 겨울 날씨를 즐기며 차를 마신다. 후배들이 아침 먹으러 모여들자 송연옥 선생이 영광 이야기를 꺼냈다. 순발력 있는 '옹기종기' 친구들이 우리들의 다음 국내 여행지를 영광으로 하자고 받았다. 조선적을 가진 김영, 김미혜 선생은 한국 방문을 확정할 수 없으니 송연옥 선생이 한국에 올 수 있는 날에 맞춰 영광행을 하기로 즉석에서 정한다. 타이완의

---

●　소설가(1904~1988). 본명은 경순(景順). 호는 소영(素影). 1925년에 단편 〈추석 전야〉로 등단하여 식민지 현실에서 농민과 노동자의 가난한 삶을 묘사하고 해결방안을 모색한 리얼리즘 경향의 작품을 썼다. 소설가이자 극작가인 천승세의 어머니다.

한 호텔에 앉아 그렇게 영광 여행이 결정된다. 난 가만히 듣는다. 실제로는 50년 만에 단 하루 영광을 다녀왔을 뿐 낯선 곳이라고 머뭇거리며 말하려다 만다. 서울에 돌아오자 바로 정진아 선생이 송연옥 선생의 한국 방문 날짜에 맞춰 영광행 일정을 짜고 KTX 광주행 티켓을 예약하는 일을 일사천리로 진행했다. 영광에 가는 일정이 짜여지고 영광 도착해서부터 떠날 때까지의 안내는 내게 맡겨진다. 마다할 수 없다.

두 번째 영광 방문 일정을 준비하는데 정택근 연구원의 이메일을 받는다. 내 영광 방문 때 구술 면담을 청하는 메일이다.

메일을 받고 잠깐 머뭇거리다가 면담 요청을 정중히 거절하는 전화를 한다. "영광에서 일어난 6·25 피해자 또는 그 후손의 구술을 받고 싶다는 의도와 의의는 충분히 의미 있는 작업이라고 생각하지만 사실 나는 영광에서 출생만 했을 뿐 영광에서 자란 것은 아니어서 동란 중 무슨 일이 있었는지 알지 못하고 가족들 속에서 수군거리던 이야기밖에 모른다"고 말한다. 그리고 "우리 아버지에 대해서도 아무것도 잘 모른다"고 말한다. "우리 가족은 6·25 혼란기에 서울에 있었고 아버지는 어느 날 누군가와 나갔는데 그날 이후 집에 돌아오지 않은 것으로 안다"고 말하고 멈춘다. "행방을 모른 채 오늘에 이르렀다"고 다시 말한다. 어머니는 아주 단편적으로 우리에게 아버지 이야기를 흘렸다가 거둬들였다를 되풀이

했었다. "그런 이야기라도 들었으면 좋겠다"고 그가 말한다. "어떻든 여러 가지 어려움을 겪지 않았느냐"고 다시 묻는다. "그러지 않았다고 말할 수는 없을 것"이라고 에둘러 답변한다. "그런 이야기를 해 주면 좋겠다"고 정 연구원이 다시 한 번 부탁한다. "연좌제 같은 것에 걸렸는지 뭐 그런 이야기도 듣고 싶다"고 말한다. 해외 유학 갈 때 신원 조회에 걸리지는 않았다고 말한다. 일찍 결혼해서 내 본적지가 부산이 된 것도 연좌제에서 벗어난 이유였을지 모른다고 말하려다 그만둔다. 그는 구술자료는 30년 후 공개된다면서 구술 자료에 대한 민감성을 숙지하고 있음을 내비쳤다. 이메일을 받고 거절 쪽으로 마음을 정하고 있었으므로 이유를 짧게 전한다. 구술 인터뷰를 해 온 연구자로서 스스로 사전 검열이 있을 수 있어서 인터뷰이로 적당한 것 같지 않다고 말하고, 덧붙여 "이번 정 연구원의 면담은 가능한 한 말할 기회나 공간이 없는 사람들에게 구술할 기회를 주는 게 좋겠다"고 힘주어 말한다. 나는 일정 정도 말할 공간과 기회를 가지고 있다는 점에서 적합하지 않다고도 말한다. 정 연구원이 수긍한다. 정 연구원은 다시 면담 요청을 하지 않았다.

내가 몇 가지 더 그에게 물었어야 한다는 생각이 한참 뒤에 들었는데 그냥 지나쳤다. 당시 영광에 살지 않은 우리 아버지에 대해 왜 알고 싶은지 그리고 고향에서 '우리 아버지'의 부재에 대한 얘기는 어떻게 전해지고 있는지 궁금했다. 정 연구원과는 몇 차례 더 통화했지만 우리 집안 이야기를 더 묻지는 않았다. 가끔씩 다음 연구 프로젝트와 관련한 상의를 했다. 서로 좀 더 얘기할 기회를 갖자고 했는데 시간이 가면서 통화할 일이 줄었고 통화 연결이 쉽지 않았다. 어떤 때는 한방 치료 중이어서 전화를 못 받았다면서 콜백을 해 주었는데 가벼운 치료를 받는 정도로 생각했다. 중병으로 아쉽게 세상을 떴다는 것을 장례 후에야 알게 되었다. 더이상 아무 질문도 할 수 없게 되었다.

언젠가 한번 그가 무슨 생각에서였는지 조부한테 방아쇠를 당긴 분의 후손이 가까운 곳에 살고 있다고 말했다. 나는 그 후손에 대해 알고 싶지 않다고 가볍게 말하고 넘겼다. 사회학자로서 연구 윤리를 생각했는지 아니면 고향 방문에 어떤 심리적 부담을 지고 싶지 않아서였는지는 나도 생각하지 못한 대꾸였다. 그가 누구인지는 알 필요가 없지만 어떤 일을 하며 살았는지는 물었어야 했다는 생각이 나중에 들었다. 지역에서 어떤 영향력을 행사하고 있는지 그리고 대를 이어 어떤 세력의 구심점이 되고 있는지도 궁금하다. 사회학자로서 냉정한 호기심을 너무 늦게 회복한 듯하다.

아버지에 대한 정 연구원의 질문은 묻어 두었던 여러 기억들을 불러냈다. 쿠데타로 정권을 잡은 박정희 군사 정부는 처음으로 국가 공동 출제 문제지로 전국 고등학교 입학생이 일제히 같은 시험을 치르게 했다. 1962년 고교 입학시험을 치른 우리가 그 첫 전국 고등학교 공동 출제 세대다. 그 시험에서 전남 여자 수석이라는 성적표를 받은 나는 언론의 조명을 받게 되었다. 선생님들의 배려로 기자들의 접근은 피할 수 있었지만 뜻밖에도 '중앙정보부'*에서 아버지의 행방을 묻기 위해 우리 집으로 조사가 나왔다. 아버지는 납북된 누구라고 신문에 났기 때문이었을 것이다. 그때 아버지가 월북했을 수도 있다는 의구심 찬 눈빛과 마주했다. 어머니는 젊은 아내와 어린 삼남매를 두고 혼자 북으로 갈 사람은 아니라고 말했다. 어머니가 그 사람들이 간 뒤 혼잣말처럼 그때는 '월북'과 '납북'이 한 끗 차이였다면서 '월북'이라는 말의 무게를 덜어냈다. 우리 식구가 피난 중 서울에서 머물던 가회동 집에 누군가 찾아와서 아버지를 데리고 나갔다는 이웃의 전언이 우리 가족이 아는 아버지의 마지막 모습이다. 9·28 서울 수복을 전후한 언젠가였던 듯하다.

50년 만에 두 번째 찾은 고향에서 보낸 1박 2일은 꽉 찬 일정이었다. 이때는 헌법재판소에서 박근혜 파면이 결정 난 후여서 광화문 시위도 잦아든 때였다. 2017년 4월 23일과 24일 이틀간 사학자들과 함께 영광을 방문하게 된 소식을 이정연 선생한테 전하고 안내를 부탁했다. 방문 교수 명단을 보내 주면 공식 방문 절차

---

* 1961년 국가재건최고회의 산하에 설치된 정보기관이다. 1981년 국가안전기획부로 바뀌었다가 1999년 국가정보원으로 바뀜.

를 밟아 주겠다고 했다. 이 소식을 들은 영광군민신문 조일근 대표가 오랫동안 왕래 없이 살았지만 우리 집안을 잘 아는 일가라고 소개하면서 군의 게스트 하우스에 묵도록 주선해 주었다. 영광으로 출발하기 앞서 일행들에게 막 출간된《영광 근현대 100년사》에 포함된 인물들 몇몇의 자료를 건넸다. 조부의 자료 외에 시인 조운, 원불교 창시자 박중빈, 현암 이을호 그리고 정종 교수 등이었다. 이들의 생가나 활동 장소 등이 방문 일정에 포함되었다.

우리 일행은 짐을 풀고 영광군청의 한 회의실에서 이곳 어른들과 인사를 나누었다. 나이 드신 어른들 여러 분이 오셔서 나를 보자마자 "영락없는 그 집 피색이네"라며 반가움을 전하고 고향 음식도 몇 가지 챙겨 주었다. 예상 밖의 환대였다. 어릴 적 듣던 '그 집 피색이네'라는 말을 몇 십년 만에 다시 듣는다. 어렸을 때는 '그 집 피색이네'를 '그 집 사람들 얼굴이네' 정도로 알아들었는데 이제 다시 들은 '그 집 피색이네'는 훨씬 특별하고 복잡한 감회를 수반했다. 지역 향토사 연구회에서 '영광굴비'의 연혁에 대한 발표와 다과회도 열어 주었다. 향토색 짙은 '비정치적 주제'로 맞아 준 셈이다. '동서굴비' 서민영 대표는 서울에서 굴비를 주문하면서 우연히 밭 가운뎃집 막내아들이라는 인사를 어머니와 나눈 적이 있어 전화로는 안면이 있었다. 그는 여성학자들만으로 팀을 짠 우리를 보자 반가웠는지 일제 때 당신 어머니가 영광 경찰지서에 돌을 던진 여성운동 1세대라는 말을 거푸했다. 50년 만에 고향을 찾은 나를 고향 어른들이 반갑게 맞아 준 것은 선대 집안 어른들과의 인연 때문이라고 막연하게 생각했다. 함께 간 일행들은 우리가 받은 환대가 우리 집 조상 덕이라고 농담도 했다. 다른 이유도 있다는 깨달음은 나중에 왔다. 내가 2012년에 민주당 19대 국회의원 공천심사위원을 맡았을 때 그리고 그 4년 뒤 2016년 민주당 선출직 공직자(국회의원) 평가 위원장을 맡아 언론에 소개될 때 '영광 출생'이라고 밝혀 준 데 대한 고마움이 묻어 있다는 생각을 어느 순간 하게 되었다. 그렇게 말해 줘서 고마웠다고 몇 분이 내게 말씀하셨다. 영광의 아픔을 품고 사신 어르신들이다.

다음 날 이정연 선생 일터인 우체국 앞에서 모여 일정을 시작했다. 조운 선생 생가와 정종 선생 기념관을 찾아 나섰다. 우체국 건너편 조운 선생 생가로 가는 골목에 들어서기 전 60여 년 전의 단어 '차부'(버스 터미널)를 소환한다. "차부가 어디냐"고 안내하러 나온 이정연 선생에게 묻는다. 어린 시절 기억 속에서 유일하게 이름을 불러낼 수 있는 궁금한 장소이다.

할아버지 기일 하루 전 어머니는 고향 집의 번지가 적힌 종이 쪽지를 내 손에 쥐어 주고 큰집으로 떠났다. 휴전협정이 끝나고 처음으로 영광에 발을 들인 때다. 그때까지 다섯 살 어린 딸은 외가에 맡겨졌다. 상급 학년이 된 아들을 하루라도 결석시킬 수 없다(이때는 중학교가 무시험이어서 학교 성적이 중요했다)고 결정한 어머니가 할아버지 기일에 나만 동반하면서 벌어진 일이었다. 나는 결석 일을 줄이기 위해 어머니보다 하루 늦게 차부에 내려 어머니가 시킨 대로 모퉁이를 돌아서 몇 걸음 가면 있는 책방에 그 쪽지를 내밀었다. 그 책방 누군가가 번지가 쓰인 쪽지를 보고 "감남 안집 그 집 피색이네" 하면서 문 앞까지 데려다주었다. 감남 안집은 우리 할머니 댁호였다. 이런 일은 나 혼자 집을 찾을 수 있을 만큼 컸을 때까지 할아버지 기일 때마다 되풀이되었다. 책방 이야기를 꺼내니 조일근 대표가 당신 작은아버지가 책방을 맡고 있었다고 말한다. 일가라고 소개했을 때보다도 훨씬 반갑게 새로 인사를 나눴다.

우체국에서 버스 터미널이 된 옛날 차부 자리를 돌아 주택가로 들어섰다. 조운 선생 생가가 있는 길로 들어서는데 이정연 선생이 내게 "댁에 들르시죠"라는 말을 건넸다. 나는 무심코 "누구 댁이요?"라고 물었고 "교수님 본가 말입니다"라고 말했다. 지난번 선산 일로 고향에 왔을 때 본가가 이미 타인의 손에 넘어간 지 오래되었다고 해서 가 보지 못했는데 이정연 선생의 제안이 반가웠다. 옛집의 모습이 궁금했다. 내 기억 속에서 그 집은 산 사람을 만나러 가는 곳은 아니었다. 죽은 사람을 만나러 가는 곳이었다. 할아버지 제사 때만 갔다. 영광 고향 집뿐만 아니라 영광 자체가 내게는 가슴을 쓸어내리며 가는 곳이었다.

고향 집 터에는 4층짜리 빌라가 서 있었다. 하늘색 건물 앞에서 주춤거리다 내 기억 속에 있는 긴 토담도 안 보이고 낯설어서 돌아서려는데 일행 중 누군가가 저쪽으로 토담이 보인다고 들어가 보자고 했다. 공동주택의 1층 주차장이 필로티식 오픈된 공간이어서 어려움 없이 마당에 들어갈 수 있었다. 건물 앞쪽에 남은 토담이 눈에 들어왔다. 앞집과의 경계 겸 정원의 배경으로 남겨진 듯했다. 그 옆에 오래된 모과나무 한 그루는 그대로였다. 흙과 돌이 세월을 머금어 많이 헐해 보이고 길이도 짧아져 있었다. 큰집에서 필요할 때마다 땅을 조금씩 조금씩 떼어 팔았던 것 같다. 안내하던 조일근 대표가 옛날에는 뒷마당에서 뽕나무를 키워 누에를 먹일 정도로 넓은 땅이었다고 소개했다. 함께 간 우리 일행은 토담이 조금이라도 남아 있는 것이 어디냐면서 기념사진을 찍었다.

서울과 경기도 주변에서 피난 생활을 하던 우리 가족은 1·4 후퇴 직전에 호남행 기차표를 구해 남하했다. 일단 영암의 외가로 갔다. 광주에 사는 셋째 고모 집에 연락을 취했는데 "영광 근처에는 얼씬도 하면 안 된다"고 신신당부를 했다. 발을 들여놓을 수 없다는 전갈이었다. 휴전협정이 되고 얼마 뒤에야 할아버지 기일에 영광에 발을 디딜 수 있었다.

할아버지 기일에 처음으로 대가족이 모였을 때 나는 아무 물정도 모르고 어머니 치마폭을 감고 옆에 끼어 앉아 있었다. 공기가 무거웠다는 생각만 어렴풋이 있다. 고향 집에 처음 발을 들였을 때 본채만 뎅그렇게 있었다. 문간채나 별채도 없어졌고 사랑채는 불에 타서 빈터였다. "인공 때 인민 병원으로 쓰여 누군가 불태위 없었다"고 말했다. 어린 나의 귀에 깊이 박혀 있던 '인민 병원'이라는 단어도 불시에 튀어나온다. 외과의였던 넷째 숙부가 그 집에서 난리를 겪으며 다친 사람들을 수술도 하고 치료했다.

넷째 숙부는 겨우 목숨은 건졌지만 동란 후에 말 못할 고초를 겪었다는 수군거림이 유령처럼 떠돌았다. 대대로 내려온 사랑채의 책도 이때 일순간 한 줌의 재가 되었다. 서울에서 6·25가 터져 난리가 났다는 소문이 흘러들었을 때 귀한 책은 항아리에 넣어 땅을 파고 묻었다는 이야기가 나온 것은 팔려 나간 사랑채 터에 새 집이 지어진 뒤 20여 년도 지난 후였다. 그 집을 지을 때 집터를 깊이 파지 않아 어쩌면 그 집 땅 밑 깊숙이 묻은 항아리가 그대로 있을지도 모른다는 희망 섞인 공상을 혼자서 해 보기도 했다. 지금 천주교 공부방이 된 건물 터는 문간채 자리고 그 옆의 민가 터가 상해임시정부 재무위원 김철이 스님으로 변장하고 한 달간 숨어 지내며 호남 지역 독립 자금을 모았던 사랑채가 있던 장소다.

조운 선생 생가 길로 들어서자 어릴 적 기억이 어렴풋이 났다. 우리 집에서 몇 집 떨어지지 않은 곳이었다. 많이 허술해졌지만 옛 모습이 남아 있어 반가워하며 들어섰다. 생가를 알리는 표지석에는 대표 시로 꼽히는 〈석류〉가 새겨져 있을 거라고 막연히 생각했다. 그런데 〈석류〉 대신 〈파초〉가 새겨진 시비가 우리를 맞았다.

조운 선생 생가 골목을 빠져나올 때 고향 집과 조운 선생 생가 사이에 있는 이웃집 장독대 위에서 몇 할머니들이 고개를 디밀며 우리 일행을 구경했다. 어떤 할머니는 뉘집 손이냐고 묻다가 그 집 몇째 집 손이냐고 묻는 소리도 들렸다. 둘째 집 여식이라고 누가 전했는지 "아, 둘째 집"이라는 말도 들렸다. 우리 일행은 조운 선생 집에서 정종 선생 서책과 유품이 보관된 장소로 이동했다. 기념관이 아직 완성이 안 되어 임시 보관처였다. 관리를 맡은 이정연 선생의 안내로 정종 선생이 1941~1943년 사이에 일본어로 남긴 일지도 볼 수 있었다. 정종 선생이 잠깐 탁아소 운영을 맡았던 시기의 일지에는 아이들 간식 자료까지 일본어로 정갈하게 기록되어 있다. 송연옥 선생이 감탄하며 일어로 쓰인 여러 기록들을 읽어 주고 번역이 되면 좋겠다는 코멘트도 남겼다.

고등학교를 졸업하고 스무 살에 우체국에 취직해서 평생을 우체국 직원으로 산 이정연 선생은 20여 년간 정종 교수를 모시면서 지역사에 눈뜨고 역사의식에도 눈떴다. 그는 내가 알지 못했던 고향 이야기를 주저 없이 풀어 주고는 한다. 영광에서 왜 그토록 사상자가 많이 나왔는가에 대해서 구체적인 이야기도 해 주었다. 미군의 인천상륙작전이 있을 때 군산항과 원산항이 미군 위장 상륙 작전지여서 미군 소수 부대가 군산항에 상륙해 고창과 영광을 꿰뚫고 지나갔다. 그때 미군기와 태극기를 들고 세상 만난 듯 환호한 사람들이 있었다. 대체로 경찰 가족이었다. 그전에 심하게 당하고 숨죽이고 있던 좌익 쪽 사람들이 그 광경을 보고 미군이 지나간 뒤 경찰 가족에 반격을 가했고 수복이 되자 경찰이 좌익을 처단하는 악순환이 되풀이되어 말 그대로 영광이 쑥대밭이 되었던 모양이었다.˙ 영광은 한국전쟁 민간인 피해가 인구당 가장 높지만 좌익에 의한 살상이 더 많다는 '정부 통계' 때문에 '국가 폭력에 의한 민간인 학살' 연구자들조차 크게 관심을 두지 않거나 조명하지 못했다. 그러한 통계가 어느 정도 신빙성이 있는지에 대해 늘 의문이 있었지만 파고들어 본 적은 없다. 그런데 큰집 사촌의 이야기를 들으면서 어쩌면 좌익에 의해 살상되었다고 가족들이 신고한 경우도 경찰에 의한 살상인 경우가 상당하겠다는 생각을 다시 해 보게 되었다. 우리 집안에서는 '민간인 학살'이라는 말을 입에 올리는 것을 들어 본 적이 없다.

정종 선생은 고향에 내려와 일제와 6·25 당시의 영광에 대해 많은 구술을 남겼다. 이정연 선생이 정종 교수 구술을 녹음테이프에 담았다. 좌우 대립이 극심한 시기를 몸소 겪으며 살아남은 정종 교수는 평상시 정치적 입장을 드러낸 적이 거의 없었다. 생각지 않게 그의 정치적 소견을 읽게 된 일이 있다. 동국대 강정구 교수의 '만경대 발언'이 국가보안법 위반으로 사건화되었을 때˙˙ 정

---

˙    당시 영광 군민은 12만여 명이었고 민간인 사망자는 2만~4만 명으로 추계가 정확하지 않지만, 그 중간인 3만 명으로 잡아도 인구의 4분의 1이 희생되었다.
˙˙   이른바 '만경대 사건'으로 강정구 교수가 2001년 8월 김일성 주석의 생가로 알려진 만경

종 교수가 일부러 동국대를 방문해 강 교수에게 불이익이 없도록 총장에게 당부하고 갔다. 그때 내 연구실에 들렀는데 그의 정치적 궤적을 완곡하게 드러냈다.

해방 정국에서 한반도에 독립적인 단일 정부를 세우기 위해서는 조선 임시정부의 수립과 5년간의 신탁통치를 결정한 모스크바삼상회의 결정 지지가 우리가 선택할 수 있는 최선의 방책일 수 있다는 분위기가 지식인 사회에서 힘을 얻고 있었다. 그런데 어느 날 갑자기 몇몇 언론이 중심이 되어 신탁통치 반대(반탁) 여론을 주도하면서 모스크바삼상회의 결정을 지지한 지식인들이 일거에 찬탁 또는 친북 세력으로 매도되는 상황에 직면하게 되었다. 정종 교수는 이때 극도로 정치적 '혼란'을 겪어 내야 했고 보도연맹 사건으로 수많은 사람들이 희생된 상황도 지켜봐야 했다. 정종 교수의 집안에서 동생 등 가까운 가족들 여러 명이 사상 검증이 시작되자 북쪽으로 갔다. 그 이후 정치적 입장을 거의 드러내지 않았다. 대학 바깥 활동에 선을 긋고 어떤 정치 상황에도 거리를 유지하며 침묵했다.

이정연 선생과 이런저런 정종 선생 일화를 이야기하다가 잊고 있던 내 대학 때 기억이 떠올랐다. 대학에 입학한 지 얼마 안 되었

대를 방문해 방명록에 쓴 글로 말미암아 국가보안법 위반 혐의로 구속 기소된 사건이다.

을 때 정종 선생이 연구실로 나를 불러 작은 봉투를 건넸다. 열어 보니 200자 원고지 몇 장에 옮겨 쓴 짧은 콩트였다. 내가 아버지의 흔적을 아무것도 가지고 있지 않은 것이 안쓰러웠던지 아버지가 중앙고보 다닐 때 교지에 실은 콩트를 누군가에게(아마 그 방 조교였을 듯) 베껴 오게 해서 내게 전해 주었다. 나는 그 기억은 깊이 간직했지만 그 원고지는 간직하지 않았다.

정종 선생 임시 기념관을 방문하고 영광군 백수면의 원불교 창시자 소태산 박중빈朴重彬의 생가로 이동했다. 원불교 발상지 일대와 영산선학대학 등 원불교 성지를 안내받고 소태산이 직접 일군 자연친화적 농법의 농지와 공동생활의 터전 등도 둘러보았다. 우리 일행이 원불교 성지를 돌아보고 나올 때 안내자가 환경 생태 운동의 중심지가 되어야 할 성지 가까이에 원전이 들어선 것을 막지 못한 아쉬움을 토로했다.

영광 원전은 호남 지역에 들어 온 유일한 원전이다. 예부터 옥당 골로 불릴 만큼 풍요롭고 문향이었던 영광이 6·25를 거치면서 너무나 피폐해져 원전이라도 받아들여 경제적 자구책을 찾아야 했다는 사실이 새롭게 가슴을 눌렀다. 한빛 3·4호기로 불리는 영광 원전은 오래되기도 했지만 크고 작은 사고가 잦다. 사고 뉴스를 볼 때마다 설명할 수 없는 서늘함이 가슴을 스쳐 간다. 영광 원전이라는 단어가 뉴스에서 나오면 나도 모르게 고향과 6·25를 생각할 때 느끼는 비슷한 공포심에 순간 움찔한다.

영광에 다녀온 여진이 아직 가슴에 남았는데 인사동 한 음식점에서 한국전쟁 민간인 학살과 관련한 보고서 작성을 맡은 적이 있는 사학자를 만났다. 불갑산에서 (학살 현장을) 복구 작업한 이야기를 우연히 듣는다. 불갑산으로 피난했던 민간인들이 군경이 들이닥치자 겁이 나서 "산속으로 산속으로" 들어가고 가장 깊숙이 들어가서 그 주변 산봉우리를 둘러 팠던 고랑 이야기를 했다. 군경이 들이닥치는 것에 겁이 나서 조금이라도 막아 보려고 1미터 깊이의 방호용 웅덩이를 팠던 모양이다. 그 발굴 현장에 갔을 때 눈을 가장 시리게 한 것은 숟가락 여섯 개를 포개 들고 고랑에 묻힌 해골이었다는 이야기가 귓가에 꽂혔다. 이야기를 하던 연구자는 숟가락 여섯 개를 들고 있던 유골은 아마 여섯 아이들의 엄마였을 거라는 얘기를 스치듯이 했다. 그냥 아무 말 없이 그 얘기를 들었다. 불갑산과 그 인근 산에 몸을 숨겼다가 내려오던 할아버지와 큰아버지가 경찰 손에 유명을 달리했다는 말을 꺼내지 않고 삼킨다. 집에 와서 잠자리에 누웠는데 몇 시간 전 들은, 몇 십 년 전 고향의 그림이 너무 생생하게 눈앞에 어른거린다.

## 육십 몇 년이 지나 떨어뜨린 이야기

두 번째 영광에 다녀온 지 열흘 쯤 뒤 생각지 못한 전화를 받는다. 낯선 여자 목소리로 내 이름을 묻는다. 누구 동생이라고 자기 오빠 이름을 댄다. 어머니가 살아 계시느냐고 묻는다. 짧은 시간에 내 기억에서 몇 이름들을 불러내 온다. 개똥어멈, 구 서방, 그 아들과 딸들의 이름이다.

개똥어멈은 우리 집에 "굴러들어온 아이"가 어른이 된 뒤 얻은 이름이다. 기아와 기근이 심했던 1910년대에는 먹고살 만한 집 대문 앞에 어린아이가 버려지는 일이 흔했다. 누군가 감남 안집 대문 앞에 여자아이를 데려다 놓았다. 그 아이를 우리 집 호적에 올렸다는데 어떤 이름으로 어떻게 올라 있는지는 모른다. 바깥일을 하는 구 서방과 혼인시켜 '저금냈다(따로 살림을 내주었다)'는 이야기와 6·25 후 우리 집을 떠난 한참 뒤까지도 개똥어멈이 가끔 우리 집에 들렀다는 기억이 순간 떠올랐다.

어머니께 수화기를 넘기고 그들 간의 전화 통화를 엿듣는다. 엿들은 게 아니고 워낙 반가워하며 큰 소리로 얘기해 저절로 들렸다. 내가 영광을 다녀갔다는 이야기를 그곳 누군가에게 전해 들었고 어머니가 살아 계신다는 이야기를 듣게 되어 전화한다는 말이 들린다. 그쪽 어머니의 안부를 우리 어머니가 묻자 몇 년 전 아흔아홉에 세상을 뜨셨다는 소식을 전한다. 몇 십 년 만에 통화를 하게 된 어머니와 개똥어멈의 딸은 몇 십 년 전 이야기를 꺼내며 서로 위로도 하고 반가움도 표하며 전화통을 놓지 않는다. 전쟁 직후의 스산한 시절을 건너뛰고 힘들게 살던 세월도 이야기하려다 말고 잘 살고 있다는 이야기로 넘어간다. "오빠는 성공했다"는 말이 낭랑하게 들린다. 당신 어머니가 오빠 집에서 편하게 "호강하면서 말년을 보냈다"는 이야기다.

개똥어멈은 우리 아버지와 어릴 적부터 소꿉친구도 하고 같이 자라서 아버지의 부재를 더욱 안타까워했고 광주 살 때는 자주 왕래도 했다. 우리 어머니를 꼭 "작은아씨"라고 불렀는데 어머니는 동란 후에 집안 며느리 중 맨 먼저 개똥어멈에게 하대하는 말을 거두었다. 우리가 서울로 이사한 뒤에는 주로 전화로 소식을 전하고 살았는데 근래에는 거의 소식 없이 지냈다. 어머니와 개똥어멈은 전쟁 통에 없어진 조씨 집 남자들을 애도하거나 애통해하는 말로 통상 전화를 끊고는 했다. 어머니와 개똥어멈 딸은 전화통을 잡고 한동안 그네들 어머니가 마음 깊이 좋아했던 우리 집안 남자들 이야기도 하고 자기들 삼남매의 근황을 어제 만난 사람들처럼 수더분하게 이야기하고 끊었다.

어머니가 전화기를 내려놓은 다음 그동안 한 번도 한 적이 없는 이야기를 툭 떨어뜨린다. "개똥어멈 큰아들이 희선이한테 물들었던지 북으로 갔다"고 지나는 말처럼 한다. 순간 내가 놀라 묻는다. "개똥어멈한테 큰아들이 있었다고요?" 지금 있는 외아들 말고 아들이 또 있었다는 그 이야기는 금시초문이다. 개똥어멈 큰아들이 왜 '희선이한테 물이 들어서' 북으로 갔다고 생각하는지 그 이유를 어머니께 묻지는 않는다. 우리 집안 장손이었던 희선이 오빠 이야기를 집안에서 정식으로 들은 적은 없다. "북으로 갔다"는 이야기도 제대로 들은 건 아니다. 그런저런 이야기로 떠돌다 어느 순간 내 귀에 잡혔다. 집안 언니 중 한 명이 언젠가 집안에서 지나가듯 했던 이야기가 순간 떠올랐다. "희선이 오빠 되게 웃겼어, 독상 차려 주면 꼭 상 들고 집안 종들하고 겸상한다고 그쪽으로 간 것 있지…" 한 번도 본 적도 없고(없다고 생각되고) 이름도 어쩌다 들어 보는 희선이 오빠를 개똥어멈 큰아들과 함께 불러오게 될 줄 몰랐다.

해방 몇 년 전 찍은 가족사진에서 희선이 오빠를 본 적은 있다. 까까머리 남자아이 모습이었다. 이 사진은 1941년 증조할아버지 팔순에 찍은 듯하다. 증조부의 1남 2녀 직계 자녀들로 남자 12명, 여자 24명 등 도합 36명이다. 증조부 바로 옆에 장증손답게 꼿꼿하게 서 있는 까까머리 소년이 희선이 오빠다. 내 머릿속 희선이 오빠는 그런 모습이다. 가끔씩 주워들은 이야기로 그 모습

위로 덧칠을 한 적은 있다. 이를테면 해방 정국에서 경찰서에 수시로 잡혀간 이야기와 심지어 무슨 비밀 임무를 맡았는지 입에 늘 삼킬 것을 우물거리고 다녔다는 그런 전설 같은 이야기다.

큰어머니는 의과대학 재학 중 월북해 버린 큰아들 때문에 막내아들한테 할아버지와 아버지가 경찰이 아니라 종놈들한테 끌려가 죽었다고 이야기했을지도 모르겠다. 경찰의 손에 죽은 시아버지와 남편보다는 '인심을 잃어' 빨간 물 든 종놈들한테 끌려가 죽었다고 말하는 편이 하나 남은 아들의 앞길에 도움이 될 것으로 여겼을 것이라는 생각이 떠올랐다가 가라앉는다. 개똥어멈이 우리 어머니와 함께 조씨네 남자들에 대해 그토록 충직하고 열성적으로 애달픔을 표하고는 했는데 그 속에 북으로 간 아들에 대한 그리움이 깊숙이 묻어 있었다는 생각은 상상도 하지 못했다. 어머니는 사건이 난 지 70년이 다 되어 가는 때에 이르러 왜 그런 이야기를 툭 떨어뜨렸는지 모르겠다. 개똥어멈 큰아들의 아명이 어쩌면 개똥이었을지도 모르겠다는 생각을 이제야 해 본다.


우리 집에는 1947년 겨울 할아버지 환갑 때 찍은 가족사진이 있다. 나는 그 사진에 없다. 가족 축에도 못 끼었다고 놀림 받는 사진이다. 나는 10여 명도 넘는 손녀 중 친손녀로는 제일 어렸고 사진에 있으나 마나 한 15개월 남짓한 여아였다. 아마 그 시간에 자고 있었거나 집안 아주머니 누구에게 맡겨졌을 것이다. 어머니는 할아버지 환갑상 준비로 바빴을 테고 아버지는 한복 두루마기까지 차려 입고 딸아이를 안을 생각도 안 했을 것이다.

*대가족 사진에 끼지도 못한 아이가 사회학자가 되어 이 가족사진을 세밀하게 들여다보며 자세히 읽어 본다.*

이 사진에 대한 관심이나 가치는 식구들마다 달랐다. 어머니는 이 사진을 매우 중히 여겼지만 나는 찍히지도 않은 사진에 관심이 있을 리 없다. 우리 집에 있기는 했지만 자세히 보지도 않고 뒷방 구석 보자기에 싸 밀어 놓았다. 그동안에는 이 사진에 내가 없다는 사실에만 주목했었는데 이제 보니 이 사진에 큰집 장손 희선이 오빠도 없다.

할아버지의 아들 넷 딸 넷은 모두 한복을 차려입고 서 있다. 며느리들도 모두 한복을 차려입고 나란히 포즈를 취했다. 친손 외손, 사위 등 사진에 찍힌 가족 수는 스물여덟 명이다. 집안에 남자들이 귀했는지 스물여덟 명 중 아홉 명이 남자고 열아홉 명이 여자다. 특히 손자녀 세대에서 아들이 귀했던 것 같다. 여기까지는 다복했던 한 집안 사진으로 손색이 없다.

그러나 이 사진에 1947년 겨울이라는 시대 배경을 깔고 할아버지 환갑에 장손이 빠진 사진이라는 점에 주목해 읽으면 이야기는 달라진다. 이때는 한반도에 두 개의 정부가 들어서기 전해의 겨울이다. 해방을 맞은 지 2년이 지났고 그 2년 동안 미국과 소련의 남북 분할 점령, 모스크바삼상회의 '조선 임시정부'와 5년간의 신탁통치를 둘러싼 좌우익 대립 등 한반도 운명을 가르는 온갖 사건, 운동, 정치적 작전이 물밑에서 그리고 지상에서 휘몰아치던 시기다. 특히 그해 7월 몽양 여운형이 암살되면서 지식인들 사이에서 한반도에 두 개의 정부가 들어설지 모른다는 우려가 깊어지고 있었다. 이는 곧 전쟁이 터질 수밖에 없다는 인식이었다. 그때부터 집안 분위기는 어둡고 살얼음 밟듯 조심스러웠다는 이야기를 전해 들은 적이 있다. 다시 보니 환갑날 찍은 사진으로는 할아버지 표정도 밝지 않고 전반적으로 어둠이 깔린 듯 무거운 분위기다.

할아버지 환갑에 빠질 만큼 장손 '희선이 오빠'한테 생긴 중요한 일이 무엇인지 상상한다. 어쩌면 그때 평양에 있었을지도 모르겠다는 생각을 해 본다. 그렇지 않고서야 할아버지 환갑에 온 가족이 모여 찍는 가족사진에 '장손'이 빠졌을 리 없다. 비교적 자유롭게 오가던 삼팔선이 넘나들기 힘든 분단의 지대가 되어 가는 와중에 장손은 건너오지 못하고 할아버지 환갑 사진에 빠졌을 것이다.

할아버지 옆에는 2년 전 세상을 뜬 친할머니 대신 공장 할머니가 양단 저고리를 입고 앉아 있다. 할아버지 무릎 사이에 어린이 양복을 입고 사진의 한 중앙을 차지하고 서 있는 세 살배기가 우리 오빠다. 이 사진에서 유일한 친손자다. 큰집의 사촌은 이때 세상에 나오기 전이다. 이 사진의 정중앙을 차지하며 할아버지 총애를 온몸에 받았다는 그 오빠는 사회와 불화했고 일찍 세상을 떴다. 조상을 뵐 면목이 없다고 선산에 가지 않았다. 대신 화장해서 지리산에 뿌리라고 부탁했다. 누군가 내게 오빠가 유골을 왜 지리산에 뿌리라고 했느냐고 묻는다. 뭔가 극적인 이야기를 기대하는 눈치다. 내가 알기로는 특별한 이유가 없는 것 같다고 답한다. 장기간 투병했고, 지리산을 좋아했는지는 모르겠다. 남은 가족들은 화장은 했지만 지리산에 뿌리라는 유지는 받들지 않았다.

# '목소리 소설' 작가를 토론하다

　오랫동안 묵혀 두었던 6·25 전후의 집안 이야기를 고향에 다녀오면서 다시 새롭게 들춰 보고 있을 때 전쟁에서 살아남은 사람들의 '목소리 소설'로 노벨문학상을 받은 스베틀라나 알렉시예비치의 한국 방문 소식을 접한다.

　서강대 트랜스내셔널 인문학연구소에서 스베틀라나의 강연에 토론자가 되어 달라는 연락이 왔다. 주저 없이 참여하기로 한다. 서울에 처음 온 스베틀라나에게 서울에 대한 첫인상을 물었을 때 거리에 어두운 색 양복 입은 남자가 많이 보인 것이 특이하다고 답했다. 화사한 오월의 서울 거리에서 남성 중심 사회의 색깔을 짚어 낸 코멘트가 인상적이었다.

　스베틀라나가 쓴 책들을 다시 찾아 읽으며 토론을 준비했다. 《전쟁은 여자의 얼굴을 하지 않았다》(이하《전쟁은》약칭)를 먼저 읽고 《세컨드핸드 타임》(이하《타임》약칭)을 읽고 《체르노빌의 목소리》(이하《체르노빌》약칭)를 읽으면서 난 그들의 전쟁 현장이 아니라 내 기억 속 전쟁의 파편을 줍고 있었다. 내 안의 전쟁의 기억을 뒤죽박죽 소환했다. 가물가물한 어릴 적 6 · 25 때의 기억과 학교에 입학하자마자 미술 시간에 그리던 반공포스터와 대학 졸업 후 통신사 외신부에서 새벽마다 받아쓰던 베트남 전쟁 기사까지 따라 나왔다. 스베틀라나의 모든 작품에서 살아 숨 쉬는 말이 주는 감동을 느낄 수 있지만 독자들이 받는 감동은 각자의 기억과 경험에 따라 다를 수 있다는 생각을 한다. 《마지막 목격자들》(이하 《목격자들》 약칭)을 읽으면서 나도 모르게 나의 어릴 적 기억 속의 전쟁을 불러내고 그 속으로 들어갔다.

한국전쟁이 터진 1950년 6월 25일의 아침부터 기억이 선연하게 떠오를 때가 있다. 만 네 살 때다. 《목격자들》의 어떤 증언은 내 기억 속의 이야기로 치환된다. 스베틀라나는 네 살에서 열두 살까지 어린 시절에 전쟁으로 부모를 잃고 고아원에서 자란 화자들의 이야기를 통해 어려서 아무것도 기억하지 못할 것이라는 어른들의 선입견을 넘어선 아이들의 응시를 보여 준다. 그의 글쓰기는 '소소한' 기억의 고통에 동참하고 연대하는 일을 문학의 책무에 추가한 듯하다. 작가는 글 곳곳에서 일상적인 감정, 생각, 발언을 기록하고 수집하는 일을 업으로 삼고 있음을 빠뜨리지 않는다.

작가는 "어떤 말을 써야 내 귀에 들려오는 이야기들을 제대로 전달할 수 있을까?"를 고민하고 자기가 느끼는 세상, 자기 눈이 보고, 자기 귀가 들은 세상을 그대로 표현해 낼 수 있는 장르를 애타게 찾았다고 고백한다. 그러면서 이야기가 만들어지는 대화에 참여하는 사람은 적어도 세 사람이라고 짚어낸다. "지금 내 앞에서 이야기하는 사람, 지금 내 앞에서 이야기하고 있지만 사실은 그때 그 시절로 돌아가 있는 사람, 그리고 나" 즉 듣는 사람이면서 작가 인 나라는 삼각관계를 통해서 '진실'에 접근한다고 말했다. 엄밀 히 말하면 작가 자신이 다시 현재의 화자–과거의 화자의 기억– 이야기를 듣는 '나'와 그 이야기들을 작가 자신의 삶/기억과 연결 시켜 '사유하고 해석하는 나'라는 4자 관계의 구도다. "예전에는 책을 쓸 때 다른 이의 고통을 들여다보기만 했었지만, 지금은 나 와 내 삶도 사건의 일부가 되어 버렸다"는 고백에서 알 수 있는 것 처럼 작가는 이야기의 일부이면서 주체이기도 하다. 스베틀라나 는 일상, 생각, 감정을 에워싼 사건이나 구조 자체에 대해서는 입 장을 유보하거나 때로 입장이 없는 듯한 자세를 취하면서 개인들 의 기억 이야기에 몰입한다.

나는 토론에서 '침묵된 기억'과 관련된 질문을 하지 않을 수 없었다. 작품 여기저기에는 "모르겠어… 아니, 당신이 묻는 말이 뭔지는 알아. 하지만 말로는 표현할 수가 없어… 내 말로는… 그 걸 어떻게 말로 설명하지?"라는 질문이 많다. 자기가 처한 또는 처 했던 삶의 기억을 드러내는 일이 기존의 언어로 표현하기에는 미 흡하다는 것을 보여 주기도 하지만 단순히 기존의 언어가 갖는 한 계를 드러내는 것만은 아닌 듯하다. 실제 구술 채록 과정에서 정 말 중요한 이야기는 침묵되는 경험을 많이 한다. 작가는 기억이 왜 중요한가 그리고 기억을 말하고 읽고 쓰는 것이 왜 의미를 갖는가에 천착하면서 "우리의 말과 감정이 허락하는 이야기는 어디까지일까? 말과 감정으로는 도저히 설명되지 않는 이야기는 또 무엇일까?"를 집요하게 물으면서 질문은 자꾸만 많아지는데, 대답은 자꾸만 적어진다고 고백한다.

기억을 쏟아 낸 화자가 무의식적으로 삭제 또는 의도한 침묵을 그가 어떻게 재현했는지 궁금했다. 말하고 싶지 않음/말할 수 없음/말하기 두려움 등 많은 다른 이유가 내포된 듯한데 어떻게 이를 풀 수 있는지 구술사 연구자로서 품고 있는 숙제를 꺼내봤다. 이와 관련하여 심층적 기억들은 어떻게 스스로 언어화되고 담론화되는지, 작가는 이 과정에서 어떤 개입을 하거나 역할을 했는지 또는 할 수 있는지 듣고 싶었지만 작가는 거기에 답하지 않고 넘어갔다. 시간 제약 때문이기도 했고 즉각 답을 할 수 없는 문제였던 것 같기도 하다. 스스로 질문을 곱씹으며 돌아왔다.

나의 허전함은 답을 못 얻어서만은 아니다. 전쟁에서 살아남은 목소리를 쓰는 작가에게 침묵에 묻힌 주검은 어떻게 이야기로 복원할 수 있을지를 묻지 못해서일지도 모르겠다. 작가는 《전쟁은》의 에필로그에서 출판 검열 당국과 스스로가 삭제한 내용 중 많은 부분을 복원하면서 이런 '기록하기' 자체가 문학이라고 말한다.

'기록하기'와 '말하기' 그리고 '침묵하기'의 보이지 않은 회로를 머릿속에서 그리며 토론장을 빠져나왔다.

이 원고를 다듬고 있을 때 러시아-우크라이나 전쟁 뉴스가 매일 지면을 채운다. 스베틀라나는 아버지가 친러의 벨라루스 출신이고 어머니는 우크라이나 출신이라는 사실이 새삼 무겁게 가슴을 누른다. 독일에 머물고 있다는 스베틀라나는 러-우크라이나 전쟁의 목소리를 담아낼 채비를 하고 있을지도 모르겠다. 다음 목소리 소설을 상상하는 일이 가슴을 서늘하게 한다.

# 시국을 잘못 만난 사람들

뜬금없이 우리 어머니가 아침밥을 적게 먹는 내게 "어쩌면 식성까지 할아버지와 똑같으냐"면서 "너희 할아버지도 아침을 그렇게 조금씩 싱겁게 드셨다"고 말씀하신다. 전날은 "오늘이 바로 그날"이라고 잊지 않고 6·25 날을 짚더니 다음 날은 전쟁 때 가신 할아버지의 식성을 닮았다는 식성 유전 이야기로 67년 전 전쟁을 소환하는 어머니를 무심하게 마주한다. 어머니는 그러고 나서 "시국을 잘못 만나…"라고 혼잣말을 중얼거리신다. 내가 얘기를 들을 시간이 있는 듯 보이면 좀 더 얘기를 하실 참으로 앉은걸음으로 다가서는데 나는 바쁘다는 몸짓을 하며 어머니의 이야기를 밀어 낸다.

집에서 바로 나와 그날 오후에 있을 '진실의 힘' 인권상 시상식에서 하게 될 제7회 인권상 심사위원회의 선정 요지를 다듬는다. '진실의 힘' 인권상은 재단법인 '진실의 힘' 재단이 해마다 6월 26일 시상한다. 이날은 유엔이 정한 〈세계 고문 희생자 지원의 날〉이다. 이 상은 1970~1980년대 고문을 당해 간첩으로 조작

된 피해자들과 진실 규명에 함께한 인권 운동가, 변호사, 의사들이 힘을 모아 만든 '진실의 힘' 재단이 수여하는 상이다. 수상자에게 수여하는 1천만 원의 상금은 고문 피해자들이 형을 마치고 나와 국가를 상대로 진행한 소송의 상고심에서 무죄를 받아 국가로부터 받은 배상금의 일부를 모은 것이다. 국내와 국외 인권 운동가와 단체에 교대로 준다. 이 상의 심사위원장을 네 번째 맡았지만 이 상을 선정하고 한 번도 마음이 가벼운 적이 없다. 이번에도 그랬다.

이날 시상식은 남산에 있는 '문학의 집' 건너편에 있는 '산림문학관'에서 있었다. 이 자리는 안기부장 공관의 경호원들 숙소였던 건물 터다. 남산의 옛 안기부 건물을 지나 한때 안기부장 공관이었다는 남산 '문학의 집'을 지나 시상식 장소를 찾아가는 길에 억수 같은 비까지 쏟아졌다. 마음을 쓰다듬으며 시상식에 갔다.

제7회 '진실의 힘' 인권상에는 인도네시아 베드조 운통 선생과 그가 대표를 맡고 있는 'YPKP 65'가 함께 선정되었다. YPKP 65는 1965~1966년 사이에 인도네시아에서 벌어졌던 집단 학살 사건 피해자들이 1999년 만든 조직이고 베드조 운통 선생은 당시 체포되어 9년간 수감되었던 피해자다. 인도네시아에서는 1965~1966년 사이 50만~3백만 명에 이르는 사람들이 공산주의자라는 의심과 추정만으로 대량 학살당했다. "살해된 사람의 숫자로 치면, 이 살육은 20세기 최악의 대량 학살 가운데 하나"(미 CIA

보고서)다.

인권상 선정 요지를 쓰는 일도 선정 요지를 읽는 일도 쉽지 않았다. 심사위원회는 베드조 운퉁 선생이 1965~1966의 피해자로서 집단 학살과 인권침해의 역사를 삶으로 증언해 온 점, 피해자를 넘어서 YPKP 65 활동가로 진실 규명을 주도하며 피해자들의 삶에 용기를 불어넣고 있는 점, 고문과 폭력의 어두운 시간을 온몸으로 견디며 '인간의 삶은 폭력보다 강하다'는 진실을 일깨운 점을 들어 수상자로 결정했다.

베드조 운퉁 선생이 수감 생활 중 오선지를 그려 피아노 치는 법을 배우고, 영어 사전을 한 장씩 뜯어 가며 매일 단어를 익히고, 감옥에서 나와 피아노와 영어를 가르치며 생계를 버틴 일상의 이야기를 수상 소감에서 들으며 어떤 피나는 투쟁사보다도 가슴이 뭉클해졌다. 어떤 상이든 상 심사가 끝나고 수상자가 결정되면 수상자에게 축하를 전하게 되지만 '진실의 힘' 인권상 수상자에게는 축하보다는 위로가 먼저 건네진다. 심사위원을 대신해 베드조 운퉁 선생을 비롯한 1965학살 사건 생존자들의 삶에 깊은 존경과 뜨거운 연대의 마음을 전했다. 우리 역시 한국전쟁을 전후한 시기, 20만~40만 명에 이르는 민간인들이 군과 경찰에 집단 학살을 당한 역사가 있었음을 언급하며 깊은 연대감을 표하지 않을 수 없었다.

그날 시상식에 찬조 격려사를 해 주신 분은 '함평사건희생자

유족회' 대표 정근욱 선생이었다. 식이 끝나고 인사를 건네면서 고향이 영광이라고 했을 때 너무 자연스럽게 뉘 집 손이냐고 물었다. 영광 국회의원을 2대에 걸쳐 지낸 집안의 이름을 대면서 그 집 자제 되느냐고 물었다. 잠깐 당황한 뒤 아니라고 답한다. 어느 집이라고 말해야 할까 머뭇거리다 그만둔다. 영광과 함평은 한때는 같은 군이었고 6·25 피해를 같이 겪었다. 영광 유족회는 활동이 미미한데 비해 함평 유족회는 더 활발하게 움직이는 듯해서 그 이유를 물어볼까 하다 참는다.

하루 내내 '시국을 잘못 만난 사람들' 얘기로 채운 셈이다. 어머니는 6·25 때 풍비박산된 우리 집 남자들 얘기를 "시국을 잘못 만나"로 시작할 때가 많다. 그리고 나서 '이런 시국'에도 별일 없이 잘나가는 집 얘기를 할 때는 약간 목소리 톤을 바꿔 "시국을 잘 만나"로 끝맺고는 했다. "시국을 잘못 만나"와 "시국을 잘 만나"라는 말은 어렸을 적 내가 해독해야 하는 가장 어려운 수수께끼 같은 것이었다. 지금도 해독이 쉽지 않은 어려운 부호다.

어머니는 우리 집을 "누구에게 고개 숙인 적 없고 고개 숙일 일 없이 살던 글만 한 집이었는데…"라고 이야기를 꺼내다가 가끔씩은 "모름지기 시대를 잘 타고나야" 한다거나 시대를 잘못 타고나면 어떤 재능도 소신도 아무 소용이 없다는 말을 푸념하듯 섞어 썼다. 어떤 때는 가당찮게 잘나가는 사람을 보면 "시류를 잘 쫓아"

라고 미운 소리를 했다. 시국과 시대와 시류를 번갈아 쓸 때면 그 미묘한 어감의 차이도 해독이 어려운 부호였다. 사회학자가 된 지금도 그렇다.

"시국을 잘못 만나"로 시작하는 어머니의 우리 집 남자들 얘기는 아주 드물게 아버지 얘기로 갔다. 오래 뜸을 들여 시작은 하지만 끝을 맺지도 못하고 끝나기 일쑤였다. 작정하고 얘기를 시작하는 것도 아니다. 어쩌다 지나가듯 떨어뜨렸다.

아버지는 6·25 나기 1년 전쯤에 무슨 일이었는지 어머니와 상의도 없이 목포 부시장 자리를 내놓고 서울로 가기로 한다. 서울시에 자리를 얻었으나 별 자리가 아니었던 것 같은데 바로 의정부에 제법 큰 한옥을 구입했다고 어머니한테 통보했다. 서울에 기차로 출퇴근이 가능한 집이었다. 어머니는 처음에는 많은 세간살이가 들어갈 만큼 큰 집을 서울에 살 수 없어서라고 생각했지만 차츰 그 집을 중개한 사람한테 당한 것 같다는 생각이 들었다는 이야기를 자주 했다. 의정부를 떠나려고 했을 때 그 집을 되산 사람이 그 집을 사도록 주선했던 사람이었다. 한 다리 건넌 사돈댁 사위였다. 그는 살 때 가격보다 훨씬 낮은 3분의 2 정도 가격으로 계약만 하고 완불을 몇 달이나 미루었는데 그만 6·25가 터져 바로 가회동 지인의 집으로 옮겼다. 우리 가족은 아버지가 돌아오기를 가회동에서 기다리다가 1·4 후퇴 직전 의정부 집의 잔금을 받아 호남행 기차표를 사서 서울을 빠져나왔다. 의정부 집을 사도록 부추긴 사람은 말만 반지르르한 믿음직하지 않은 '서울내기'라고 어머니는 이야기 때마다 불신을 드러냈다. 전쟁 중에 그가 감찰위원회 간부직 감투를 쓰고 나타났다는 사실을 말씀할 때는 목에 가시 걸린 듯 어머니는 헛기침을 했다.

아버지는 목포에서 좌익 계열 시장과 노선을 함께하면서 우익계 전남지사 쪽과 불화했다. 그래서 서울로 옮긴 듯하다. 지주 계급 출신 사회주의자 명단에서 그 시장의 이름을 본 적이 있다. 인공 치하에서 전남도당 당협 위원장을 지냈고 처형당했다는 기록이었다. 그러나 서울에서 사라진 지주 집안 출신 부시장에 대한 기록은 어디에도 없다. 아버지는 그렇게 부재한다.

어머니가 시국을 잘못 만난 집안 남자들 얘기를 할 때 빠지지 않는 사람은 넷째 숙부다. 세브란스 의전 다닐 때 잘나가던 학생회장이었다는 얘기를 빼놓지 않는다. 전쟁 때 할아버지 사랑채에서 인민 병원을 했다는 이야기는 건너뛴다. 6·25 후에 겨우 목숨을 건진 이야기도 어머니한테는 듣지 못했다. 세브란스 외과 교실에 그대로 있었으면 좋았을 텐데 왜 하필 그때 고향에 내려왔는지 모르겠다고 당신 일처럼 안타까워했다.

'신당동 작은아버지'라고 우리가 부르는 넷째 숙부의 의원은 행정상 동명은 신당동이었지만 지금의 황학동 중앙시장 쪽에 가까운 좁은 골목 안 살림집 2층에 있었다. 외과 의원이라는 간판을 걸었지만 찾아오는 환자는 별로 없었다. 넷째 숙부 집에 다녀올 때마다 "시국을 잘못 만나"라는 이야기와 그렇게 환자가 없는 개업 의사는 처음 봤다는 말을 빼놓지 않았다. 세브란스 출신이라는 간판이라도 크게 걸면 좀 나을까 싶은데도 숙부는 그럴 생각이 없었다. 그때 가장 손쉽게 돈을 버는 임신중절수술도 거들떠보지 않았다.

넷째 숙부 이야기 끝에는 항상 할아버지 생전에 월암산은 둘째와 넷째가 같이 나누라고 했는데 102정보나 되는 산을 혼자 이름으로 등기한 데 대한 원망이 붙어 나왔다. 어머니는 넷째 숙부 병원이 잘 되었으면 그 산을 독차지하지 않고 조카에게 나눠주었을지 모른다는 기대를 쉽게 버리지 못했다. 그 원망이 듣기 싫어 자리를 뜨려고 하면 어머니는 넷째 고숙 이야기로 슬쩍 넘어갔다. 그는 경성고등상업학교(서울 상대 전신)를 나온 만석지기 외아들이었는데 시국을 잘못 만나 뜻을 펴지 못한 신사라는 얘기를 꺼낼 참이다. 그는 여학교 영어교사로 교사 운동을 했던 듯하다. 그런 이야기를 길게 하지는 않는다.

어머니가 시국을 잘못 만난 남자들 이야기를 시작하면 나는 반쯤 귀를 닫았다. 시국을 잘못 만난 아버지들 이야기는 어릴 적 친구들 집에도 차고 넘쳤다. 누구 아버지가 어디서 숨어 지내다가 몇 년 만에 나타나는 이야기도 드물지 않았다. 그런 이야기 더미 속에서 살았다. 많은 이야기들이 희미해졌는데 한 아이와 그 아버지 이야기는 오래 내 머릿속에 있다.

학주라는 아이였는데 그 애 아버지는 휴전이 된 뒤 3년 후에 '산'에서 내려왔다. 국민학교 4학년 때였다. 지리산에 숨어 있다가 가족을 찾아온 학주 아버지 얘기는 어린 나의 마음에 회오리바람을 일으켰다. 6·25 때 사라진 아버지가 오시기만 하면 집의 모든 문제가 일거에 해결되는 줄 알았는데 학주네는 반대였다. 학주는 중학생 언니와 함께 우리 집 근처에 살았고 초등학교 교사였던 어머니는 타지에 근무해서 주말에만 아이들한테 왔었다. 그런데 학주 어머니가 1년 전 동료 교사와 재혼해서 다른 데 살림을 차려 딸들과 따로 살았다. 학주 아버지의 등장은 학주와 학주 언니의 일상을 일거에 혼란에 빠뜨렸다. 아버지는 계속 경찰의 감시를 받았고 따로 직업도 갖지 못한 채 딸들한테 얹혀 지냈다. 얼마 후 학주는 다른 학교로 전학 갔고 소식도 끊겼다. 어른이 된 뒤 몇 십 년 만에 학주와 통화하게 되었을 때 그가 뜻밖의 이야기를 내게 했다. 자기 어린 시절 가장 부러워한 아이가 6·25 전쟁 후에 아버지가 돌아오지 않은 나였다는 이야기였다. 홀어머니와 함께 산 내가 부러웠다는 이야기를 그렇게 담담하게 한 건지도 모르겠다.

# 어떤 기억과 어떤 기록

　시국을 잘못 만난 우리 집 남자들 얘기에 어린 내가 지루해할 때쯤 어머니는 물무산에서 6·25 후에 사라진 '야든이' 얘기로 넘어갔다. 야든이는 동네 머슴이었는데 그의 아버지 여든에 그를 낳았다 해서 붙여진 이름이다. 여든은 지역 사투리로 야든으로 발음되었고 야든이는 그의 이름으로 굳어졌다.

　야든이 얘기를 잊고 있었는데 야든이 비석을 정종 교수가 군 관계자들을 설득해 물무산에 세웠다는 얘기를 고향 영광에 와서 듣게 되었다.

　어머니가 조금씩 다른 버전으로 이야기해 주던 야든이 이야기는 어릴 적에는 동화쯤으로 생각하고 들었다. 어머니는 야든이가 얼마나 힘이 장사였는지 쌀 몇 가마니쯤은 지고 날아다녔다거나 동네잔치나 상가에는 항상 맨 먼저 나타나는 의리 있는 머슴이었다는 얘기로 운을 뗀 다음 야든이의 모습을 다양하게 그려 냈다. 야든이는 항상 등에는 큼지막한 바지게를 지고 (그의 생계 수단을 등에서 떼어 놓는 일이 없었다.) 손에는 곰방대를 들고, 품삯을 받아 두툼한 주머니는 그의 허리춤에 축 늘어져 있었다는 모습만으로도 흥미진진한 동화의 주인공이 될 만했다. 온 동네 허드렛일을 도맡아 하면서 늘 웃고 다닌 야든이에 대해서 어머니는 조금씩 버전을 달리하며 얘기를 되풀이해 주고는 했다.

야든이는 이 집 저 집 노숙하고 다녔지만 공짜 밥은 절대 먹지 않았고 공짜로 일을 하는 법도 없었다. 허리춤에 찬 주머니는 품삯으로 두둑했고 그를 따라다니며 놀리는 아이들에게 허리춤 주머니에서 몇 푼씩 꺼내 주기도 했다. 아이들에게는 말이 어눌한 그를 놀리는 재미도 쏠쏠했고 몇 푼씩 얻는 재미도 컸을 것이다. 우리 집 영광 본가는 식솔이 많아 부엌도 넓고 먹을 것은 흔했지만 일손은 언제나 달렸다. 야든이는 자주 우리 집 부엌에서 자고 나갔는지 어렸을 적 집안 언니들도 가끔 그의 풍모를 얘기했다. 야든이는 말수가 적었다. 어머니는 "말을 물어내지 않아서" 동네에서 야든이가 특히 인기가 좋았다고 했다. 어린 내게 '말을 물어내지 않아서'라는 그 말뜻이 쉽게 온 것은 아니다. 말수가 없는 야든이가 동네 이 집 저 집에 말을 옮기지는 않았을 거라는 짐작은 할 수 있었다. 그가 아이들 놀림감이면서 또 아이들에게 얼마나 인기가 있었는가에 어머니는 공을 들였고 어떻게 동네에서 사라졌는가는 어물쩍 지나가기 일쑤였다. 그가 얼마나 비극적으로 생을 마감했는가를 어릴 적에는 잘 몰랐다.

야든이는 힘이 좋아 읍내에서 멀지 않은 가파른 물무산 봉우리까지 매일 단숨에 달려갔다 올 수 있는 '괴력의 사나이'였다. 그 괴력은 수복이 늦어 밤낮으로 세상이 바뀌는 영광에서 특별하게 쓰였다. 밤은 빨치산의 세상이어서 물무산 봉우리에 밤이면 인공기가 꽂혔다. 날이 밝으면 바로 달려가 인공기를 내리고 태극기를 가져다 꽂는 임무가 야든이에 맡겨졌다. 물무산은 깊은 산은 아니었지만 읍내와 가까워 밤이면 불갑산, 구수산 등에 남아 있던 빨치산들이 능선을 타고 모여들어 영광 경찰서를 습격하고 후퇴하는 진지로 적합했다. 그 진지 어디쯤에 밤중이면 인공기가 꽂혔다. 날이 밝기 전 빨치산이나 인민군은 더 깊은 산 속으로 후퇴하고 아침이 되면 경찰이 그 진지를 탈환한 표시로 인공기를 뽑아내고 태극기를 꽂았다. 야든이가 그 일을 맡아 한 것이다.

얼마 동안 그 일을 했는지는 모르겠다. 빨치산 은신처가 경찰의 공격을 받으면서 그의 임무는 끝났다. 빨치산에 의해 사살된 얘기는 어른이 된 뒤에야 들었다. 그가 빨치산 은신처를 알려 준 것으로 오인받아 사살된 듯하다는 소문이었다. 그때 그의 나이는 마흔을 좀 넘겼던 듯하지만 그의 정확한 나이는 아무도 몰랐다. 이름도 성도 없었다. 여든에 그를 나은 아버지가 양씨라고도 하고 김씨라고도 했지만 아무도 그의 근본을 모른다.

혼자 속으로 그가 동학군 아들이었나 상상해 본다.

고향에 내려온 정종 교수는 태극기를 안고 오르다 빨치산에 사살된 야든이의 죽음이 갖는 비극성을 모른 척 넘길 수 없었다. 기록으로 남겨야 한다고 생각했다. 정종 교수는 어느 날 마음먹고 새로 부임한 경찰서장에게 찾아가 물무산 봉우리에 야든이 비석을 세우고 비문도 직접 써 줄 것을 부탁했다. 마침 부임한 이당재 경찰서장은 문학적 소양이 있는 시인이었다. 고향의 어른들 다섯 분이 출연해 그의 비를 2000년 물무산 정상에 세운다. 인공기를 바꿔 꽂기 위해 태극기를 품에 안고 물무산 정상 가까이 갔다가 빨치산의 총에 맞아 숨져 "역사의 제단에 피를 뿌리게 되었지만…"이라는 내용이 담긴 비석을 세웠다.

비석 첫머리는 "영광의 명물 야든이의 25시"로 시작한다.• 그의 비석 글을 보다가 "세상과 더불어 춤추는 속물이기를 거부하고 영세중립을 표방했을 야든이"라는 표현에 눈길을 멈춰 본다. 그는 어쩌면 인공기를 태극기로 바꿔 꽂는 일의 의미를 알았을 수도, 몰랐을 수도 있다. 아예 관심 밖이었을지도 모르겠다. 밤중에 꽂

---

• 영광 출신 수필가 조희관(1905~1958)은 〈바보 『야든이』〉라는 글을 1952년 《샘》이라는 책에 실었다. "내 고향에 야든이라는 사람이 있었습니다. 사람들은 바보 야든이라고 했습니다"로 시작하는 이 수필은 야든이가 얼마나 바보스럽게 애써 노동하고 노동을 통해 희열을 선사하는지를 감칠나게 그리고 있다. 그 야든이가 (전쟁 중에) '어찌 됐는지' 모른 채 글을 맺고 있다. 이 짤막한 수필을 보면서 실제로 야든이가 어떻게 된지 모른 채 칭송하고 싶은 '바보' 야든이를 쓰고 싶었을까 아니면 야든이가 어떻게 사라진 줄 알면서도 그 이야기를 쓸 수 없는 시대를 반영한 것일까 생각이 많아졌다. 독자들은 '야든이'가 실제 인물인지에 관심이 갈 듯한데 나는 '야든이 이야기'에 관심이 갔고 '시대의 벽을 넘지 못하는 글쓰기'에 대한 숙제로 읽혔다. 수필 전문은 조희관, 《철없는 사람》(세종출판사, 1983), 163~165쪽.

혀진 인공기를 낮에는 뽑아내고 태극기를 그 자리에 꽂고 내려오는 일은 그가 잘할 수 있는 생계 노동이었고 도움을 청하면 도움을 줘야 하는 그의 품성에 반하지 않는 노동이었을 것이다.

물무산 봉우리에서 희생된 사람은 야든이만이 아니었다. 부지기수로 많은 젊은이들이 희생되었다. 정종 교수의 6촌 여러 명도 그 물무산에 있었다. 그들은 지리산 능선을 타고 북쪽으로 갔을 수도 있고 가다가 숨겼을지도 모른다.

비석의 한 면에는 "뜻을 모은 이 정종 김대규 정민 이기태 정태능"이라고 쓰여 있다. 이들 모두는 이미 여든을 훨씬 넘긴 때다. 야든이의 모든 것을 기억하는 마지막 어른들이 뜻을 모아 어디에 묻힌지도 모르는 야든이에게 예를 표하고 야든이를 좌우 대립의 비극적인 역사의 상징으로 기록해 두기로 한 것이다.

야든이 주검 이야기를 고향에 와서 듣다가 생각지 못한 어떤 주검 이야기와도 만났다. 전설적 빨치산 박막동의 이야기다. 박막동은 우리 어머니 입에서 한 번도 나온 적 없는 이름이다. 영광 빨치산 이야기에서 빠지지 않는 박막동 이름을 논픽션 전쟁 무용담 같은 데서 본 적은 있지만 '고향 사람'으로 가깝게 생각해 본 적은 없었다. 뜻밖에 김옥자 선생이 야든이 이야기를 하다 말고 박막동 최후의 모습을 내게 풀어 놓았다.

김옥자 선생은 내가 두 번째 고향을 방문했을 때 처음 만났는데 보자마자 '그 집 얼굴'이라고 반가워하면서 집에서 손수 담근

자색 고구마 식혜를 가져 오셨던 분이다. 향토사 연구회에서 활동하는 가장 연세 많은 어른이다. 고향 본가와 한 집 건너 이웃이었고 큰집 셋째 언니와 초중등을 같이 다닌 절친이라는 얘기를 나중에 들었다.

　김옥자 선생이 야든이 이야기를 하다 말고 박막동 이야기로 넘어간 것은 열두세 살의 나이에 마주한 어느 날 풍경이 도저히 지워지지 않아서 튀어나온 듯하다. "박막동은 실명은 아니었고 빨치산 대원 중에 제일 어려 그 안에서 '막동아, 막동아' 부르다가 박막동으로 알려졌다"는 이야기를 시작으로 그의 주검이 차부의 수레에 "널어져" 있는 것을 친구들과 본 얘기를 했다. 차부에 구경거리가 있다고 몰려갔다가 얼굴을 감싸고 코를 움켜쥐고 돌아선 흉내를 그대로 내며 얘기했다. 수레에 박막동의 사지가 쫙 뻗힌 채 전신이 그대로 널어져 있던 광경을 어제 일처럼 털어놓았다. 사지를 펼친 능지처참 형벌은 조선시대만 있었다고 생각했는데 그게 아니었다. 한국전쟁 후 영광에서 박막동의 시신이 그렇게 전시되었다는 얘기에 순간 나도 모르게 눈을 감았다. 여든 중반을 넘긴 김옥자 선생이 야든이를 따라다니며 용돈 줍고 즐거웠던 이야기를 전하다가 한순간 차부에서 수레에 오체를 뻗힌 채 전시된 빨치산 대장을 보며 고개를 돌린 '열두 살의 소녀' 이야기를 쏟아 낸 것이다. 나도 모르게 꿀꺽 소리를 내며 큰 숨을 내쉬었다.

　믿기지 않아서가 아니라 상상하고 싶지 않아 고개를 저었다.

옆에서 함께 이야기를 듣던 이정연 선생이 그때의 광기 어린 야만의 시대를 확인하듯 당신 아버지는 생전에 제사상에 돼지머리를 절대 올리지 않았다는 얘기를 했다. 수복한 뒤에 효수된 빨치산 사람들 머리를 여러 차례 마주한 아버지가 도저히 제사상에서 돼지머리를 마주할 수 없었던 모양이었다. 머릿속에서 돼지머리에 본 적도 없는 빨치산들의 얼굴이 겹쳐져 나도 모르게 고개를 내저었다.

김옥자 선생은 자랄 때 큰집 셋째 언니와는 못할 이야기가 없는 친한 사이였지만 '6·25 전쟁' 이야기는 입에 담은 적이 없었다는 이야기도 이때 했다. 일흔이 훨씬 넘어서야 외지에 사는 큰집 셋째 언니가 "아버지가 백수에서 오시다가 경찰 총에 그만…"이라는 이야기를 전화에 대고 했을 때 처음 들었다는 말도 박막동 이야기를 하던 끝에 내게 했다.

영광에서 초중고를 나왔고 군청에 근무한 적도 있는 김옥자 선생에게 몇 가지를 확인하면서 고향 이야기를 쓴다는 얘기를 전화로 했다. 가족사가 얽혀 있어 멈칫거린다고 했더니 "그게 어떻게 조 교수네 개별 가족사냐 우리 모두의 가족사지" 하면서 전화로 내 등을 다독였다. 그러면서 전쟁 때 자기 집 이야기도 가져왔다.

영광 읍내가 좌우 대립의 광기에 휩싸였을 때 피난 중에 당한 이야기였다. 약간 떨어진 시골에 사는 막내 이모 집으로 식구들이 피신했는데 그때 시골 학교 교장이었던 이모부가 여러 사람들과 함께 학교 운동장에 잡혀 있다가 바로 좌익들한테 총살된 얘기를 먼저 했다. 그때 이모는 스물네 살이었다. 이모의 바로 아래 시동생은 그 운동장에는 없었지만 좌익으로 활동 중이었다. 그 시동생은 나중에 우익의 손에 갔다. 좌우익이 뭔지도 몰랐지만 일단 분단되고 전쟁이 터지자 이쪽저쪽으로 편이 갈려 그렇게 된 것이라고 했다. 자기는 나이가 어려 뭣 모르고 그때를 그냥 살아남아 여기까지 온 셈이라는 말을 덧붙였다.

*우리의 앞선 세대들이 얼마나 엄혹한 시대를 거쳐 살아남았는지 가늠하기조차 힘들다. 그들이 어떤 시대를 건너온 건지 헤아릴 수 없다. 그들의 삶과 이야기에 대한 예의를 거듭 생각한다.*

어떤 한 해는 한 해 같지 않게 많은 이야기가 있다. 내게 2016년 9월부터 2017년 9월까지가 그런 한 해였다. 고향에서 들은 일상이면서 비일상적인 작은 이야기들을 가슴에 담으면서 머릿속에 쓰고 노트에 남겼다. 고향에 다녀온 이야기를 지인에게 흘렸더니 "너무 소설적인데…"라고 말했다. 작위적 구성을 하지 않은 에스노그래퍼 사회학자의 포지션을 살린 글을 써 보기로 했다.

이런저런 생각으로 1년간의 메모를 어떻게 정리할까 머뭇거리며 시간을 보낼 때 〈한겨레〉 신문에서 칼럼 '오피니언' 고정 필진 제의를 받았다. 칼럼을 맡으면 메모 정리가 더 힘들어질 것 같아 거절할 생각이었는데 그때까지 필진 여덟 명이 모두가 남자여서 꼭 좀 들어와 주었으면 한다는 덧붙이는 말에 흔들렸다. 8주에 한 번씩 돌아오는 칼럼이니 크게 부담은 안 될 거라고 설득할 때보다 더 흔들렸다. 며칠간 뜸을 들이다 칼럼을 맡기로 마음을 정리했다.

그렇게 〈위 캔 스피크〉라는 제목을 뽑고 첫 칼럼 쓰기에 들어갔다.

II 부

# 일상에 대한 예의

# 1장

# 일상의 무게

# 위 캔 스피크…

〈한겨레〉에서 '오피니언' 고정 칼럼 집필진에 합류해 달라는 제의를 받고 생각해 볼 시간을 달라고 했다. 이는 대체로 거절 쪽으로 가기 위한 핑계 찾기 수순이다. 요즘 할 말을 찾지 못하고 있어서다. 쓸까 말까 오락가락하던 중 영화 〈아이 캔 스피크〉를 보게 되었다. 쓰는 쪽으로 마음이 동하기 시작했다. '기층 여성은 말할 수 있는가?'라는 질문이나 위안부 할머니 역을 맡은 나문희 배우의 명연기에 푹 빠졌는데 생각은 거기서 멈추지 않았다. 일상이라는 텍스트 읽기가 마음을 당겼다. 지난 1년 동안 내 일상에 들어온 고향 이야기로 첫 칼럼을 시작한다.

작년 가을 50년 만에 고향에 다녀왔다. 아흔 중반을 바라보는 어머니가 고향 선산으로 가실 마음을 정하지 않았다면 아직도 안 갔을지 모른다. 한국전쟁이 끝난 지 15년쯤 지난 뒤 할아버지 산소를 고향 선산에 썼다.[*] 그 침묵에 가득 찬 묘비 제막식을 마지막으로 나는 고향에도 선산에도 발을 딛지 않았다. 어머니 모실 곳을 둘러본 후 만날 사람이 별로 없었으므로 다섯 시간 만에 50년 만의 고향 방문을 마쳤다.

돌아와서 그동안 덮어 두고 떠들어 보지 않은 고향에 대한 어떤 기록을 찾아 읽었다. 6 · 25 때 좌익에 의해 피살된 민간인이 전국적으로 5만 9,964명이고, 그중 전남 지역이 4만 3,511명으로 전체의 72.6%를 차지하며, 그 절반 가까이가 내 고향에서 피살되었다는 기록이다. 1952년에 나온 그 기록은 그 한 군에서 좌익에 의해 피살된 민간인이 2만 1,225명이며 경찰의 손에 죽은 사람도 1만여 명 가까이 될 것으로 추계했다.[**] 이 기록은 군경보다는 빨치산과 바다 좌익이 더 많은 학살을 자행했다는 기록으로 자주 인용된다. 당시 군민이 12만 명이었다고 하니 4분의 1이 희생된 곳이다. 인구비로 본다면 제주 4 · 3보다 희생이 크다. 그런 곳이 도대체

---

[*]  정확하게 말하면 18년 후다.

[**]  대한민국 공보처 통계국 《6 · 25 사변 피살자 명부(1~4)》(1952. 3. 31). 이 명부에는 북한군 및 좌익에 의한 희생자만 나와 있으며 신창화 〈북한점령기 전남 영광군 피살자 명부의 재검토〉(목포대학교, 2007)에 따르면 한국 군경 · 미군에 의한 피살자 명단은 전무하다. 영광은 6 · 25 전후 민간인 학살 연구에서 거의 조명받지 못하고 있다. 6 · 25 전후 민간인 학살이 심했던 10여 군데를 집중해 다룬 정희상의 《이대로는 눈을 감을 수 없소》(돌베개,1990)에도 영광은 빠져 있다. 무거운 침묵의 두께를 여전히 뚫고 나오지 못한(듯 하)다.

어디냐고? 그런데 왜 조명되지 않았느냐고? 겨우 "좌우 양쪽이 서로 죽여서…" 하면서 말끝을 흐리는 고향 사람들 얼굴을 떠올린다.

전남 영광이 내 고향이다. 거기서 자라지는 않았지만 출생했고 윗대가 대대로 거기서 살았다. 제주 4·3, 거창 민간인 학살, 여순사건 등등 한국전쟁을 전후한 민간인 학살 문제가 논의될 때도 영광에서 무슨 일이 있었는지는 크게 조명되지 못했다. 연구자들도 그 내막이 복잡해서인지 더 들어가지 못하고 있다. 선량한 국민, 즉 죄 없는 양민이 학살된 것이 아니라는 것이다. 사상적 순수성을 전제한, 좌익이라는 의심을 받지 않을 수 있는 '양민'이라는 말 대신 국제 규범을 따른 '민간인' 개념을 한국전쟁 전후 학살 연구에 공론화시킨 사회학자 김동춘 교수는 한국전쟁기에 국군, 경찰, 우익 세력에 의한 학살 규모가 인민군 혹은 지방 좌익에 의한 학살 규모보다 훨씬 컸다는 '불편한 진실'에 주목한다. 그리고 빨갱이 담론과 종북 논란이 민간인 학살의 진실을 긴 침묵에 빠뜨렸음을 분명히 한다. 종북 담론과 좌빨 담론은 전쟁 전후에 자행된 학살의 진실만 침몰시킨 것이 아니다. 작금의 수구적 지배 세력 유지와 민주화 억압 논리의 원형에 바로 닿아 있다.

고향 선산을 다녀온 지 6개월 뒤 생각지 않게 올봄에 다시 고향에 가게 되었다. 역사학과 사회학이 전공인 여교수들 다섯 명과 함께였다. 동북아 평화에 촉각을 세우고 있는 여성학자들이다. 적극적으로 영광행을 주장한 분은 식민지 근대를 연구하는 재일동포 학자 송연옥 교수다. 타이완(대만)에서 항일 유적지 답사팀 일행으로 같은 방을 쓰게 되면서 서로 고향을 묻게 되었다. 근우회 연구를 하던 중 작가 박화성 때문에 영광에 관심이 생겼는데 당시 영광이 어떤 곳이기에 광주의 교사직을 내놓고 영광으로 갔는지 궁금하다면서 다음번 서울 올 때 영광에 한번 가자고 했다. 그 학교에는 박화성을 문단에 소개한 월북 시조시인 조운이 있었고, 돌아가신 지 15년 만에 산소를 쓰게 된 할아버지가 그 영광 학원장이었다는 이야기를 하게 되었다. 그 자리에 함께 있던 일행의 영광행 여정이 번개처럼 잡혔다.

여정의 첫날 조운 선생 생가로 갔다. 조운 선생 생가는 지역 출신 장진기 시인이 경매에 떠내려가는 것을 구입해 놓아 그나마 소실은 면했다. 생가 앞 시비에는 당연히 그의 시집 첫 장에 나오는 〈석류〉가 새겨져 있을 것이라고 생각했다. 아니었다. 〈석류〉라는 시는 이렇다.

"투박한 나의 얼굴/ 두툼한 나의 입술/ 알알이 붉은 뜻을/ 내가 어이 이르리까/ 보소라 임아 보소라/ 빠개 젖힌/ 이 가슴"

'알알이 붉은 뜻을'이라는 시구가 늘 문제가 되었다더니….

시인은 여느 시골집 주변 어디서나 보이는 꽃들에 시상을 입혔는지 파초, 도라지, 채송화, 오랑캐꽃, 무꽃, 옥잠화, 야국 등 꽃 시가 많다. 생가 마당을 둘러보다가 장 시인에게 석류나무가 있지 않았는지 물었다. 저 잡풀 넝쿨이 우거진 그 어디쯤에 있었을 거라고 말했다. 그 우거진 잡풀 더미에 스마트폰 카메라를 들이대고 있는데 "누군가 베어 버린 거죠"라고 장 시인이 한마디 툭 던졌다. 시인의 시제가 된 석류나무조차 "알알이 붉은 뜻" 때문에 베어진 모양이었다. 1988년 정지용, 백석과 함께 해금된 월북 문인 120명의 명단에 이름을 올린 조운의 시비는 고향에서 공식적으로 설 자리를 못 찾고 생가 터 안에 겨우 모습을 감춰 서 있다. 시비 제막이 몇 차례 시도되었지만 윗대가 좌익에게 희생되었다는 우익쪽 후손들의 극렬한 반대에 부닥쳐 무산되었다.

조운 생가 복원 예산은 지난 수년간 번번이 군의회를 통과하지 못했다. 안내해 준 분이 올해는 조운 생가 복원 사업을 위한 예산을 확보할 수 있을지 모르겠다고 조심스레 말했다. 그러면서 "서울에 있는 그분이 좀 나서 주면 좋을 텐데…"라고 혼잣말을 했다. 무심하게 듣고 잊고 있었는데 가을이 시작되기 얼마 전 올해도 군의회를 통과하지 못했다는 전갈을 받았다. 집안 어른 중 한 분이 좌익에게 당했다는 군의회 의원이 완강하게 반대한 모양이었다. 이쯤에서 멈출까 주저하다가 내친김에 더 나가기로 한다.

몇 주 전 나두종 '조운 기념사업회' 회장이 조운 선생 종손녀를 만나러 함께 가자는 연락을 해 왔다. 만나 주실지 의구심을 표했더니, 전에는 전화하면 툭 끊어 버렸는데 요즘은 그 정도는 아닌 것 같다고 했다. 약속을 잡을 수만 있다면 장소는 이화장 근처여도 좋고 이화장도 좋지요, 얼마든지 그분이 원하는 시간과 장소에 맞출 수 있어요, 가능하면 연내에 뵈면 좋겠어요, 그런 이야기를 나누며 전화를 끊었다. 영광군의회가 예산을 통과하기 쉽게 한 말씀 보태 주었으면 한 '그분'은 이화장의 안주인이다. 이승만 대통령의 자부가 된 이화장 안주인에게 조운 선생은 종조부(작은할아버지)다. 고향에서 작은할아버지는 월북 시인으로 시비도 세워지지 못하고 그 종손녀는 보수 우익 진영을 표상하는 이화장의 안주인이라는 사실은 떠들 일도 덮을 일도 아닌 우리 분단 현실의 비극적이고 상징적인 한 지점일 뿐이다.* 우리 일상에서 한국전쟁과 분단의 그림자는 아직도 그리고 여전히 너무 깊고 길다.

끝낼 말을 찾고 있는데 북한이 신형 대륙간탄도미사일(ICBM)

* 이 칼럼이 나간 뒤 6개월 후 이화장에 초대받았다. 나두종(조운 기념사업회 회장), 조영길(전 국방부 장관), 위증(조운의 매형, 위계후의 아들), 이원태(현암 이을호 선생 장남)와 필자가 자리를 함께했다. 주간 신문인 〈영광군민신문〉은 2018년 5월 9일자 1면에 '이승만 대통령 며느리 영광에 문을 열다'라는 헤드라인을 뽑았다. 이화장을 다녀온 뒤 김종철 〈한겨레〉 신문 논설 위원이 이승만 대통령 양자 이인수와 인터뷰를 주선할 수 있느냐고 물어 왔다. 어려울 것 같다면서 이화장의 시계는 4·19에서 멈춘 것 같다고 답했다. 새로운 남북관계에 대한 희망의 시기여서 인터뷰에 대한 기대를 가졌을 것이다.

을 성공적으로 발사했다는 뉴스가 언론을 도배했다. 우리는 최첨단 무기(명)까지 일상어로 거듭 추가하고 있다. 동란으로 혼자된 노모와 피난민으로 북적거렸던 부산 출신 남편, 1950년 6월 25일이 기억의 출발점인 나, 우리 세 식구는 저녁 식탁에서 연거푸 되풀이되는 화성-15형 발사와 미국과 우리 쪽의 발 빠른 대응 뉴스 장면을 마치 〈스타워즈〉 구경하듯 바라보면서 식사를 한다. 이 천연스러운 일상을 우리는 어떤 언어로 어디에 대고 말할 수 있을까. 〈위 캔 스피크…〉로 제목을 붙여 본다.

2017. 12. 8

# 올해도 스치고 싶은 사람들

지난해에 만났는데 올해도 만나고 싶은 사람들이 있다. 아니 만났다고 할 수는 없고 스친 사람들이다. 택시에서 스쳤거나 북콘서트 뒤풀이에서 스쳤거나 책에서 스친 사람들이다. 올해도 스치고 싶다. 그 사람들이 아니라 그런 사람들을 스치고 싶다. 스치고 싶지 않은 사람들에 대해서는 언급할 생각이 없었다. 서지현 검사 성희롱 증언 사건을 보면서도 스치고 싶은 사람들에게 집중할 생각이었다.

그런데 며칠 전 서울대 사회학과 신년 하례식에서 동국대 사회학과 제자 성폭력 사건의 ㄱ교수가 동기인 당시 서울대 사회학과장 ㅎ교수와 함께 나타나 의기양양 후학들에게 악수를 청하며 정년 후 해외에서 활발하게 활동 중임을 소개했다는 전언에 스치고 싶지 않은 16년 전 사건을 소환할 수밖에 없다. ㅎ교수는 동대 학생회에 그런 일로 교수가 해직되어야 한다면 대학 강단에 남을 교수가 별로 없다는 서한을 공개적으로 보냈었다. 1개월 정직 징계 후 복직한 ㄱ교수는 피해 제자를 무고로, 피해자 입장에 선 학과장 여교수를 명예훼손 및 업무방해로 고소했다. 성폭력 가해자가 명예훼손 피해자로 코스프레하는, 이른바 역고소 사건의 중심에 섰던 일이다. 다행히 검찰에서 여교수는 무혐의 처분을 받았지만 한국사회학회에 한동안 발길을 끊어야 했던 사람은 ㄱ교수가 아니라 그 여교수였다. 그 여교수가 필자다. 강자들의 파렴치한 카르텔에 대해서는 여기서 멈춘다. 《부끄러움을 가르칩니다》의 작가가 요즘 한국 사회 행태를 보면 '부끄러움은 가르칠 수 없습니다'라는 한숨을 남길지도 모르겠다. 평상심으로 돌아가 어떤 청량감, 어떤 깨달음, 어떤 진정성을 선물한 무명의 사람들과 무명의 시간을 불러온다.

지난해 추석 전날 인천공항에 내려 택시를 탔다. 그 택시 기사에게 인사차 추석날 뭐 하느냐고 물었더니 가족끼리 영화를 볼 것이라고 말했다. 명절마다 자기 가족의 연례행사라면서. 달리 갈 데도 없고 가족이라고는 아내와 딸밖에 없어 명절이면 셋이서 극장에 가는 게 큰 낙이라고 했다. 속으로 부모님이 안 계시나 보다 생각했지만 거기서 이야기를 뚝 끊을 수 없어 "형제도 안 계시나요?"라고 물었더니 "형제가 수없이 많다고도 할 수 있고 없다고도 할 수 있다"라고 말했다. 뭘 더 물어야 할지 몰라 망설이고 있는데 "사실은 제가 고아원에서 자랐습니다"라고 했다. 어떤 반응을 보여야 하나 멈칫거리고 있는데 아내도 고아원에서 같이 자란 동생이라고 했다. 이런 이야기를 쿨하게 했다. 당황한 쪽은 나였다.

빠르게 사무적인 이야기로 옮겨 몇 살에 얼마큼의 자립금을 받아 고아원에서 나왔는지 물었다. 열여덟에 나가야 하는데 그전에 고아원에 목수 일 나오던 아저씨의 눈에 띄어 그 아저씨를 따라 목수 일을 배웠다고 했다. '운이 좋은 편'이었는데 아버지처럼 따랐던 목수 아저씨가 일찍 세상을 떴고 목수 일을 하다가 손가락 상해를 입어 운전 일을 하게 된 것이다. 무슨 말을 보탤까 뜸 들이고 있는데 아저씨가 딸 이야기로 넘어가 주었다. 딸내미가 외로울까 봐 입양을 했는데(입양까지! 하면서 감동할 준비가 되어 있었다.) 중학생이 뭐가 그리 바쁜지 밥도 안 챙겨 주고 놀아 주지도 않아 자기 일이 늘었다는 것이다. 집사람도 일 나가기 때문에 자기라도 빨리 들어가야겠다고 서둘렀다. 들어 보니 유기견 입양이었다. 평범하다고 생각한 평범하지 않은 사람들의 평범한 일상의 허세 없는 말과 스치고 싶다.

어떤 통념의 전복은 어떻게 가능할까 하는 의문을 마음에 담고 있을 때 《안티 젠트리피케이션》 북콘서트에 가게 되었다. 한 해 마지막 달력을 한 장쯤 남겨 둔 때다. 열한 명의 공저자는 모두 주거지나 작업장에서 밀려나는 경험을 했거나 그 경험에 동참하고 연대하는 작업과 실천을 해 온 사람들이다. 책의 뒷갈피에 쓰인 "젠트리피케이션, 그 일상의 재난에 맞서는 법"이라는 카피가 눈길을 잡았다. 무지막지한 백골단에 의한 철거 재개발에서부터 '신사적'이고 합법적인 자본에 의한 쫓겨남까지 급속한 도시의 미화 과정이 배태한 재난의 피해 경험과 방식은 다양하다.

북콘서트 청중은 공저자 수를 겨우 넘기는 한산한 수준이었다. 그래서 뒤풀이에 따라갔다. 북콘서트가 열린 대학의 소강당 입구에 의자 몇 개를 붙여 놓고 둘러앉았다. 대표 편저자가 이튿날 런던으로 돌아가는 짐을 싸야 하는 일정이어서 뒤풀이할 곳을 따로 찾는 데 시간을 쓸 수 없었다. 그는 현재 영국 런던정경대학(LSE) 도시지리학과 부교수다. 그와 마주 앉게 되어 몇 가지 질문을 했다. 학부 전공은 무엇인지, 어디서 공부했는지 그런 스쳐 가는 질문이었다. 명함을 받았지만 무명으로 쓴다.(공적인 대담이 아니어서이기도 하고 그의 무명 시절을 말하고 있어서다.)

그는 공대를 졸업하고 고리 원전 1, 2호기의 현장 엔지니어로 직장 생활을 시작했다. 어느 날 선임 근무자들이 남겨 놓은 작업 일지를 훑어보다가 1980년 5월 18일자 일지에 눈길이 머물렀다. 그날 아무 특이 사항이 없었음을 보여 주는 그 작업 일지의 여백이 수시로 그를 흔들었다. 그렇게 시간을 때우며 살고 싶지 않다는 생각에 고민하다가 엔지니어 생활을 정리하고 유학길에 올랐다. 어떻게 안티 젠트리피케이션 연구에 몰두하게 되었는지는 묻지 못했다. 세계적으로 진행되는 도시화의 광풍 속에서 젠트리피케이션이라는 재난에 주목하고 서울에 잠깐 머물면서 젠트리피케이션으로 밀려난 사람들 그리고 활동가들과 함께《안티 젠트리피케이션—무엇을 할 것인가?》라는 책을 묶은 그의 글에서 답을 찾아야 할 듯싶다. 하찮지 않은 우리 일상의 하찮은 여백에 성찰의 눈길을 쏟은 사람과 올해도 스치고 싶다.

북콘서트 뒤풀이에서 돌아와 광주 5·18 관련 책들을 찾아 읽었다. 1980년 5월 18일자 우리의 언론 보도를 찾아 읽을 엄은 내지 않았다. 그날의 보도를 떠올리면 얼굴이 화끈거린다. 며칠 동안 5·18을 기록하거나 분석한 책들을 뒤적였는데 어떤 책에 오래 머물렀다. 광주전남여성단체연합이 기획하고 이정우가 편집한《광주, 여성: 그녀들의 가슴에 묻어 둔 5·18 이야기》다. 5·18 관련 다른 책들이 주로 '남성', '당사자' 그리고 치열했던 5월 18일부터 27일까지 '그 열흘간의 시간'에 초점을 둔 데 비해 '여성', '이웃' 그리고 '그 열흘 이전과 이후의 시간까지 담고 있다'는 평을 담은 책이다. 그 열흘 동안 몸을 사리지 않고 희생자를 줄이기 위해 이리 뛰고 저리 뛰었던 여성들이 구술한 열아홉 편의 생애사가 들어 있다. 거기서 이렇게 시작하는 어느 구술자의 생애사 서두와 마주쳤다. 길지만 생략 없이 인용한다.

"화순군 동복면에서 태어났어요. 어머니는 전업주부셨고, 아버지는 동복면사무소 부면장을 지내셨어요. 그러다 6 · 25가 나면서 인민군에게 잡혀가셨죠. 나중에 인민군이 후퇴하면서 화순 저수지에서 애국지사 여럿을 죽였는데 그때 희생당하셨어요. 수복 후에 우리가 보훈 가족 신청을 하자고 하니까 어머니께서 '동족상잔이다. 앞으로 어느 날엔가 통일이 되면 동족상잔으로 총 맞아 죽은 선조가 있었다는 것을 안다는 것도 부끄러운 일이 않냐'고 하셨어요. 그래서 돌아가시는 날까지 보훈을 굳이 마다하셨죠." 이런 이야기를 하는 어머니와 올해도 스치고 싶다. 그런 어머니의 이야기를 전하는 딸들과 스치고 싶다. 이런 생각에 빠져 있을 때 북한의 평창 올림픽 참가 소식을 접했다.

역사 앞에서 무엇이 자랑할 일인지, 무엇이 부끄러운 일인지 분별할 줄 아는 사람들과 더 많이 스치고 싶다. 평창 올림픽 개막을 목전에 두고 무명의 사람들이 바라는 무언의 바람이 발화하기를 소망한다. 평화를 여는 그리고 평화를 잇는 평창 올림픽이 되기를 열망한다.

2018. 2. 9

# 노예 만들어 줄 일 있느냐고요

오랜만에 참으로 드물게 잔인한 4월 대신 찬란한 4월을 맞아 보는가 했는데 마음이 심란해졌다. 우리에게 신성하거나 따뜻함의 표상인 모성과 가족이, 생각지 않은 표상과 연결되면서다. 저출산 문제가 화제에 오른 어느 석상에서 이삼십 대 청년 세대와 폭넓게 교류하는 후배 교수가 "요즘 젊은 친구들이 뭐 하러 애 낳느냐고 그래요. 무슨 노예 만들 일 있느냐고." 그때 나는 무심코 "그래, 애 낳으면 엄마는 노예 되는 거지"라고 응수했다.

그랬더니 그녀가 눈을 동그랗게 뜨고 그게 아니라 "노예 만들어 줄 일 있느냐고요"라고 또박또박 정정했다. 아이 낳아 봤자 그 애들이 노예밖에 더 되겠느냐는 요즘 젊은 층 사고를 못 쫓아간 내 오청誤聽에 머쓱해져 입을 다물었다. 부의 편중이 심해져 10:90, 아니 1:99 사회에서 아이를 낳는다는 것은 곧 노예를 만들어 주는 거나 마찬가지라는 것이다.

어머니 되기를 포기함으로써 모성을 실현하겠다는 젊은 층의 '이성적 모성'에 꽂혔다. 사회학자 천선영은 계획해서 출산하는 모성을 생물학적 모성에 대비해 이성적 모성으로 명명하고 근대적 '새로운 어머니 되기'의 등장으로 이해했다. 그러나 그 근대적 모성은 각자도생의 경쟁 체제에서 자기 새끼들의 미래까지도 간수해야 하는 어머니 되기의 다름 아니다.

우리의 근대적 모성의 발현은 여성 몸의 타자화에서 출발했다. 지난 50여 년 동안 어머니 되기는 국가의 맞춤 출산 정책에 충실했다. 전반 30년은 국가의 압축 성장에 발맞춰 가족계획이라는 이름의 저출산 유도 정책에 따랐고, 후반 20년은 인구 국부론에 맞춰 '저출산은 곧 국가 위기'라는 담론의 압박 속에 있다. 1960년대 합계 출산율은 6.0이었는데 30년 만에 1.59명으로 압축 감소했다. 그러다가 2005년에 1.07로 바닥을 쳤고 그 이후 1.1~1.3 사이를 오르내리다 작년에 1.05로 경제협력개발기구(OECD) 국가 중 최하위를 기록하면서 비상벨이 울렸다. 그동안 저출산 대책에 정부가 쏟아부은 예산이 126조 원에 이르는데도 별 효과가 없다는 것이다.

여기서 간단한 질문을 불러온다. 어느 계층이 가장 출산을 기피 또는 유보할까? 아이 낳는 신성한 일을 계급 계층과 연결 짓는 것이 불온해서인지 체계적인 공식 통계가 별로 없다. 2015년 소득 분위별로 보면 상위 20%에서는 평균 출생아 수가 2.1명인데 하위 20%에서는 0.7명이라는 수치 정도가 계층과 출산율의 연관성을 밝히는 공식 자료다. 그러나 학자금 대출부터 쌓이기 시작한 빚의 덫에 걸려 결혼도 아이도 포기한 N포세대의 이야기는 차고 넘친다. 불평등 지수를 나타내는 소득 지니 계수는 0.35로, 평등함에서 세계 11위라니(!) 크게 불평등한 사회로 보기 어렵다는 항변이 가능하다.

그러나 토지자산 지니 계수는 0.86, 금융자산과 건물자산 지니 계수는 각각 0.70에 이른다.(지니 계수 1.0은 상상만 가능한 완전 불평등 사회다.) 토지자산으로 본다면 1:99 사회에 가깝고 건물과 금융자산 소유로 보면 10:90 사회라고 봐도 틀린 말이 아니다. 초등학생들이 장래 희망에 건물주라고 쓴다는 것은 웃을 일이 아니다. 한때 한국 사회 계층 이동의 통로였던 교육이나 자기 사업이 그런 구실을 그만둔 지 오래다. 사실상 안정된 중산층은 없는 셈이다. 고등교육을 받은 계층에서조차 그들의 삶이 언제 나락으로 떨어질지 모른다는 불안에 차 있다.

소득과 자산 양극화가 출산 양극화로 이어질 기미는 농후하다. 결혼해서 하나는 어떻게 낳지만 둘째는 자신 없다는 '이성적 모성'의 발현은 가족 가치에서 가장 보수적으로 알려진 중산층에 팽배해 있다. 무책임하거나 자산이 있거나 둘 중에 하나가 아니라면 (심지어) 누구 좋으라고 노예 만들어 줄 일 하겠냐는 것이다. 초저출산 위기는 사실상 이성적 모성의 위기이면서 중산층 재생산의 위기이다.

여성의 몸, 특히 출산하는 여성의 몸이 통치에 이용되는 방식은 여러 가지다. 노예 만들어 줄 일 있느냐는 직설이 아니었다면 내 머릿속에서 역사 속의 종모법까지 *끄*집어내지 않았을 것이다. 내친김에 노비들의 신분 상승 이야기와 종모법을 둘러싼 논쟁까지 찾아 읽었다. 종모법은 어미가 노비면 자녀들도 노비가 되는 조선시대 수취제도의 근간을 이루는 노비 재생산 법이다. 세수와 노역을 맡을 양인 수를 늘릴 필요가 생겼을 때는 아비의 신분에 따라 노비 신분을 면해 주는 종부법을 시행하기도 했다. 조선시대 내내 필요에 따라 종모법과 종부법을 오갔다. 한편 상층에서는 지배층의 경계를 강화하는 방편으로 재가한 여성의 아들은 벼슬길에 오를 수 없는 재가녀 금고법을 시행했다. 상층에서는 자산과 신분 상속을 위해, 하층에서는 노동력 수급을 위해 여성의 섹슈얼리티와 모성을 연계시켜 통제한 것이다.

고려 때도 노비의 신분은 어미를 따른다는 노비 세전법(천자

수모법)이 있었다. 그리고 노비가 부족한 듯하면 아비만 노비여도 그 소생이 노비가 되는, 즉 한쪽만 노비여도 노비가 되는 일천즉천법을 시행하고, 때때로 노비주들은 이른바 양천혼(양인과 노비의 혼인)을 추동해서라도 노비 수를 불렸다. 이렇게 노비를 늘린 것이 고려가 망한 한 요인이라는 설에 밑줄을 그었다. 그냥 지나칠 수가 없다. 또 하나, 어디서도 노비가 자기 어머니를 그리는 사모곡은 찾지 못했다.

2000년대 초반 '아들 어머니' 패러디가 유행한 적이 있다. "잘난 아들은 국가의 아들/돈 잘 버는 아들은 장모의 아들/못난 아들(또는 백수)만 내 아들", 여기서 더 나아가 "빚진 아들만 내 아들"이라는 우스개다. 이 패러디의 시작은 기세등등하던 아들 어머니가 딸 어머니에게 밀리는 상황에서 나온 '아들 어머니' 유감 시리즈의 하나다. 이때쯤 선택적 남아 출산으로 인한 출산 성비 왜곡은 끝이 났다. 그런데 아들딸 구분 없이 못난 자식 또는 빚진 자식 세대는 자기들의 자식들이 노예 같은 삶을 살 것을 우려해 출산을 기피한다.

저임 노동에 비정규직과 알바를 전전하는 노예 만들어 줄 일 있느냐는 질문은 진보적 사회학자나 페미니스트들이 던진 물음이 아니라 평범하게 일상을 꾸리고 싶지만 그게 쉽지 않은 젊은 세대에서 튀어나온 생활어다. 부모 잘 만나는 것이 최대 로또 복권 당첨임을 간파한 흙수저 젊은 세대는 두려운 미래에 맞서 출산 파업이라는 고육책을 꺼내든 셈이다.

'봄이 온다'가 '봄이 왔다'가 될 수 있을까 이런저런 생각을 하고 있을 때 마흔이 다 된 집안 조카의 청첩이 날아들었다. 결혼식은 생각보다 경쾌하고 곳곳에서 읽히는 적당한 저항과 파격도 신선했다. 신랑 신부는 주례 없이 서로가 혼인 서약을 하고, 싱어송라이터 친구가 랩으로 축가를 불렀으며, 신부의 가까운 후배들이 통 넓은 청바지에 운동화와 헐렁한 티셔츠 차림으로 축하 힙합 춤을 췄다.

예식장에 다녀오니 아흔도 훨씬 넘은 고령의 어머니가 신부 나이부터 물으셨다. 서른여섯이라고 답하니 어쩌다 그렇게 나이 든 노처녀를 구했느냐고 하셨다. 노처녀를 구한 게 아니고 스물넷에 만나 12년을 기다려 결혼식 올린 거라고 답했더니 "그럼 진즉 하지 아이는 어떡하려고…" 하면서 못마땅해하셨다. 굽은 허리를 겨우 펴며 올해도 간장 된장을 담그시고 열심히 장 뚜껑을 열어 봄볕을 쏘이는 어머니의 관심은 당신이 세상을 뜬 뒤에도 당신의 딸들이 평생 먹고도 남을 장류를 담가 놓고 가시는 것이다. 이런 어머니께 "요즘 젊은 애들 아이 낳는 것…" 하다가 덧붙여 끝낼 말을 찾지 못했다. 이제 모성은 실천과 해석 모두에서 세대와 젠더와 계급의 이해가 경합하는 장임을 어쩌랴.

글을 써 놓고 '노예 만들기와 어머니 되기 사이에서' 같은 감성적 제목을 달까 또는 '(비)이성적 모성의 위기'라는 논쟁이 붙을 제목을 달까 하다가 '노예 만들어 줄 일 있느냐고요'라는 도발적 질문을 그대로 제목으로 뽑았다. 이 질문에 우리 사회가 답해야 할 것 같아서다.

2018. 4. 13

# 왼손과 오른손을 찬찬히 들여다보다

판문점 남북정상회담을 시작으로 북-미 정상회담을 앞둔 지금까지 우리들은 각자의 자리에서 각자의 방식으로 비/일상적 시간을 보내고 있다. 이때 언제쯤 어느 아침 우연하게 왼손과 오른손을 찬찬히 들여다보게 되었다. 바둑판을 뒤집는 일은 강자만이 할 수 있다는 현실에 새삼 허탈해졌을 때다.

일어날 때 스트레칭이라도 하면서 일어나야 한다는 주변의 충고를 실행에 옮겨 볼까 그런 기분으로 누워서 손바닥이 천장을 향하게 한 채 두 손을 쭉 뻗었다. 역광으로 보인 두 손의 크기가 너무 달라 보였다. 이게 뭐지 하면서 커튼을 걷고 햇살을 손에 받으며 찬찬히 두 손의 크기와 손가락 모양까지 살펴보게 되었다.

왼쪽의 엄지보다 오른쪽의 엄지가 티 나게 굵었다. 검지는 큰 차이가 안 나는 듯했지만 중지는 모양 자체가 완연하게 달랐다. 연필 세대답게 오른쪽 중지 첫 마디 옆구리는 튀어나왔고 군살도 박여 있다. 생각해 보니 이미 중학교 때쯤에 중지와 검지에 연필을 꽉 잡고 꾹꾹 눌러쓰는 버릇이 흔적을 내기 시작했던 것 같다. 뭔가 아는 척하기 좋아했던 친구가 "아바이 동무 손 보니 안 되갔…" 이북 사투리 흉내를 내면서 북한에서 공산당이 쳐들어오면 손 검사부터 해서 수용소로 보낼 거라고 겁주던 생각까지 떠올랐다.

손의 계급성을 말한 프랑스 사회학자 부르디외보다 빨랐다! 이런저런 생각을 불러오며 왼손과 오른손을 겹쳐도 보고 비교하면서 들여다보니 왼손과 오른손이 같은 내 손이라는 생각이 안 들 정도였다. 수저를 잡기 시작하면서부터 난 심한 오른손잡이였다. 왼손과 오른손이 70여 년의 쓰임새에 따라 이렇게 달라져 있다는 생각에 마음이 쓰인 것은 좌우 프레임에 갇힌 분단 70년의 강고함을 절감해야 했던 강박이 불러온 몸짓인지도 모르겠다.


내 책상 위에는 채의진 평전《빨간 베레모》라는 책자가 한 달째 그대로 놓여 있다. 이 책의 부제는 '문경 석달마을 민간인 학살사건 진상규명 70년의 기록'이다. 저자가 보내왔는데 차마 책장을 못 열고 있다. 2년 전 문경 석달마을에 간 적이 있다. 2016년 제6회 '진실의 힘' 인권상 심사위원회는 수상자로 채의진 선생을 선정했는데 수상자가 시상식 날까지 살아 계실지 확답할 수 없다는 전갈이 왔다. 살아 계실 때 시상을 알리고 상패라도 전달하는 게 좋겠다는 심사위원들의 의견을 좇아 심사위원장으로서 급히 문경에 내려갔다.

김선주 심사위원, 송소연 '진실의 힘' 상임이사, 강용주 이사 그리고 석달마을 사건을 언론인으로서 처음 알린 정희상 기자와 함께였다. 그는 《빨간 베레모》의 공저자이기도 하다. 우리는 채의진 선생 병상을 찾아 상패를 전달하고 바로 학살 현장으로 갔다. 모두 합쳐 127명이 살고 있던 산골 마을에서 86명이 학살된 터는 포도밭도 되고 고추밭도 되어 있었다. 학살 피해자 중 42명이 여자였고 22명이 10살 이하 어린이였다. 채의진 선생은 그때 열세 살 나이로 현장에서 할머니, 어머니, 형, 누이, 형수 등 가족 아홉 명을 잃은 생존자다.

사건이 터진 날은 6·25가 터지기 전해인 1949년 12월 24일이었다. 초등학교 마지막 겨울방학에 들어가는 설렘으로 그가 친구들과 재잘거리며 동네 어귀로 들어섰을 때 온 마을 사람들이 불려 나와 모여 있었고 눈앞에서 총구가 불을 뿜었다. "왜 그러느냐고" 물은 그의 형은 바로 총에 맞아 어린 그를 덮치며 쓰러졌다. 그 덕에 그는 살아남았다. 당시 이승만 정부는 이를 공비의 학살 만행으로 규탄했다. 실상은 대한민국 국군이 자행한 한마을 학살이었다.

오키나와에 주둔 중이던 미군 당국은 바로 사태 파악을 했지만 대외비로 30년간 묶고 침묵했다. 열세 살 소년이 스물다섯 청년이 되었을 때 4·19 혁명으로 이승만 정부가 넘어가자 석달

마을 유가족들은 국회에 진실을 밝힐 청원을 냈다. 그러나 바로 5·16이 터지면서 이를 주도한 채의진 선생 등은 사상 불온자로 찍혀 몸을 숨겨야 했고 뒤이은 5공과 6공에서는 더욱 엄혹한 시간을 견뎌야 했다. 미 국방부 자료가 해금되고서도 15년이 지나서야 채의진 선생이 그 자료의 소재를 알고 미국에 건너가 복사해 온 자료를 제출할 때까지 대한민국 정부는 공비에 의한 만행이라는 입장을 견지했다.

이런 숨 막힘과 마주하기 싫어《빨간 베레모》를 미뤄 놓고 있는 것만은 아니다. 당시 문경경찰서장이 공비의 만행을 못 막은 책임을 물어 직위 해제되었다는 이야기에 연상되는 상상력을 발휘하기 싫어서다. 문경 군수는 별 탈 없이 승승장구했는데, 수차례 국회의원을 지낸 채문식 5공 때 국회의장이 바로 당시 문경 군수였다. 그는 누릴 것 다 누린 후 회고록에서 당시에도 국군에 의한 만행 사실을 알았지만 "어쩔 수 없었다"고 털어놓았다. 우리 정치사의 어둠과 마주하려면 담력을 키우고 뜸을 들여야 한다.

문경에서 돌아오는 길에 함께 간 심사위원들은 긴 침묵에 빠졌다. 누구도 섣불리 입을 열지 않았지만 제6회에야 채의진 선생에게 이 상을 안겨야 했는지 착잡했다. '진실의 힘'은 힘없이 당한 국가 폭력 피해자들의 진실 규명을 돕고 지원하는 시민단체다. '진실의 힘' 인권상은 국가 폭력에 이유도 모르고 당한 피해자들이 형 집행 후 나와서 진행한 소송의 상고심에서 무죄를 받아 국가로부터 받은 보상금의 일부를 내놓아 만든 상이다. 지난 정권에서 대법원이 보상금 계산 착오라며 중간 보상금 지급 후 보상금을 토해 내라고 한 배상 소송의 영향을 받아 어렵사리 운영되고 있다.('어떤 재판 거래'가 국가 폭력 피해자 배상금 판결에도 영향을 미쳤는지는 상상에 맡긴다.)

이 글을 쓰면서 국가 폭력에 대한 저항과 진실 촉구의 상징이었던 빨간 베레모를 병상 옆에 두고 우리를 맞은 깡마른 아버지를 돌보던 채의진 선생 자녀들의 모습과 간병을 교대하던 대학생 외손자의 모습이 아프게 떠오른다. 거기에 겹쳐 한때 연구자로 관심을 쏟았던 월북자 가족 구술사 프로젝트에서 만났던 월북자 손녀들의 얼굴도 떠올랐다. 한 사례는 제주 4·3 피해 가족으로 친할아버지는 월북했고 외할아버지는 진압 경찰인 경우인데, 한동네에서 친할머니는 그녀의 외할머니한테 심사가 꼬이면 "군경 유가족 연금을 받아 좋겠다"고 심술을 부렸고, 외할머니는 그에 질세라 "빨갱이가 무슨 자랑이냐"고 싸워서 어린 시절이 늘 우울했다는 이야기로 구술을 시작했다.

또 한 사례는 80년대 후반 학번으로 대학가가 시끄러울 때 학생 회장에 출마했다가 선거 끝날 때까지 집안에 연금당했다는 이야기를 어렵게 털어놓았다. 비교적 합리적인 아버지가 왜 그토록 심하게 자기가 학생운동에 참여하는 걸 막았는지 이해하지 못해 아버지와의 관계도 틀어졌는데 할아버지가 월북했다는 사실을 10년쯤 뒤에 알았다. 냉전과 분단의 그림자는 생각보다 깊고 길다. 그런 그림자가 우리 손자녀들의 미래까지 덮치게 할 수는 없다.

'멈춘 전쟁' 속에 살았던 한반도에 종전이 선언될지도 모르는 '세기의 담판'을 앞두고 있는데 한국인들이 의외로 담담한 데 대해 외신들은 놀란 듯하다. 우리는 그냥 여기에 서 있는 것이 아니다. 분단의 모순과 불의와 부조리의 일상에 맞서 많은 피와 땀과 눈물을 흘리면서 여기까지 왔다. 부산에서 나진을 거쳐 유럽까지 가는 기차를 상상하는 일에 맘껏 들뜨고 싶다. 그러나 평화가 일상이 되는 일은 '빅딜'만으로 쉽지 않다는 것을 알고 있다.

여기에 훈수를 둘 수도 없고 그렇다고 일희일비할 수도 없는 무명의 시민들이 할 수 있는 최소한의 몸짓은 좌파/빨갱이/종북 이런 단어에 겁먹지 않고 각자 선 자리에서 분단과 냉전의 상처와 경험을 조용히 쓰다듬는 정도인지 모르겠다. 온 힘을 다해 전쟁이 평화를 이길 수는 없다고 중얼거리는 일은 할 수 있다. 거짓이 참을 이길 수 없고 어둠이 빛을 이길 수 없다는 지난 촛불혁명의 경험은 그래서 값지다. 값지게 해야 한다. 깨어 있는 한 표가 아쉬운 시간이다.

2018. 6. 7

## 채의진 선생 작업장 풍경

이 칼럼을 쓰는 동안 내 머릿속에서 2년 전에 문병 갔었던 채의진 선생 작업장 풍경이 계속 어른거렸다. 칼럼에 쓴 이야기만으로는 선생이 살아온 세월의 질곡을 담아내지 못한 아쉬움이 여진처럼 남아 노트를 쓴다.

2016년 6월 28일 병석에 계신 채의진 선생께 제6회 '진실의힘 인권상' 상패를 전달하고 나오는데 선생께서 우리에게 당신 집과 자기 작업장에 들러 보라고 하셨다. 문경까지 왔으니 학살 현장과 병원만 다녀가는 것보다는 당신의 집과 작업장을 둘러가라는 정도로 받아들였다. 학살 현장에 먼저 간 다음 집에 가 보기로했다. 학살 현장은 동네에서 상당히 떨어진 산속이었다. 오솔길을따라 깊숙이 들어가니 제법 넓은 포도밭과 고추밭이 한여름의 뜨거움을 무심하게 뿜어내고 있었다. 그 밭두렁 사이를 한참 걸어가파른 작은 등성이에 〈문경양민학살어린이 위령비〉가 세워져 있다. 비석의 글을 읽고 또 읽었다. 찬 기운이 온몸을 훑었다. 아직이름도 짓지 못하고 세상을 뜬 남아기, 채아기, 정아기, 박아기, 황아기 등의 이름 옆에 한 살을 뜻하는 1이라는 숫자가 쓰여 있다.그 위령비에는 15세 미만 어린이 28명의 이름이 쓰여 있다. 거기서서 학살 현장이라는 곳을 내려다봤다. 머리에서 김이 무럭무럭났지만 가슴은 서늘했다. 밭두렁과 산길을 어떻게 걸어 내려왔는지 생각이 나지 않는다. 비석의 글자에 몸과 마음이 강타당한 듯 기진해 고추밭과 포도밭 두렁에 주저앉을 뻔했다.

겨우 마음을 가다듬고 채의진 선생 자택으로 갔다. 자택 건물은 전형적인 시골 농가 주택이 아니고 개량된 형태의 2층 슬라브 집인데 창고 비슷한 가건물이 얹혀 있었다. 이층으로 올라가는 계단은 한 명이 겨우 올라갈 정도로 폭이 좁고 경사도 가팔랐다. 허름한 작업장 문을 열고 들어서니 처음에는 아무것도 안 보였다. 한참 눈을 껌벅거리고 나서 보니 작은 창문 몇 군데서만 빛이 들어오고 사방 벽에는 서각한 현판이 병풍처럼 몇 겹으로 둘러쳐 있었다. 바닥에는 형체가 불분명한 물체들이 밟힐 듯 가득 널려 있었다. 오싹했다. 자세히 보니 수십 개 아니 수백 개의 솟대가 여기저기 가지런히 누워 있고 다른 한쪽에는 먼지 속에 지팡이가 수북하게 쌓여 있었다. 모두 학살 현장의 산과 들을 헤매며 주운 돌과 나무로 만든 것이다. 넋을 놓지 않으려고 만지고 또 만져 수십 년에 걸쳐 빚은 듯했다. 때로 마음을 다잡기 위해 손을 놓지 못했을 것이다. 정령이 숨 쉬는 듯 어느 돌 하나 어느 나무 하나 예사로운 것이 없었다. 형언할 수 없는 행위 예술의 공포스러운 현장 속에 들어서 있는 느낌이었다.

함께 갔던 인권상 심사위원들은 침묵했다. 작업장을 나와서도 한참 동안 쉽게 입을 떼지 못했다. 누군가 무거운 침묵을 깨고 이 작품들로 박물관이 만들어져야 한다고 말했다. 우리 모두 고개를 끄덕였다. 민간인 학살 생존자가 할 수 있는 이보다 더 쓰린 행위 예술은 없을 듯했다. 작업장 밖으로 나와 집 주변을 하염없이 맴돌았다. 그렇게라도 하지 않고서는 마음을 추스르기 힘들었다. 그때 김선주 위원이 마당에서 돌 하나를 줍고 있는 것이 보였다. 나는 물끄러미 그가 작은 돌을 주워 핸드백에 넣는 것까지 넋 나간 듯 바라봤다. 그렇게 우리는 스스로 마음을 쓰다듬었다. 서울에 돌아와서도 한동안 눈만 감으면 그 작업장 안에서 본 솟대들이 바람에 흔들리고 지팡이가 아른거리고 병풍처럼 둘려쳐 있던 서각 액자와 현판들의 글자들이 걸어 나와 내 머릿속을 휘저었다. '채의진 선생 작업장' 풍경을 말로 전하기에는 내 언어가 터무니없이 빈약하다. 수년이 지났는데 그 작업장과 작품들은 어떻게 지켜지고 있는지 궁금하다. 학살 피해 당사자들이 하나 둘 세상을 떠나고 있는 지금, 우리는 여전한 폭력적 사회에서 살고 있지 않는가 하는 질문과 함께 피해자들의 삶을 어떻게 기억하고 기념해야 하는가 하는 물음에도 아무런 답도 가지고 있지 않은 듯하다. 정령이 숨 쉬는 듯한 채의진 선생의 작업장과 작품들을 살리는 일은 이러한 물음과 질문에 답하는 하나의 길이기도 하다.

얼마 전 제14회 DMZ 국제 다큐영화제에서 상영된 〈마음의 평화가 필요할 땐 박물관을 만들어〉라는 영화 제목처럼 우리도 채의진 선생 작품으로 마음의 평화와 시대의 평화를 상상해 보는 박물관을 만들었으면 한다.

# 우리 모두 위로가 필요하다

우리 집은 요즘 '뜨는 동네' 서촌 맨 끝자락에 있다. 엄정嚴淨한 죽음과 마주한 시간에 쓰는 칼럼의 시작 문장으로는 한가한 느낌이 들지만 그냥 그대로 쓰기로 한다. 칼럼의 마감을 알리는 친절한 메시지가 뜬 같은 시간에, 한 정치인이라고만 쓸 수 없는 '우리 시대 정치인의 죽음'을 알리는 비정한 메시지를 접했다. 사는 사람은 또 살아야 한다는 변명과 함께 자판을 두드린다.

한동네에서 삼십여 년 같은 집에 살다 보니 오랜 단골 가게들이 이 동네에서 어떻게 사라졌는지를 증언할 수 있고, 도시 미화나 중산층화 심지어 신사화라는 냉소적 어의를 가졌다는 젠트리피케이션의 야만성에도 어느 정도 익숙하다. 그럼에도 이른바 '서촌 궁중족발집 사장의 망치 사건'은 충격이었다. 사건이 터진 뒤

---

• 2018년 7월 23일 오전 10시경 이 글을 쓰고 있을 때 속보로 뜬 노회찬 의원 사망 소식을 접했다. 글이 잘 나가지 않았다.

집에 다니러 온 큰애한테 '궁중족발집 사건'을 어떻게 생각하느냐고 물어봤다. 바로 튀어나온 말이 "21세기 장발장이죠"였다. 건물주한테 망치를 휘둘러 살인미수 상해와 재물손괴죄로 구속된 족발집 사장을 21세기 한국판 장발장이라고 말하는 것이 요즘 대학생들의 생각인지 아니면 그들을 가르치는 본인의 생각인지 묻지도 못했다.

위고의 《레 미제라블》 완역판을 독파해 볼까 아니면 이웃 족발집 현장을 가 보는 게 예의일까 머뭇거리고 있을 때 '2018 서울국제도서전'의 한 세션에 가게 되었다. 거기서 《아현 포차 요리책》이라는 포장마차 요리책을 펴낸 황경하 작가를 만나 '서촌 족발집 사장'을 면회 갔다 온 이야기를 듣게 되었다. "팔짱 끼고 구경하는 사람들이 제일 싫다"는 말도 전해 들었다. 서둘러 황 작가와 함께 궁중족발이 세 들었던 건물 현장에 가 봤다. 강제집행 뒤 건물주가 트럭으로 입구를 막아 놓았고 그 옆에는 가로수길에서 비슷한 퇴거 경험을 한 임차인이 포장마차로 썼던 승합차 한 대가 이 사건에 연대하는 공연을 하는 비품들을 실은 채 서 있었다. 궁중족발 간판은 아무렇게나 지워져 글자가 희미한데 그 희미한 글자 사이로 '주거니 받거니'라는 덜 지워진 분식집 글씨도 보였다.

족발집 사장 부부는 서촌이 뜨기 전 옛 금천교 시장 골목(현 세

종마을 음식 문화 거리) 안에서 분식집 2년, 포장마차 7년, 도합 9년 간 하루 열세 시간 이상 일했다. 그렇게 모은 돈과 은행 대출로 포장마차 바로 옆 건물에 2009년 '궁중족발'을 냈다. 건물주와 첫 계약 기간인 5년이 지나 2014년에 1년 계약을 갱신했고, 계속 장사를 할 수 있을 것으로 보고 다시 몇 천만 원을 들여 내부 수리도 했다. 2016년 1월에 세를 든 건물이 팔렸다. 새로운 건물주가 나타나 월 280만 원이던 원래의 임대료보다 네 배나 많은 월 1,200만 원의 임대료를 요구했다. 아니면 비우라는 명도 소송을 제기했고 바로 강제집행에 들어갔다. 시기나 임대료 인상 폭 차이는 있지만 장사가 좀 되는 뜨는 지역에서 임차 상가가 내쫓기는 흔한 패턴이다.

'궁중족발'은 지난 2년 동안 명도이전 강제집행에 시달리면서도 '맘상모'(맘 편히 장사하고픈 상인 모임)의 도움도 받고 맞소송도 하면서 버텼다. 전 재산을 털어 넣은 생존의 터전에서 그대로 밀려날 수 없었다. 2018년 6월 4일 새벽 3시 건물주가 동원한 용역이 지게차를 밀고 들이닥쳤다. 열두 번째 강제집행이었다. 그 건물 안에는 사장 부부와 자원봉사 대학생들도 있었지만 모두 함께 건물 밖으로 내팽개쳐졌다. 사흘 뒤 '서촌 족발집 사장, 건물주에 망치 휘둘러'라는 제목의 뉴스가 언론을 도배했다. 일명 '서촌 족발집 사장 망치 사건'이다.

새 건물주는 자기 자본 11억 원에 나머지는 은행 대출을 받아 48억 5천만 원에 궁중족발이 세 든 건물을 매입해 현재 70억 원에 매물로 내놓았다. 강제집행에 성공한 날 페이스북에 "건물 산 지 2년 만에야 겨우 명도 집행했네! 나는 합법적이다", "궁중족발 근처의 또라이들을 청소해 주고 있다. 시세 차익 다다익선!"이라는 글을 올렸다. 사건이 이슈화된 뒤에는 "과연 이 나라가 법의 지배가 가능한 문명사회인가?" 또는 "우리에게 계약은 무엇인가?" 등 물음표가 붙은 문장으로 페이스북을 채웠다. '합법적'이라는 단어가 느낌표와 물음표가 붙은 문장 사이사이를 누볐다. 이 사건을 탐사 나온 한 기자와 마주쳤는데 "사유재산과 사회 기본질서 유린'이라는 건물주의 '합법' 논리에 숨이 막혔는지 "'살 한 근을 떼어 가시오. 그러나 피는 한 방울도 흘리지 말고'와 같은 명판결 내릴 법관 없을까요?"하면서 내게 말을 걸어왔다. 우리는 그런 기대가 난망이라는 것을 잘 알고 있다.

'우리에게 법이란 무엇일까?'를 물어야 하는 사건이 도처에서 터지고 있다. '정의란 무엇인가?'라는 물음은 던질 여력조차 없다. 사법권의 수장이 더 큰 권력을 얻기 위해 아주 작은 힘도 없는 사람들을 궁지로 모는 '사법 거래'와 사법 농단'이라는 희귀 단어를 창출한 사회다.

KTX 승무원들이 12년 동안의 투쟁을 끝내고 복직하는 기자 회견을 했다. 복직 투쟁 4,526일째 그리고 사법 농단에 항의하는 천막 농성 두 달 만이다. 그들은 우리 사법 사상 처음으로 대법원 법정에 쳐들어간 기록을 세웠고 '양승태 대법원'의 사법 농단을 이슈화하는 발화점이 되었다. 올봄 광화문 3·8 세계 여성의 날 행사에서 그들과 마주친 적이 있다. 절치부심하며 1심, 2심에서 이겨서 8천 몇 백만 원의 밀린 임금을 받고 복직을 기대하고 있던 차 3심에서 뒤집혔던 기막힌 상황을 이야기하다 멈췄다. 대법원 까지 함께 소송을 하며 버텼던 34명 중 한 명이 대법원 판결에 절 망해 세 살짜리 아이에게 빚만 남기게 된 데 대한 자책을 유서로 남기고 세상을 뜬 이야기는 차마 입에 올리지 못했다.

사법 농단의 '어떤 거래' 품목에 KTX 승무원 3심 건이 들어 있다는 뉴스가 터진 날 KTX 승무원 해고 무효 및 복직 투쟁을 이 끌던 김승하 지부장이 대법원장 면담을 요구하는 손팻말과 함께 "내 친구를 살려 내요" 하면서 울음을 삼켰다. 사법 농단에 항의하는 천막 앞 1인 시위를 시작했을 때 그 1인 시위는 2인 시위로 불렸다. 숨진 친구가 1인 시위에 함께하고 있을 것이므로. 우리는 이런 황망한 죽음의 주위를 맴돌며 살고 있다. 아직도 그렇다. 불법과 합법 사이에서 때로 길을 잃기도 하지만 그래도 살아 낸다. 우리 사회의 레 미제라블!

남편의 구치소 뒷바라지를 하는 서촌 궁중족발집의 여사장 윤경자 씨를 만났을 때 국회에서 새로운 임대차법이 통과돼도 서촌 족발집에는 소급 적용도 안 될 텐데 왜 그렇게 열심히 국회에 증언도 하러 가고 언론 인터뷰도 하러 다니느냐고 했더니, 자기 집 사건으로 문제가 되어 관심이 있을 때 바짝 서둘러 제대로 임차인을 보호하는 법이라도 만들어 놓아야지 아니면 또 묻히고 잊힐 텐데 그러면 안 되지 않느냐고 되물었다. "우리를 너무 불쌍한 사람들처럼 쓰지는 말아 주세요"라는 부탁도 했다. 생계는 군대에서 제대한 큰아들이 복학하는 대신 취업해서 벌어 오는 수입으로 꾸려 나가고 있다고 담담하게 이야기했다. 어느 저가 매장에서 진열대를 꾸미는 알바로 최저임금은 받는다는데, 어쩌면 이렇게 폐업에 몰린 영세 자영업자들의 자녀들이 바로 최저임금 인상에 목을 매고 있을지도 모른다는 생각에 미안해졌다.

위고의 《레 미제라블》이 가난하거나 불쌍하거나 비참한 사람들의 이야기가 아니라 법의 작희에도 불구하고 죽어 버리거나 죽여 버리지 않고 살아남은 사람들한테 바치는 헌사일지도 모른다는 생각이 들었다. 아니 그토록 사람들을 비루하고 비참하게 만드는 장치와 구조에 부닥치면서도 어떻게든 살아 낸 모두에게 바치는 헌사로 읽고 싶어졌다. 우리 사회 레 미제라블을 위해서도.

이란의 여성 시인 포루그 파로흐자드의 〈삶〉이라는 시 몇 줄도 떠올렸다. 누군가에게 위로가 되기를 바라며.

아, 삶이여 나는 여전히
당신이 없어도 당신으로 넘처납니다
그대의 손을 놓고 싶지 않습니다
그대로부터 도망치고 싶지 않습니다…

2018. 7. 27

# (자본주의적) 가족을 사랑하는 방식?!

제목을 뽑아 놓고 보니 '자본주의적'이 '가족'을 수식하는지 또는 '사랑하는 방식'을 수식하는지 잘 모르겠다. 괄호로 묶었다. 각자의 방식대로 읽었으면 한다. 괄호로 묶어야 하는 이유가 또 있다. 자본주의적에 뭔가 수식어를 붙여야 하는데 마땅치가 않다. '천민'을 붙여야 할까 또는 '유교 가부장제'를 붙여야 할까 아니면 '세습'을 붙일까 망설이다가 읽는 사람의 상상에 맡기고 시작한다.

이 칼럼의 모티브가 된 첫 이야기는 친척들 모임에서 가십거리로 등장했다. 그저 웃픈 이야기로 넘겼을지도 모르는데, 연이어 이슈가 된 가족들 이야기 때문에 전면에 배치하게 되었다. 그날 모임에 안 나온 ㅍ의 근황이 화제였다. "ㅍ 이야기 들었어?"가 시작이었다. "아니, 무슨 얘기?" "ㅍ이 갑자기 시부모 잘 모시는 효부로 등극한 모양이야." 순간 나도 무슨 이야기인지 감이 안 와서 귀를 기울였다.

'ㅍ은 시가와 그렇게 사이좋은 관계가 아닌데 갑자기 웬 효부로 소문났지?' 이런 생각을 하고 있는데 누군가 속사포로 얘기를 쏟아냈다. 글쎄 표이 얼마 전 심근경색으로 쓰러진 시아버지를 자기 집으로 모셔 극진히 돌보면서 "아들아, 내가 무슨 일이 있어도 너희 할아버지를 1년 반은 살아 계시도록 책임지고 돌볼 테니 너는 절대 걱정하지 마라"고 자기 아들한테 했다는 말을 억양까지 흉내 내면서 했다. 처음에는 무슨 말인지 몰랐는데 부연 설명을 들었다. 시아버지가 1년 반을 더 살면 그 아들이 내는 세금을 최소 5억 이상 절약할 수 있는 모양이었다. 누군가 그 정도면 절세 광고의 카피로 써도 되겠다고 말했다.

이 이야기가 머리에 남아 있을 때가 아니었다면 우리나라 항공 재벌들의 '어처구니없는 갑질'에서 불려 나온 그들의 가족 사랑 방식에 덜 주목했을지 모른다. 분노 조절 장애라는 병명을 전 국민에게 유행시킨 대한항공 총수 일가 갑질에서 소환된 가족 호칭은 다양했다. 총수 부인 이명희 씨가 집의 바닥에 설치해 놓은 조명등 일부가 고장 난 것을 발견하고 "금쪽같은 내 새끼가 화장실 가다 넘어지면 책임질 거냐, 이 ××야!"라는 욕설에서 소환된 '금쪽같은 내 새끼'라는 가족 호칭어부터 조양호 회장의 사과문에 등장한 '제 여식'의 미숙한 행동이라는 점잖은 가족어와 '대한항공 회장으로서', 또한 '애비로서'라는 낮춤말까지. 사랑이 넘치는 가족 호칭이 불려 나왔다.

또 다른 항공 재벌 아시아나 또한 기업 갑질이 한창 문제일 때 자녀 사랑을 과시했다. 기내식 차질로 항공기 결항 사고가 잦고 시끄러울 때 박삼구 회장은 별 경력이 없는 딸을 상무에 앉혀 언론의 집중포화를 맞았는데, 기자회견 자리에서 "딸이 오랫동안 일을 쉬었는데, 이제는 사회생활을 다시 할 필요가 있다고 생각했다"며 "예쁘게 봐 주세요"가 그 답이었다. 곧이어 기내식 파동에 대한 책임을 물어 해당 최고경영자(CEO)를 인사 조처하고 그 자리에 아들을 앉히는 인사를 단행했다. 언론들은 '잡음'과 소요를 기업의 3세 승계로 묶어 낸 '신의 한 수'라는 표제를 달아 주었다. 이들에게 가족과 기업의 경계는 없다.

국민적 열패감에 빠져 있을 때 뉴욕에 살고 있는 친구가 갑자기 "아버지 때문에" 서울에 다니러 왔다면서 만나자는 연락이 왔다. 아들 넷에 고명딸인 친구는 내 주변에서 보기 드물게 부자 아버지를 두었다. 아버지 재산이 몇 백억은 되느냐고 물었더니 모르긴 해도 주식과 건물 등을 합치면 한 단위쯤 위라고 했다. 그럼 자녀들간 유산 싸움은 불 보듯이 환하다. 문제는 아버지가 세상을 뜨시기도 전에 일어난 모양이었다.

아버지가 쓰러지셨다는 소식을 뉴욕에서 들었을 때 의사 소견으로 가능한 한 빨리 병원으로 옮기라고 했는데 오빠들이 시간을 끌어 이틀이 지난 후 병원으로 모셨다. 아버지는 겨우 의식불명 상태에서 깨어나 필담만 가능한 상태인데 이틀이라는 시간만 끌지 않았다면 훨씬 양호한 상태로 회복하셨을 거라면서 오빠들은 그냥 그대로 가셨으면 한 것 같다는 심증을 떨칠 수가 없다는 표정이었다. 큰 재산을 이미 증여받은 오빠는 병원에 모습도 안 보이고, 자기가 수소문해서 비싸지만 편안한 요양 시설을 알아 왔더니 남자 형제들이 네가 알아볼 일 아니라고 밀어낸 모양이었다.

아버지는 딸한테는 아직 아무것도 증여하지 않았다. "우리 집 재산을 왜 남의 집에 주느냐"며 출가외인인 딸은 증여 대상으로 취급도 안 하셨다. 가족법이 바뀌어서 아버지 유산은 아들딸 균분 상속하면 된다고 사무적으로 알려 줬더니 아들들한테만 가도록 이미 처리해 놓았을지도 모른다면서 "우리 아버지 못 말리는 분" 이라고 힘주어 말했다. 친구의 못 말리는 아버지 이야기까지 더해지면서 내 칼럼의 글거리는 충분해졌다. 그런데 그냥 넘길 수 없는 목사님의 아들 사랑 이야기가 더해졌다. 끝없이 더해질지도 모르겠다.


'명성교회 부자 세습 논란'이 어디로 튈지 모르겠다. '목사님들의 유별난 아들 사랑, 왜?' 같은 기획 기사도 눈에 띄었다. 자료를 찾아보니 교회를 형식상 분리시킨 후 다시 통합해서 아들, 사위, 손자에게 물려주거나, 또는 친한 목회자끼리 서로 목사 자리를 바꾸는 교차 세습까지 웬만한 재벌가 세습 못잖은 전략과 꼼수가 난무하는 모양이다. 교회세습반대운동연대가 지금까지 공식 확인한 세습 교회는 아버지에서 아들로 바로 이어지는 부자 세습이 98곳, 사위나 손자 등으로 넘어가는 변칙 세습이 45곳이다. 거의 모두 초대형 부자 교회들이다. 기독교 전문 온라인 매체 〈뉴스앤조이〉는 모두 364개 교회에서 세습이 이뤄졌다고 집계했다.

세습반대연대의 한 실무자는 그 이유를 묻는 언론 인터뷰에서 아주 짧게 "돈이죠"라고 답했다. 그 윗세대들이 한국 문화 특유의 '가족주의'를 꼽았는데 젊은 활동가의 정리가 훨씬 간결하다. "돈 때문에" 상속과 세습으로 얼룩진 한국 교회가 위기에 처할지도 모르겠다. 아니 부자 교회가 점점 대형화되면서 교회 양극화가 심해졌을 때 이미 위기에 들어섰다.

우리 주변에서 심심찮게 주워들을 수 있는 이른바 '유산계급' 가족들 이야기를 주워 모아 써 보니 코믹하지만 암울하다. 금세기 불평등의 미래에 대한 탁견을 보여 준 프랑스 경제학자 토마 피케티의 《21세기 자본》에서 주요 논지를 빌려 오지 않아도 우리 사회 불평등과 양극화는 결코 좁혀지지 않을 것 같다. 《21세기 자본》에 대한 서평과 해설이 넘쳐서 여기에 어떤 해석과 해설도 덧붙일 필요가 없지만 꼭 인용하고 싶은 이야기가 있다. 유럽의 지난 200년의 상속세 자료 분석에 동원된 깨알 같은 수치와 엄밀한 수식과 그래프 틈새에 발자크의 소설 《고리오 영감》과 제인 오스틴의 《이성과 감성》을 끼워 넣은 구절들이다. 가족과 연애와 결혼이 당시 영국과 프랑스 사회 상속제와의 연관성을 실감 나게 이해하게 했다.

어떤 경제학자는 피케티의《21세기 자본》이 복잡한 수식 때문에 경제학 지식이 없는 아내가 읽기는 힘들 거라는 친절한 주해도 붙여 주었던데,《고리오 영감》과《이성과 감성》을 읽을 수 있는 사람은 웬만한 경제학자보다 피케티의 핵심 주장을 더 확실하게 간파할지도 모른다. 선진국들이 상속된 '부'가 지배하던 19세기 말로 돌아가고 있는 데 대해 심한 우려를 표하고 있는데 우리도 그 점에서는 선진국 대열에서 낙오할 것 같지 않다.

친기업 학자들과 언론들이 우리의 최고 상속세율이 경제협력개발기구(OECD) 국가 중 일본 다음으로 높다며 은근히 피케티의 논지를 깔아뭉개지만 계급 양극화 속의 '가족 사랑'은 우리의 미래를 오싹하게 한다. 더 간결하게 우리의 젊은 세대들이 이토록 불공평한, 아니 점점 더 불공평한 출발점에서 시작한다면 그들의 미래가 어떨지 상상조차 힘들다. 자본주의에서 가족은 비정한 세계 속의 은신처가 될 수 있을까, 아니 더 비정한 소우주가 되는 것은 아닐까 질문해 본다.

2018. 9. 21

# 읽고 쓰기의 쓸모를 생각하다

연말이 가까우면 서점을 한 번씩 둘러보게 된다. 올해는 좀 일찍 서점에 들렀다. 뭔가 막막함에 부닥칠 때는 서점으로 가는 발걸음이 발동했다. 대형 서점에는 현란한 제목의 책들이 그득했다. 대한민국 현대사에 획을 긋는 사건이 넘쳐난 한 해답게 정치 · 경제 · 역사 쪽에는 읽어야 할 책들이 즐비했고 인문학 쪽에도 촘촘한 사유의 책들이 빼곡했다. 한 권만 사서 서점을 나왔다. 이옥남 할머니가 쓴 《아흔일곱 번의 봄 여름 가을 겨울》이라는 책이다. 들춰보다 "낮에는 뻐꾹새 우는 소리를 들으면서 일을 하고 밤에는 솟종새 우는 소리를 들으면서 이 글을 쓴다" 같은 단순한 몇 구절에 끌렸다. 맞춤법이 여기저기 틀린 것도, 여백이 많은 것도 마음이 갔다. 1988년부터 글자 좀 반듯하게 써 볼 셈으로 그날그날 몇 자 적다가 30년이 되었다.(할머니의 글자 연습 공책을 사다 준 손자가 초등학교 교사가 되어 할머니 일기를 묶었다.)

어느 봄날에는 "오늘은 망태 세 개 매고 삼태미 두 개 매고 밭에 풀 좀 매고 어찌나 춥든지 얼른 들어왔지. 앞마당 끝에 해당화 꽃나무는 봄을 재촉하는 이때 잎이 삐족삐족하게 파랗게 나면서 빛을 띠운다. 각색 풀잎도 때를 찾아 피우기 바쁘다. 사람은 춥다지만 풀과 꽃은 때를 놓칠까 바쁘게 서둔다"고 쓰고, 어느 여름 일기에서 콩밭을 매면서 "풀 아니면 내가 뭣을 벗을 삼고 이 햇볕에 나와 앉아 있겠나" 하며 콩밭에 난 풀에 고마워한다. 가을 어느 날 일기는 "중국 갔던 막내가 왔다 가고 혼자 남아 있어 고요한 밤에 풀벌레 우는 소리만 쟁쟁하게 나는구나"라는 단 두 줄이다. 눈 내린 겨울에 "눈이 허연데 새들은 뭣을 먹고 사는지 괜히 쓸데없는 것을 생각하느라고 잠을 설칠 때도 있다"며 "그것도 목숨 가진 짐승인데 뭣을 먹어야 살지"라고 걱정한다. 출판계에서는 '100세 시대'를 바라보며 등장한 노년들의 글쓰기 장르쯤으로 생각할지 모르지만, 나이 듦에서 나오는 어떤 지혜를 나누겠다고 생각해서 쓴 글이 아니다. 군대 간 아들이나 타지로 간 딸에게 삐뚤삐뚤 편지 보낸 게 걸려 글자 연습 삼아 그날그날 생각나는 몇 자를 적었을 뿐이다.

도라지를 팔아 글자 연습 공책을 사고는 했던 이 할머니 글에는 돈 이야기도 많이 나온다. 여러 가지 여운을 남긴다. 삼천 원에 나물 팔고 기분 좋아하거나, 사위가 와서 오만 원을 어디에 슬쩍 놓고 간 데 감동하고, 이웃 새댁이 놓고 간 고등어 세 마리에 고마워 어쩔 줄 모른다. 봄이 오자 앞 밭에서 "나생이, 쑥, 달래, 고들빼기 네 가지 나물을 캐서 아침 7시 차를 타고 장에 나가 신문지 깔고 몇 무더기를 만들어" 만 오천 원쯤 만들 생각이었는데 장사꾼 여자가 오더니 덮어놓고 주워 담고는 만 원 주고 가 버린 것을 놓고 "앉아 팔면 만 오천 원은 만들 수 있는데" "내가 덜 받으면 장사꾼 여자가 좀 이문이 더 남을 거고 나는 집에서 일하고 내가 받을 것을 다 받으면 내가 일 못 하고 장사꾼은 뭣을 남기랴 생각하니 마음이 편하다"고 쓴다. 2018년에 아흔일곱이니 2003년 3월 여든둘에 쓴 글이다. 미국의 초월주의 사색가 헨리 소로가 24년간 쓴 일기《매사추세츠의 봄 여름 가을 겨울》을 잠깐 떠올렸지만 고개를 저었다. 누군가 읽을 것이라고 상정하고 사유를 정리한 글과는 다르다. 일기를 쓰는 데는 오만 가지 이유가 있겠지만 단순히 글자 연습 하느라 쓴 일기는 처음 본다. 본인이 의도하지 않았지만 기록물로서도 의미가 없다고 할 수 없다. 학교 문턱도 밟은 적이 없는 우리 앞세대 산골 아낙이 절기를 어떻게 느끼고 이웃들과 어떻게 지내는지 그리고 매일 무슨 생각을 하며 사는지를 이처럼 잘 보여 줄 수 없다. 우리 제도 교육이 얼마나 쓸데없는 것들로 채워져 왔는가를 반증하는 기록물이기도 하다.

《아흔일곱의 봄 여름 가을 겨울》은 여태껏 꺼내 본 적이 없는 내 어떤 기억도 소환했다. 고등학교 때 국어 선생님이 보내 주셨

던 편지 봉투가 그렇게 떠올랐다. 고1 때부터 3년간 국어를 담당하셨던 선생님은 내가 대학 갔을 때 첫 편지에 우표를 수북이 넣어 보내셨다. 편지를 열었을 때 햇살처럼 쏟아졌던 우표들! 내가 대학 다니는 동안 썼던 모든 편지에는 그 선생님의 우표가 붙어 있었을 것이다. 그때는 서울로 대학 간 지방 학생에겐 우푯값도 아껴야 했던 때다. 선생님은 내게 서울대 문리대 여학생들은 너무 진지해서 소리 내어 웃지도 않는다는 오리엔테이션을 해 주신 분이다. 그 선생님은 동숭동 교정(옛 서울대 문리대 교정)에 정을 붙이기도 전에 6·25가 터져 부산에서 전시연합대학을 다니셨다. 영어 선생님 생각도 함께 따라왔다. 영어 선생님은 휴전협정이 되어 동숭동 교정에 복귀해서 대학을 다니셨는데 두 분은 함께 나를 불러 그런 오리엔테이션을 해 주셨다. 대학에 와 보니 크게 웃지 않는 여학생이 없어 일순 당황했다. 경제개발 5개년 계획이 확정된 해에 대학에 입학한 우리들은 물질적 풍요를 만끽할 준비가 되어 있었고 캠퍼스는 화사한 옷차림의 여학생들 웃음소리가 그치지 않았다. 군홧발이 대학 정문 앞을 지키고 있었지만.

영국 문화 연구자 리처드 호가트가 영국 노동자계급의 삶과 문화를 쓴 책《The Uses of Literacy》는 우리말로《읽고 쓰기의 효용》또는《교양의 효용》으로 번역된다. 읽고 쓰는 문해력이 교양의 영역임에 동의하지만 이 할머니 일기를 읽으면서 '읽고 쓰기'라는 말에 '쓸모'를 붙여 써 본다. 더 마음에 와닿았다. 국정감사에서 '경제 위기'라는 용어 사용을 놓고 때아닌 '문해력' 논쟁에 주먹다짐까지 가는 뉴스 화면을 보았다. 우리 사회 식자층에서 '문해력'의 수준이 우려할 수준임은 분명하다. 얼마 전 토요일 오후 광화문에서 약속을 잡았는데 후배가 오는 길이 바빴지만 인류학자로서 놓칠 수 없는 팻말이어서 찍었다며 사진 몇 장을 보여 줬다. 내 눈길을 끈 한 팻말에는 이렇게 쓰여 있었다. "내 새끼는 미국 유학 니 새끼는 촛불 데모." 흠잡을 데 없는 옷차림에 당당하게 든 팻말 그리고 남의 눈을 의식할 필요도 없다는 듯 선글라스도 모자도 마스크도 쓰지 않았다. 잠깐 심호흡을 하면서 읽고 쓰기의 쓸모를 생각했다. 마침 사무실에 들른 제자한테 그 팻말 사진을 보여 줬더니 "그게 자랑이라고 들고 있을까요? 창피한 건데" 하며 한심해했다. 그 어처구니없어하는 표정에 알 수 없는 위로를 받는다. 내 막막함의 정체는 우리 사회가 무엇이 자랑할 일인지, 무엇을 감춰야 하는 일인지 분별력을 잃은 데서 오지 않았나 생각한다. 내가 이 할머니의 책을 집어든 것은 내 안의 낭패감과 불안을 잠재우기 위해서였을지도 모르겠다. 남북 회담이 열리고 북-미 회담도 열렸고 남북 정상이 분단선을 넘나들고 있는데도 한반도의 운명은 우리 손에 달린 것이 아니었음을 새삼 깨닫는 이상한 열패감에 묶인 불안도 한 축에 있지만 그보다도 30여 년 가르치는 일을 업으로 삼아 왔는데 최근 연이어 터지는 교육계 사건들을 보면서 가르치는 업에 대한 낭패감이 막막함으로 전이된 불안감도 한몫한 듯하다.

한 해의 마무리에 이런 글이 어떻게 책이 되냐고 묻는 이옥남 할머니의 책을 집어 든 것은 뻔뻔함에 오염된 눈과 귀를 정화하고 싶어서였는지도 모르겠다. 아니 그보다도 읽고 쓰기의 교양적 효용을 잃어 가는 사회에 대한 아쉬움일지도 모르겠다. 이 글을 순박한 삶에 바치는 헌사로 생각하고 시작했는데 소소昭昭한 글쓰기의 여백에 우리는 어떻게 빚지고 있는가를 생각하게 됐다. 이 글을 끝내가는 시점에 〈1991, 봄〉이라는 강기훈 유서 대필 조작 사건을 다룬 다큐멘터리를 보다가 거기서 수도 없이 등장하는 '쓴다'는 말이 아프게 폐부를 찔렀다. 읽고 쓰기의 쓸모를 다시 생각한다.

2018. 11. 16

---

● 이 칼럼이 나간 날 《녹색평론》 김종철 발행인이 "오늘 한겨레글 참 좋습니다"라는 짧은 한 줄 문자메시지를 보냈다. 그가 작고한 뒤에도 지우지 않고 남겨둔 문자다.

# 올해 만나 보고 싶은 사람들

　새해 눈을 떴을 때 만나 보고 싶은 사람이 몇쯤 생각난다면 축복이다. 그건 설렘이다. 그런데 설렘만은 아니다. 무거움도 함께다. 새해 벽두에 쓰는 칼럼이니 뭔가 산뜻한 글로 시작하고 싶은데 쉽지 않다. 우선 올해 내가 만나 보고 싶은 사람은 두 명의 양심적 병역거부자다. 한 명은 지난해 읽게 된 한 편지의 주인공이고, 또 한 명은 병역거부자로 수형 중에 쓴 《감옥의 몽상》이라는 책의 저자다. 영상 인류학을 공부하는 제자가 어느 날 어떤 편지를 내게 보여 주기 전까지는 병역거부 앞에 붙은 그 '양심'의 무게에 대해서 깊이 생각해 보지 않았다. 사실은 무지했다.

　양심적 병역거부자의 편지를 보여 준 제자는 '광주 5·18 가해자들'에 대한 다큐를 베를린자유대학 석사 졸업 작품으로 준비하고 있었다. 이런 다큐를 만든다고 했을 때 주변의 반응은 크게 엇갈렸다. 피해자에 대한 진상도 충분히 밝혀지지 않았는데 무슨 가해자에게까지 관심을 쏟느냐는 질책성 반응이 다수였고, 아주

소수만이 상층 지휘부가 아니라 맨 아래에서 직접 총구를 겨눴던 가해자를 만날 수만 있다면 한번 해 보는 것도 괜찮겠다는 미지근한 격려를 했다. 다큐 기획 단계에서 힘을 얻은 것은 뜻밖에도 〈전쟁 없는 세상〉이라는 양심적 병역거부자 사이트에 올라온 한 소견서를 읽으면서였다. 그 소견서는 계엄군으로 광주에 간 아버지를 이해하려 애쓰면서 다른 한편 병역거부를 선택하는 지난한 고민의 과정과 사유로 채워져 있었다. 제자는 그 소견서의 주인공을 찾아 5·18 '가해자'에 대한 다큐를 찍고 싶다는 긴 편지를 보냈고 그는 감옥에서 곧 답장을 보내 주었다. 약간 길기는 하지만 편지 일부를 원문대로 인용한다.

"편지를 받고 감옥에서의 일상에서 잠시 잊고 있던 광주를 다시 환기할 수 있었습니다. 소견서를 쓸 당시에는 자각하지 못했지만, 최근 다시 읽어 보건대, 아버지와 광주 그리고 지난 과거를 감옥에서의 '고난' 속 성장을 위한 서사로 환원했다는 느낌도 듭니다. 어떻게든 내 선택이 잘못된 것이 아니기를, 그리고 성장의 의미를 부여해 불안을 달래고 싶었던 것일 테죠.

가해자/피해자 이분법을 넘어 국가 폭력의 구조를 다루겠다는 문제의식엔 저도 공감합니다. (중략) 그들을 단순히 폭력과 탐욕에 굶주린 룸펜이거나, 아이히만 같은 냉혈, 신학적 이분법에 근거한 '공수 마귀'로 환원시킬 수 있을까요? 군사독재 시절 보육원을 나와 고아로서 생존해야 했던 아버지의 계급적 조건, 파병 갈 때 영웅이었으나 전후에 천덕꾸러기가 된 월남전 상이군인들의 존재가 저를 머뭇거리게 합니다. 어떻게 하면 국가 폭력이 안긴 상처를 이분법을 넘어 극복할 수 있을까요? 이것은 저의 문제의식 같기도 합니다."

  그 편지의 앞부분에는 양심적 병역거부를 최종적으로 결정하기 전 광주에 내려가 금남로 광장에 걸터앉아 광주 시민들과 함께 '그날처럼' 주먹밥을 나눠 먹으며 보낸 시간이 '쿨하게' 나온다. 그렇다고 그는 자신의 병역거부의 연원을 아버지가 '광주 5·18 군인'이라는 데 떠넘기지도 않는다. 특전사 14년 근무를 자랑으로 여기는 아버지와 맞서며 힘들게 자기 양심에 귀 기울이는 힘든 선택의 과정을 내보인다. 가족사와 역사의 아픈 접점을 힘들여 읽어내는 그 편지의 어떤 글귀들은 아프게 나의 '지적 양심'을 흔들었다. 그 편지의 잔상이 채 가시지 않은 때 우연히 일면식도 없는 출판사 편집자한테서 《감옥의 몽상》이라는 책을 받았다. 책장을 열자 표지에는 없는 "양심적 병역거부자의 감옥 일지"라는 설명과 "무엇보다 재미있다"고 또박또박 쓴 손편지가 끼어 있었다. 내가 읽은 편지의 주인공과 저자가 같은 사람인가 싶어 책 표지를 찍어 제자에게 확인했더니 아니라는 답이 왔다. 그 편지에서 '지나치게 양심적'인 한 젊은이의 성찰과 국가 폭력에 대한 감수성에 감동했는데 그런 젊은이가 한 명이 아니고 또 있다는 사실에 《감옥의 몽상》을 읽는 내내 머리도 마음도 심호흡을 멈출 수 없었다.

《감옥의 몽상》은 현민이라는 필명의 양심적 병역거부자가 쓴 감옥 일지다. 저자는 이 책이 양심적 병역거부자의 책으로 읽히기를 원하지 않는다. "감옥에 간 사회운동가의 책이라는 전형적인 서사로 단칼에 정리되기를 바라지 않았어요. 감옥에서 경험한 내면적이고 신체적인 감각에 관한 책으로 읽혔으면 합니다"라고 말하지만 나는 어쩔 수 없이 양심적 병역거부자로서의 저자에 몰두할 수밖에 없다. 그는 (양심적 병역거부를 할 만한) "드라마 같은 인생 역정이 없고 정치적 대의의 담지자도 아니고 신념을 전달하려고 결연한 눈빛을 보내는 젊은이도 아니며 소심한 젊은이가 웅크리고 앉아 눈치를 보고 있을 따름"임을 줄줄이 나열하면서 자신의 '찌질함'조차 자학하지 않고 긍정하는 병역거부 운동을 하고 싶었다고 쓰고 있다. 그는 병역 대신 감옥을 택하면서 어머니는 간신히 설득했지만 손자를 당신 살처럼 아끼며 키워 주신 할머니한테는 차마 입을 떼지 못하면서도 담담하게 "나는 이제 병역거부자라고 불리는 전혀 다른 삶으로 이주한다"라고 쓰고 감옥으로 간다.

참을 수 없는 경박함과 속 빈 구호로 도배된 사회에서 이토록 내면을 응시하고 양심에 따라 자기 길을 찾으며 고군분투하는 젊은이들이 있다는 것은 경이롭다. 대체복무 규정이 없는 병역법에 위헌 결정이 나오면서 정치판에서는 "그럼 군대 가는 게 비양심적이라는 말이냐"는 학력을 의심케 하는 국회의원들의 발언을 보았는데, 이를 추인하듯 정부는 국제적 통용어까지 무시하면서 병역거부 앞에 붙은 '양심'이라는 단어를 제거하고 그 본래 의미를 훼절한 법안명을 내놓고 있다. 대체 복무 기간을 현역 입대의 2배 그리고 복무지는 교정 시설 합숙에 한정한다는 발표를 보고서는 《감옥의 몽상》에 버금가는 교정 시설 일지가 쏟아질지도 모르겠다는 썰렁한 유머로 자위했지만, 대체 복무안을 마련하려 했던 원래 의도를 이상하게 비틀고 있다는 의구심을 버릴 수가 없다. 최근 일련의 과정을 보며 상욱이라는 편지의 주인공이 자신의 편지와 소견서를 "자유로이" 인용해도 좋다면서 내비친 사회적 소통에 대한 갈증과 아픔이 따갑게 와닿았다. 과하게 손해 보면서도 양심에 따라 번민하는 젊은이들과 과하게 뻔뻔한 무양심 기득권의 무망한 싸움을 보며 뒷맛이 쓰다. 양심적 병역거부자들에게 그토록 심한 징벌적 대체 복무를 집요하게 요구하는 것은 '양심 없는 병역거부자'의 양산이 두려워서가 아니라 전쟁 없는 세상을 꿈꾸는 슈퍼바이러스가 활성화되는 데 대한 두려움일지도 모르겠다.

올해에 만나 보고 싶은 사람이 몇은 더 있다. 평화 실천가라는 명함을 쓰는 사람도 만나 보고 싶다. 지난해 경기 북부 지역에 소재한 한 대학의 '탈분단 경계 문화 연구원'이 주관한 국제회의에서 오랜 분단을 종식한 국가들의 경험을 발표한 세션이 있었다. 북아일랜드에서 온 한 발표자의 소개서에는 실천가(practitioner)라고 쓰여 있었다. 무슨 직업일까 궁금했는데 발표를 듣고 나서야 그 실천가라는 단어 앞에 평화가 생략되었음을 알게 되었다. 우리 엔지오(NGO) 실무자들한테 종종 활동가(activist)라는 명함을 받는데 새해에는 평화 실천가라는 명함을 내미는 사람들도 만나고 싶다.

이들보다 더 무겁거나 덜 무겁다고 말할 수 없는 만나 보고 싶은 또 한 사람을 덧붙이고 싶다. 북한의 김정은 위원장도 올해에 만나 보고 싶은 사람이다. 가능하다면 많은 시민들과 함께 광장에서 만나 보고 싶다. 올해는 마음속 금단을 깨는 사람들을 만나고 싶다. 고심하는 자기 언어를 가진 사람들을 만나 보고 싶다. 무엇보다 일상에서 평화를 실천하는 사람들과 만나고 싶다. 때로 부모와도 맞서고 기득권의 상상력을 넘어 자기 길을 가는 젊은이들을 더 많이 만나 보고 싶다.

2019. 1. 11

2장

글 안의 사람, 글 밖의 풍경

# 여성들의 혁명은 일상에서 시작한다

기미독립선언 100주년을 맞아 여성 독립운동가들이 '새롭게' 조명받았다. 서훈 기준을 조정해 여성 독립운동가 비율이 전체의 2.3%에 들어섰다. 매체들은 앞다퉈 특집을 꾸리면서 '전면에 나선' 여성 독립운동가들이 생각보다 많다거나 "남성들 못지않은" 여성 독립운동가도 있다는 촌평을 내놓았다. "전면에 나선"과 "전면에 나서지는 않았지만"이라는 수식어 사이를 부유하면서 내 경험 안에 들어온 100년 전 여성 독립운동가들을 불러와 본다.

나는 기미독립운동 참가자들 이야기를 일상적으로 여학교 때 듣고 자랐다. 그 기억을 더듬어 나의 모교의 역사를 담은 《수피아 100년사》를 들춰 보았다. 그 기록에 따르면 전남 광주 민중들이 3·1 독립선언서를 낭독하고 가두에 나선 것은 서울보다 열흘 뒤진 1919년 3월 10일이었다. 그날 전교생 62명이 시위에 동참했는데 태극기는 고종 장례 때 입은 치마를 뜯어 만들었다(!). 4개월 이상 구형을 받은 명단에 23명이 올라 있다. 그 명단에는 시위 도

중 일본 헌병의 칼에 왼팔이 잘렸는데도 시위를 계속했고 심문 중 나라를 위해 피 흘린 것이 자랑스럽다며 본명 대신 윤혈녀라고 답했던 전설적 선배도 있다.* 지난해 4월 구형자 중 몇 명이 서훈자인지 찾아보았는데 13명뿐이었다. 다행히 나머지 10명 중 4명이 지난해 광복절에, 그리고 5명이 올해 3·1절에 명단에 들었고 마지막 1명은 오는 광복절 서훈 명단에 들어간 모양이다. 이 과정에서 내 관심을 끈 사진 한 장과 마주쳤다. 형을 마치고 나온 여학생들을 양쪽에 거느리고 가운데 꼿꼿이 버티고 앉은 나이 든 여성은 기숙사 사감인가 하고 이름을 들여다보니 '식모'라고 표기되어 있었다. 독립운동 전면에 나선 여학생들과 밥해 준 이름 없는 아주머니는 이렇게 묶여 있었다.

"전면에 나서지는 않았지만"이라는 수식어가 붙는 독립운동가 이은숙 선생과 정정화 선생의 회고록과 일기를 찾아 읽었다. 《서간도 시종기西間島 始終記》와 《장강일기長江日記》다. 알려져 있듯이 《서간도 시종기》는 한일 합방이 되자 독립을 위해 6형제를 모두 이끌고 서간도로 이주한 우당 이회영의 부인 이은숙 선생의 육필 회고록이고 《장강일기》는 대한제국의 대신으로 독립운동을 위해 상해

---

* 이 이야기는 이광수의 시 〈팔 찔힌 소녀〉(《신한 청년》, 1919. 12.)와 기월의 소설 〈피눈물〉 (《독립신문》, 1919. 8.)의 모티프로 알려져 있다. '기월'은 이광수의 필명으로 추정된다.

로 망명한 동농 김가진의 며느리 정정화 선생의 자서전이다. 현란한 서평도 많지만 식자들의 평가를 덮고 새롭게 읽어 본다.

이들 회고록의 맛은 '귀가 부인'이라는 프레임을 벗어던진 거침없는 행보와 신분과 계급적 관계를 전복한 일상이다. 이들 일상은 독립운동사의 이면과 공식 역사의 빈칸을 채우는 사료로 박제되기에는 너무 생생한 전복적 독해가 필요한 텍스트다. 이은숙은 서간도 독립운동사를 기록으로 남겨야 한다고 주변을 독촉했지만 여의치 않자 칠순의 나이에 직접 한글 서간체로 기술하기 시작해 7년 만인 1966년 끝을 맺는다. 완성했을 때 손자들은 '할머니가 혼자 뭔가 쓴' 회고록의 가치를 가늠하지 못했고 그 값어치를 알아본 어느 사학자가 움켜쥐고 내놓지 않아 애를 먹다가 9년 뒤인 1975년에야 출간된다. 제목은 《민족운동가 아내의 수기》다. 《서간도 시종기》라는 원제목을 달고 재출간된 것은 2017년이다. 《장강일기》는 1987년 《녹두꽃》이라는 제목으로 처음 출간되었고 '여자 독립군 정정화의 낮은 목소리'가 부제다. 정정화 선생은 자신을 드러내는 것을 조심스러워했고 심지어 가지고 있던 일기를 불태우기도 했는데 주변의 설득으로 여든일곱의 나이에 자서전을 냈다. 첫 출간 때 책을 묶으면서 "못난 줄을 알건만 털어놓고 하는 말"이라는 서문을 남겼다. 11년 뒤 《장강일기》라는 제목으로 다시 나왔다.

이들 기록에는 무용담으로 읽을 수 있는 삽화도 많고 우리 현대사에 굵직한 이름을 남긴 유명인들의 행적도 많지만 소소한 이름들과 그들과 맺은 관계의 일상은 많은 숙제를 던진다. 야전 독립운동의 안살림을 책임진 여성들은 가히 '혁명적' 일상의 해결사다. 한때 독립운동에 참여했다가 친일 앞잡이로 돌아선 김달하가 암살되었을 때 우당이 그 조문을 갔다는 풍문에 시달린 적이 있는데 이때 이은숙 선생이 우당과 한마디 상의 없이 칼을 가슴에 품고 그 풍문을 믿고 절교 서신을 보낸 단재 신채호와 심산 김창숙을 찾아가 당신들이 보았느냐고 따지면서 "정말 바로 말 아니 하면 이 칼로 너희 두 놈을 죽이고 가겠다!"고 해서 사죄를 받아 내고는 "나중에 이야기를 전해 들은 가군家君한테 걱정을 들었지만" 그 뒤 일절 그런 말이 없어졌다는 한마디만 덧붙인다. 신흥무관학교를 세운 우당 일가가 하루 한 끼니도 먹을 수 없는 곤궁한 처지가 되자 이은숙 선생이 서울에 들어와 돈을 벌기 위해 찾아간 곳은 고무 공장이었다. 그러나 세 살짜리 아이를 돌보며 일해야 하는 엄마여서 유곽의 여인들 빨래와 옷 짓는 일감을 맡아 돈을 모아 보냈다는 기록이 나오는데 이는 "그 많던 재산을 독립운동에다 바친 뒤 대가 댁 마님들이 '웃음을 파는 여자들' 옷을 지어 주며 생계를 꾸리던 눈물겨운 이야기로 자주 소개된다. 막상 이은숙 선생은 "우당장께서는 무슨 돈인 줄도 모르시면서 받아 쓰시니 우리 시누님하고 웃으며…"라고 넘기고 있다. 정정화 선생은 스무 살의 나이로 먼저 상해로 떠난 시부와 남편 성암 김의한을 돌보러 갔다가 상해임시정부 안살림까지 떠맡았다. 그 길에 들어설 때 "모진 숙명을 뒤집어쓴 20세기 벽두에 태어나 자라면서 한 땀 한 땀 바느질을 배우듯이 스러져 가는 한 나라의 숨통을 지켜 본 소녀가 이젠 여인의 이름으로 그 나라를 떠나가는 길"이라고 기록한다.

임시정부 자금이 고갈되자 밀사 역을 자청하고 자금책으로 여섯 번이나 일본 헌병의 감시를 따돌리며 삼엄한 국경을 넘나든다. 첫 번째 독립 자금책을 맡아 도강할 때 도움을 준 '세창 양복점'이라는 독립운동 점조직을 맡은 낮은 신분의 이세창에 대해 "친오라버니 같은 그분"이라고 묘사하면서 신분이나 성별의 경계를 허물고 신뢰와 연대감을 표한다. 그때부터 50여 년이 지난 뒤 쓴 회고록에서 그 뒤의 소식을 알 수 없다는 아쉬움과 그렇게 사라진 무명의 독립운동가들에 대한 연민을 섬세하게 드러낸다.

우리는 항일 운동 "전면에 나선" 여성들에게도 빚졌지만 "전면에 나선 것은 아니지만"이라는 수식어가 붙은 여성들에게도 많은 빚을 지며 여기까지 왔다. 그뿐 아니라 "전면에 나선" 것도 아니고 "전면에 나선 것은 아니지만"도 아닌 그 사이의 이름 없는 여성들에게도 빚이 많다. 나는 가끔 지하철 3호선 안국역에 내리면 역구내 기둥에 감긴 항일 독립운동가들에게 바치는 헌사와 동그라미 네모 세모의 빈칸과 그 사이의 낯선 이름들을 읽어 볼 때가 있다. 한 기둥에는 "항일 투쟁에 생애를 바친 숱한 여성들의 잊힌 이름을 되찾기 위하여 빈자리를 남겨 놓습니다"라는 글귀가 있다. 강주룡·권애라 등 몇몇 알려진 이름도 있지만 많은 낯선 이름 사이사이에 숱한 네모와 세모와 동그라미가 있다. 그 옆 기둥에는 "기생들이 일어섰다. 이 세상에서 가장 큰 노래와 춤은 만세! 만세! 만세! 행진이다"라는 글귀와 들어 본 적 없는 이름 사이사이에 네모와 세모와 동그라미들이 박혀 있다. 이 글을 어떻게 끝맺을까 멈칫대고 있는데 문자 메시지로 두 장의 포스터가 떴다. 3월 8일 세계 여성의 날 포스터다. 한 장에는 "3시 스톱(STOP)"이라는 굵은 글씨 아래 "오후 3시 녀성들 파업하고 광화문 광장으로"라고 쓰여 있다. 여성 임금이 남성의 65% 수준이니 시간으로 치면 오후 3시에 멈춰도 된다는 뜻인 모양이다. 100년 전 우리들의 '센 조선 녀자' 언니들의 위트와 기지를 물려받은 모양이다. 또 한 포스터에는 "미투 우리가 세상을 바꾼다"라고 쓰여 있다. 여성들의 혁명은 일상에서 시작한다.

2019. 3. 8.

이 칼럼을 끝낸 뒤《서간도 시종기》(일조각, 2017)를 다시금 찬찬히 읽어 보게 되었다. 일조각판《서간도 시종기》는 매우 자세한 주석과 설명이 붙어 있어 편하고 쉽게 읽을 수 있다. 우당 이회영의 부인 이은숙 선생이 직접 붓으로 내려 쓴 기록물이라는 점뿐 아니라 독립운동이라는 공적 행위 뒤에 숨겨진 일상을 들여다 볼 수 있어 읽을수록 흥미로웠다. 거듭 읽은 뒤 이런 질문으로 이어진 칼럼 노트를 쓰게 될 줄은 몰랐다. 노트의 제목을 뽑아 보니 추리소설 제목 같다. 그러나 추리소설이 아니라 몇 명의 '여성'학자들이 일조각판《서간도 시종기》를 꼼꼼하게 읽어가면서 겪게 된 좌절의 과정을 드러낸 제목이다.

독립운동 기록에서 여성들의 이름은 대체로 누락된다. 언급된 경우에도 그 여성이 누구인지는 알 수 없는 경우가 많다. 칼럼을 낸 후《서간도 시종기》에 나오는 여성들을 챙겨 보고 메모도 하게 되었다. 여성의 실명이 등장하는 경우가 드물기 때문에 일조각판 153쪽에 나오는 "친딸 같은 학생 장봉순"이 시선을 끌었다. 장봉순에 곧이어 나오는 청년 한기악은 주석에 자세한 설명이 있는 데 반해 장봉순이 누구인지는 전혀 설명이 없다. 장봉순이 누구인지 궁금해 일제시기 전공자 이지원 교수와 현대사 전공자 정진아 교수에게 문의를 하게 되었다. 두 사학자는 그 문장 앞뒤에 나오는 대목을 눈여겨 읽어봐야 맥락을 잡을 수 있다고 했다. 일조각에서 2017년에 나온 《서간도 시종기》에 앞서, 1975년에 《민족운동가 아내의 수기》라는 제목으로 정음사에서, 1981년에 《가슴에 품은 뜻 하늘에 사무쳐》라는 제목으로 인물연구소에서 이미 두 개의 출간본이 나왔다. 이 두 판본은 육필로 쓴 필자의 원제목을 부제로 썼다. 정음사판과 인물연구소판을 구해 읽는 과정에서 1975년 정음사 출간본에는 없는데 1981년 인물연구소 출간본에는 나오는 몇 구절을 찾아내게 되어 다시 육필 원본과 대조해 보게 되었다.

원본은 우당기념사업회에 있고 영인본은 한국학중앙연구원에 있다. 우당 증손인 연세대 이철우 교수와 안면이 있는 내가 우당기념사업회에 가면 원본을 볼 수 있는지 알아보기로 했다. 마침 원본이 예술의 전당 서예미술관에서 열리는 〈3·1운동 대한민국 임시정부수립 100주년 서화미술특별전〉*에 출품되어 그 전시장에 가면 볼 수 있다고 알려 주었다. 유리관 안에 전시되고 있는 귀중한 자료여서 육필원고를 꺼내어 볼 수는 없을 듯했다. 이철우 교수께 동행을 부탁했다. 본인은 수업 때문에 갈 수 없는데 부모님이 곧

●   2019년 3월 1일부터 4월 21일까지 전시

그 전시회에 갈 예정이라고 알려 주었다. 우당의 손자인 이종찬 우당 교육문화재단 이사장 부부가 그 전시장에 갈 때 맞춰서 가면 볼 수 있는 편의를 주최 측이 봐 줄 것 같다는 안내도 받았다. 마침 3월 15일 오후에 두 분이 가신다는 연락이 와서 그에 맞춰 이지원, 정진아 교수와 필자 셋이 함께 갔다. 역사 사회학자로《서간도 시종기》에 관심이 많아 함께 가기로 한 유정애 교수는 강의와 겹쳐 못 갔다. 이종찬 이사장 부부와 함께 육필 원본을 보면서 원본에는 장봉순과 청년 한기악이라는 이름이 없는데 인물연구소판과 일조각판에는 해당 구절이 들어 있다는 사실을 확인하고 관련 자료를 더 찾아보기로 했다. (그때까지는 원본에 혹시 덧붙인 낙서가 있나 생각도 했었다.) 사학자들은 고개를 갸우뚱하면서 아주 신중하게 접근해 보기로 했다.

전시회에서 원본을 확인한 뒤 우리는 단톡방에서 이런저런 대화를 주고받았다. 1975년 정음사판이 육필 원고에 가장 손대지 않은 듯해서 1975년 판을 기본으로 하고, 2017년 판과 1981년 판을 대조한 후 육필 원본과 맞춰 보기로 했다. 몇 단어들을 찾으면서 '미스테리'라는 표현을 쓰게 되었다. 읽으면서 보이는 대로 서로 메모해보기로 했는데 이 과정에서 1975년 판에 없는 내용이 1981년 판에 있고 2017년 일조각판에 들어 있는 경우들을 찾아내게 되었다. 1981년 판에서 "누군가 살짝 윤색?"을 한 것 같다는 의구심을 갖기 시작했다. 그러면서 "서간도 시종기 판본 비교 논문을 써야할 것 같다"는 의견도 나왔다.

원본을 확인하기 위해 한국학중앙연구원에 원본 마이크로필름 열람을 요청해 보기로 했다. 원본 마이크로필름을 이메일로 받아 공유했다. 1975년 판과 1981년 판을 복사해서 함께 공유하고 2017년 판과 마이크로필름 원본까지 들여다보면서 서로 시간 나는 대로 체크했다. 이지원 교수는 "《서간도 시종기》는 여성독립운동가가 쓴, 남아 있는 몇 개 안 되는 글 가운데 특징이 있고, 필자가 직접 쓴 육필본이 남아 있다는 점에서 사료적 가치가 크다"라는 코멘트와 함께 "구술 받은 것도 아니고 필자가 직접 육필로 쓴 원본이 있는데도 이렇게 윤색이 되어 당황스럽다"는 의견을 냈다.

판본 전체를 대조해 볼 여력은 없어서 눈에 띄는 몇 쪽을 읽다가 또다시 여성 이름에서 멈춰 섰다. "김활란은 김달하의 부인 동생이어서"라는 구절을 보면서 '그때 벌써 김활란이라는 이름을 이은숙 선생이 알고 있었나?'라는 생각이 들었는데 우리 중 누군가 이 구절은 1981년 판과 2017년 판에는 나오는데 1975년 판에는 없다는 코멘트를 올렸다. 언문으로 기록한 육필 원고를 쉽게 읽을 수 있는 이지원 교수가 바로 원본에 없음을 확인했다. 이어서 일조각판 145쪽에 "김창숙 씨는 경상도 유림단 대표로 나올 때 같이 온 분은 이상재 씨, 손영직 씨, 김활란 씨. 이렇게 네 분인데"라고 나와 있는데 원본에 이상재, 김활란 이름이 없다는 것을 확인하고 "이상재와 김활란을 김창숙과 연결시키는 것도 생뚱맞은데, 왜 들어갔는지?"라는 문자도 오갔다. 또한 일조각판에는 "친딸 같은 장봉순과 청년 한기악이 서양 자선 병원의 원장을 잘 알아"(153쪽)라고 되어 있지만 1975년 판과 육필 원고에는 "'친딸 같은 학생'이 서양 자선 병원의 원장을 잘 알아"라고 나와 있다. 이 시기는 김달하가 암살된 1925년 3월 30일(이은숙 선생 육필 원고에 을축년 (1925년) 2월 (음))에서 몇 달 지난 때로 우당 일가가 말로 다할 수 없는 생활고를 겪고 자녀들이 생사를 오간 신고辛苦의 시기였다. 거기에 더해 독립군 스파이로 암살된 김달하의 상가에 우당 부부가 조문했다는 소문으로 우당이 심산 김창숙과 단재 신채호 선생한테 절교 편지를 받아 이은숙 선생이 직접 심산과 단재가 묵고 있던 거처에 쳐들어가 우당이 가지 않았음을 확인하고 사과를 받아 낸 사건도 있었다.˙

---

˙ 이규창이 쓴 《운명의 여신》(보련각, 1992, 78쪽)에는 이렇게 기록되어 있다. "한세량 씨 댁에 유숙하는 신채호, 김창숙 선생 두 분이 나의 부친께 절교의 서신을 보내왔는데 그 내용인즉 탐정노릇을 하다가 암살당한 자에게 조상을 갈 수 있는가. 이런 일을 하는 선생하고는 절교를 하는 바"라는 내용이다. 이 상황을 적극적으로 읽어 보면 김달하의 아내가 이은숙 선생과 이웃으로 친하게 지낸 사이여서 이은숙 선생은 (우당에게 알리지 않은 채) 아들 규창을 앞세우고 김달하의 문상을 다녀왔는데 신채호와 김창숙 선생은 우당에게 "이런 일을 하는 선생"이라고 지칭하면서 이은숙 선생의 독자적 행동을 의심하는 듯하다. 이은숙 선생은 딸 규숙이 김달하의 딸과 친구로 김달하의 동정을 다물단 (암살단)에 알려준 혐의를 받고 있어 멀리 피신시켜 놓고 조문을 간 것이다. 종합해 보면, 살얼음판을 걷는 독립운동 집안의 아내와 어머니로서 주체적이고 독립적으로 이은

이때는 경성에서 조선의 언론계가 조선기자대회 준비로 역량을 총집결한 시기였다. 한기악 선생은 1920년 초 환국하여 1925년 당시에는 전조선기자대회 준비위원회 서무부 위원을 맡아 대회 준비로 여념이 없을 때다.[*] 4월 15일 기자대회의 참가자 명단에도 이름을 올리고 있는데[**] 이때 한기악 선생이 북경의 자선병원에 가서 도움을 줬다(1981년 판과 2017년 판의 기록)는 게 어찌 된 영문인지 알 수가 없다는 문자를 서로 주고받았다. 이 사안을 어떻게 풀어 나갈지 고민을 나누면서 "단지 판본의 문제만은 아니고 사료에 기대어 역사적인 해석을 하는 사학자로서 고민해야 할 여러 지점이 있을 듯"이라는 의견도 나왔다.

육필 원본에 없으며 1975년 정음사판에도 없는 구절이 1981년 인물연구소판과 2017년 일조각판에 들어간 경위를 알기 위해 이철우 교수를 통해 일조각 측 의견을 알아보기로 했다. 스캔들을 만들기보다는 일조각이 책임감을 가지고 정정판을 내주면 좋겠다는 생각에서였다. 이철우 교수에게 먼저 알리고 간접적 의견을 듣기로 했는데 이 교수가 마침 해외 체류 중이어서 귀국을 기다려

숙 선생이 펼치는 고도의 일상 정치의 한 장면이 그려진다.
* "記者大會는四月中", 《동아일보》1925년 3월 17일자.
** "軍容을□齊한朝鮮의筆陣 抑壓된言論界에活躍의第一步", 《동아일보》1925년 4월 15일자.

도움을 받기로 했다. 이 교수는 처음 이 사실을 얘기했을 때 문제적 상황으로 인식하는 듯해서 우리 모두 기대를 걸고 기다렸다.

해외 체류에서 돌아온 이철우 교수가 바로 우리 네 명과 함께 점심 약속을 하자는 연락이 왔다. 그동안 일조각 대표와도 의견을 나누겠다고 했다. 필자와 정진아, 유정애, 이지원 교수 등 우리는 2019년 9월 8일로 잡힌 약속에 기대를 가지고 나갔다. 그런데 이철우 교수는 정음사판이 하나의 "원본"이라면 인물연구소판도 하나의 "원본"이고, 일조각판도 또 하나의 "원본"이라고 말하면서 이야기를 시작했다. 육필 원본이 있는데 출간된 세 판본을 다 같은 '원본'이라고 언급해서 그 자리에 있던 우리는 당황했다. '판본'도 아니고 '원본'이라고 했을 때 혹 잘못 들은 게 아닐까 귀를 의심했고 모임이 끝난 뒤 함께 '원본'이라고 말했음을 확인했다. 잘못된 판본을 정정해 주리라는 기대가 무너진 데 대해 크게 실망했다.

보름쯤 후에 이철우 교수의 이메일을 받았다. 일조각에 가서 김시연 사장과 한경구 교수를 만나 많은 대화를 나누었으며 대화를 통해 얻은 결론을 요약해서 우리 모두에게 이메일로 보내왔다.

내용은 1981년 판(인물연구소)을 기본으로 한다는 것이 처음부터 유족과 합의되었음을 확인했고 그 이유는 1981년 판이 내용면에서 추가된 부분이 있기 때문이라고 밝혔다. 그리고 1920년대

중엽 월봉(한기악) 선생이 중국에 체류하였는가의 문제에 대해서는 자신의 종조부인 이규창 선생의 저서《운명의 여신》에도 언급되어 있다며 일조각 출간본이 그 부분에서 인물연구소판과 같은 이유를 '설명'했다. 이 교수는 일조각을 방문한 말씀을 전하면서 "유족도 잊었거나 소홀히 한 판본 사이의 미세한 차이까지 파악할 정도로 증조모 책을 정독해 주시고 의의를 부여해 주시는 데 대해 경탄의 마음과 감사의 마음"을 전하고 여성사 분야에서 어떻게 연구가 이루어지는지 알게 되었다는 정중한 감사도 표했다.

우리가 문제로 제기한 육필 원본과 다른, '누군가' 손을 댄 판본을 일조각이 내게 된 데 대해서는 답을 얻지 못했다. 참고로《운명의 여신》은 1992년에 나왔으며 인물연구소판은 1981년에 나왔다.

정진아 교수는 "사실 확인을 위해 한기악 선생의 유고를 묶은《월봉유고》를 연세대학교 귀중본실에서, 이규창 선생이 쓴《운명의 여신》을 연세대학교 원주캠퍼스 귀중본실에서 열람해서 비교 검토"했고 "문제의 내용이《월봉유고》에는 없고《운명의 여신》에는 있는데《운명의 여신》을 전거로 이은숙 선생의 육필 원고인《서간도 시종기》에 가필을 했다면, 반드시 누가 어떠한 이유로 원본에 내용을 추가했는지 언급해야 한다, 만약 그러한 언급 없이 가필을 묵인했다면 그것은 역사에 대한 왜곡이자, 여성독립운동가의 그리고 여성 저작에 대한 훼손이라고 생각한다"는 의견을 냈다. 이 과정을 함께 지켜 본 우리들은 이 점에 의견을 같이 하면서 어떤 방식으로든 육필 원고에 가필한 점은 시정되어야 한다는 것으로 입장을 정리했다. 이지원 교수는 앞으로는《서간도 시종기》판본에 대한 사료 비판을 전제로 연구가 되어야 할 것이라고 지적했다. 미국에서 역사사회학 훈련을 받은 유정애 교수는 미국 학계라면 "원본 육필 원고에 가필한 것은 상상하기 힘들다"면서 만약그 시기에 한기악 선생이 북경을 방문해서 그런 일을 했다 하더라도 육필 원고에 없으면 주석으로 붙여야 하는 것이 학문의 상식에 맞는 일이며, 많은 주석을 붙여 낸 일조각판에서 육필 원본에 없고 첫 출간된 정음사판에도 없지만 인물연구소판에는 나오는 몇구절을 그대로 '원본'처럼 쓰게 된 사유도 주석으로 덧붙여져야한다는 의견을 냈다. 일조각판의 〈일러두기〉에는 "이 책은 1966년탈고한 저자의 육필본《서간도 시종기》의 인명 · 지명을 비롯한원문이 실린 단어 및 표현은 그대로 따르고…"라고 되어 있다. 그리고 이어 "본문을 편집하는 과정에서 원문은 최대한 살리되 맥락상 내용의 앞뒤가 맞지 않는 부분과 표기상 오류가 난 부분을 불가피하게 수정했다"고 밝히고 있다. 어디에도 1981년 판을 따랐다는 언급은 없다. '매우 정교한' 〈일러두기〉가 정교하게 이은숙선생 육필 원본 훼손을 포장하고 있다는 생각까지 하게 되었다.

몇 개월간 우리는 이러한 과정을 지켜보면서 사학계와 지식 권력에 대한 의문을 풀지 못하고 설왕설래 시간을 보낸 후 다시 한 번 정정을 시도해 보기로 했다. 이은숙 선생이 집안에서 육필로 《서간도 시종기》를 쓰는 모습을 곁에서 지켜 본 손자 이종걸 전 의원(이회영 기념관 관장)과 만나 우리 의견을 얘기해 보는 방식을 강구했다. 우당기념사업회에 깊이 관여한 서해성 작가에게 자초지종을 얘기하고 이 의원과 자리를 마련해 줄 것을 부탁했다. 조심스럽게 얘기를 꺼냈는데 서 작가는 이미 일조각판에 육필 원고에 없는 몇 글자가 삽입된 것을 알았고 정정 의견도 일조각 집안에 얘기했다고 말했다. 놀라움을 감출 수 없었다. 이 모든 걸 알고 나서는 더욱 여기서 멈춰 설 수 없다고 생각하게 되었다. 이종걸 관장과 맞부딪쳐 문제를 풀어 보기로 했다. 이 자리에는 이 문제를 알고 속을 끓이던 '우리들'이 함께 갔다. 해외 체류 중인 유정애 교수는 부득이 불참했고 서해성 작가는 동석했다. 이종걸 관장은 우리의 문제제기를 받고 당혹해하며 어떤 방식으로든 육필 원고 원본을 살려내는 '정본'을 내겠다는 약속을 했다. 앞으로 지켜보기로 했다. 그 자리를 뜨면서 우리들은 젠더 문제로 환원하고 싶지 않아 조심하면서도 육필 원고 저자가 여성이어서 쉽게 손댈 수 있었을까, 아니면 어떤 다른 말 못할 더 큰 사연이 숨어 있는 것일까를 질문하며 회의에 휩싸였다. 몇몇 '여성'학자들의 문제제기쯤은 뭉개고 갈 수 있다고 생각한 것일까라는 의문까지 갖게 되면서 쓸쓸함이 더했다.

    퇴고하는 시점에 대학 사회가 반 이상 표절한 논문도 별 문제 없는 것으로 판정하는 이상한 사회에서 살게 되었지만 지난 수개월간 '우리가 겪은 좌절의 시간'을 그냥 묻어 버릴 수 없다고 생각했다. 오래된 육필 원고에 글자 몇 자 끼워 넣은 것에 불과한 '사소한' 사건이 아니다. 결코 사소하지 않다. 지식 권력의 횡포와 염치없음을 간과할 수 없어 노트로 붙인다. 일조각판《서간도 시종기》에서 보게 된 원본 훼손은 '육필 원고에 누가 손댔을까'라는 역사적 추리와 검증의 영역일 수 있지만 육필 원고에 가필한 것을 알면서도 정정하지 않고 버티는 것은 지식 권력의 장에 대한 사회학적 분석이 필요하다는 생각이 강하게 들었다.

# 학문이(도) 패션 상품일까

학문이 패션 상품일까 또는 신자유주의 시장 사회에서 학문도 패션 상품일 수밖에 없을까를 묻고 싶다. 이런 칼럼 제목을 떠올린 것은 재직하던 학과의 후배 교수로부터 사회학과가 통폐합 위기에 처할지도 모른다는 걱정을 들으면서다. 국내 몇몇 대학들에서 사회학과가 어떻게 통폐합되면서 위기를 맞는가를 일목요연하게 보여 주는 파일도 보게 되었다. 일명 구조조정이라는 이름으로 대학에서 자행되는 횡포에 대해 생각의 갈피를 못 잡고 심란해하면서 산책에 나섰다가 우연히 어떤 아이들과 마주치면서 우리 교육이 지향하는 가치와 감수성은 어떤 것일까를 묻는 질문이 더해져 무거운 마음으로 돌아왔다.

미세먼지가 잠깐 뜸한 지난 3월 초에서 중반으로 넘어가는 어느 날이었다. 사직동의 가파른 동네를 걷다 보면 한양도성 순성길이라는 표지판을 밟게 되고 생각지 않게 인왕산 입구에 닿는 길목에 이르는데 은은한 향기가 날아왔다. 오랜만에 미세먼지 마스크를 벗어 던진 터라 코를 스치는 향기에 취해 돌아보니 그냥 지나치던 어느 집 담 너머 고목에 매화 멍울이 터지고 있었다. 그 앞에 서서 무거운 상념을 날리고 있었는데 맞은편 인왕산 둘레길을 내려오는 열 살 남짓해 보이는 초등학교 여자애 두 명과 그보다 어린 남자애 한 명이 "와, 팝콘이다" 소리치며 달려와 내 옆에 섰다. 뒤따라서 엄마들도 왔다. 나도 모르게 "얘들아, 이거 매화꽃이야. 팝콘처럼 보이니?" 웃으면서 말을 걸었다. 아이들도 엄마들도 아무 반응이 없었다. 그 자리를 서둘러 뜨면서 "아, 매화였군요. 이 향기…" 이런 말 한마디쯤이 너무 그립고 아쉬웠다.

마침 학원 강사 경험이 있는 제자가 들렀기에 그 이야기를 했더니 학교나 학원가에서 어쩌면 매화를 팝콘으로 본 것이 기발하다고 칭찬받을지도 모른다고 했다. 특히 엄마들은 아이들의 그런 튀는 발언에 고무되었을지도 모른다는 것이다. 미세먼지에 신경 쓰며 마스크를 준비해 인왕산 둘레길 산책에 아이들을 데리고 나선 매우 '교육적'인 듯 보이는 엄마들이 설마 그렇겠느냐고 반론을 제기해 봤는데, 교육 현장을 웬만큼 안다는 제자는 고개를 저었다. 추운 겨울을 이겨 내고 맨 먼저 꽃망울을 터뜨리는 매화를 알아보는 것은 우리 교육에서 하나도 중요한 일이 아닌 것이다. 매화가 팝콘이라고 불린 순간 향을 품은 매화라는 기의가 날아간 '텅 빈 기표'가 되어 암울해졌다. 우리 교육의 평가 시스템의 성공

작이 될수록 '텅 빈 기표'를 쏟아내는 실력자가 되는 것이 아닐까 하는 의구심이 드는 요즘이다. 명문 대학 출신에 그 어렵다는 고시 출신자들이 포진한 우리 정치판 엘리트들이 내지르는 '헌법 수호' '독재 타도' 등의 '텅 빈 기표'가 매화를 팝콘이라 부른 '텅 빈 기표'와 겹친다.

포퓰리즘과 성과주의는 과하게 교육의 영역마저 지배하고 있다. 거기에 더해 교육 사업은 명분도 있고 돈도 되는 비즈니스다. 단기 순익을 추구하는 기업 모델을 흉내 내는 교육기관의 업적 평가 시스템에서 교육도 학문도 돈으로 환산되는 가치로 값이 매겨진다. 취업하는 데 도움이 안 되는 인문학은 '문과충'(문과+벌레) '문레기'(문과+쓰레기) 등으로 비하되고 당장 돈벌이가 안 되는 (안 될 것으로 보이는) 학문이나 학과들은 구조조정 당하는 것이 당연시된다. 사회과학에서는 기초학문인 사회학이, 자연과학에서는 물리학이나 화학이 찬밥 신세다. 대학에서 하나의 학문 또는 학과를 고사시키는 일은 생각보다 쉽다. 졸업생 취업률을 학과 평가에 삽입하고 교수 채용에 반영하면서 은퇴 교수 자리를 채워 주지 않으면 학과는 당연하게 비인기 영세 학과가 되어 학생들이 모이지 않는다.

사회학의 예를 들면 젊은 세대에게 인기가 있음직하고 그럴싸하게 보이는 학문들과 합쳐 사회학 앞뒤로 붙여 놓은 기형적 이름의 학과명이 만들어진다. 사회·복지학과, 사회·언론정보학과 또는 정보사회학과였다가 시간이 지나면 사회학이라는 이름이 슬그머니 빠진다. 이른바 학생들을 유인할 수 있는 학과명으로 개칭된다. 역사학이나 철학 또는 어문학과도 유사한 경로를 밟는 경우가 많다. 학과(문)의 통폐합안은 투표라는 '매우 민주적 절차'를 통해 가결되기도 한다. 학문의 대중화라는 기치를 내걸거나 학문도 패션처럼 트렌드 좀 따르면 무슨 문제가 있냐고 질타당하기도 한다. 글로벌 지식 담론 생산에 적극적인 폴란드 사회학자 지그문트 바우만은 "학문의 대중화는 모든 것이 시장적 유용성을 증명해야 하는 시장 독재 시대의 위대한 구호인 '소비자의 니즈'를 추종하라는 명령에 굴복한 것"이라고 《사회학의 쓸모》에서 깊이 우려를 표한다. 학문 세계에서 유행이라는 올가미가 불안감보다도 더 위해하다는 것이다.

대학 캠퍼스에는 본부 건물뿐만 아니라 단과대 건물 도처에 '축 ㄱ사업 선정 ○○억 원 수주' 등의 펼침막들이 걸려 있다. 때로 그 펼침막에는 프로젝트 수주액 순위별로 교수명이 적혀 있기도 하다. 연구비 액수에 맞춰 논문 편수가 정해진 프로젝트 공고도 부끄럼 없이 나온다. 《정의란 무엇인가》로 한국에서 선풍적 인기를 모은 사회철학자 마이클 샌델 교수가 쓴 《돈으로 살 수 없는 것들》의 서문은 이렇게 시작한다. "세상에는 살 수 없는 것들이 있다. 하지만 요즘에는 그리 많이 남아 있지 않다." 이 책의 기본적인 문제의식은, '시장경제'가 아니라 '시장사회'를 원하는가 묻는 데서 시작한다. 무엇을 사고팔아야 할지 어떤 재화가 비시장가치의 지배를 받아야 할지 질문한다. 즉, "돈의 논리를 적용하지 말아야 하는 영역은 무엇일까"를 질문하는 것이다.(그는 리버럴 철학자다.)

　우리 교육이 위기라거나 대학은 죽었다는 경고등이 켜진 지 오래되었다. 사교육비만 줄이고 허울뿐인 교육 평준화를 내건다고 해결될 일이 아니다. 대학에서 온갖 이름으로 등급화된 교수 명칭을 창안해서 시간강사를 없앤다고 대학이 대학다워지는 것이 아니고 현란한 영문명 약자로 만들어낸 두뇌한국(BK), 인문한국(HK), 인문한국플러스(HK+), 코어, 프라임 등 연구 사업단을 만들어 많은 프로젝트를 한다고 인문 사회 기초 학문이 살아나는 건 아니다. 경제에서 펀더멘털이 약하면 치명적이라면서 학문의 펀더멘털이 붕괴되고 있다는데 눈 하나 깜짝하지 않는 사회. 우리 사회가 지향해야 할 가치와 감수성에 대한 회의가 실종된 교육에 더해 시장 논리로 움직이는 대학에서 어떤 학문이 살아남을 수 있을지 장담할 수 없다. 돈으로 살 수 없는 얼마 남아 있지 않은 항목에 학문이 끼어들 여지가 있을지 머리를 맞대야 할 것 같다. 그런데 그럴 수 있는 머리와 가슴을 키워 내는지 걱정된다.

2019. 5. 10

# 〈기생충〉과 중산층 파국의 징후 읽기

〈기생충〉에서 나는 한국 사회 중산층의 파국을 읽는다. 어쩔 수 없는 사회학자의 읽기다. 영화평은 대체로 부유층과 빈곤층의 건널 수 없는 벽 또는 상층과 하층의 관계에 맞춰진다. 곳곳에서 기생충과 숙주 감별을 둘러싼 논쟁도 뜨겁다. 영화 내내 부자와 빈자의 공간이 대비되고 그 공간에 들인 빛의 차이, 소리와 소음의 차이, 그리고 계단과 냄새까지 봉준호 감독의 치밀하게 계산된 화면들을 따라가다 보면 그 대비에 몰입하게 된다.

그러나 영화에서 빈자로 재현되는 기택네 가족이나 박 사장의 가정부 문광네 부부는 빈곤층이라기보다는 몰락한 중산층이다. 기택은 치킨집을 운영하고 대만 카스테라 가게를 하다 망해서 와이파이도 안 잡히는 반지하 셋방으로 내려앉았다. 아내가 가정부로 있는 주인집의 비밀스러운 지하 벙커에 남편 근세가 숨어든 사유도 같다. 대만 카스테라 가게를 운영하다가 빚쟁이들한테 쫓기게 된 것이다. 생산수단 소유 여부에 따라 계급 분류를 굳이 한다면 두 집 모두 구 중간계급이었다. 그런데 지하 벙커의 근세 머리 맡에 꽂힌 책들이나 문광의 살림 솜씨, 건축가의 집 운운하는 안목 등은 제법 괜찮게 살아 본 중산층의 포스다. 기택네 부인 충숙은 한때 투포환 선수였고 아들 기우는 명문대 낙방 4수생이며 딸 기정은 미국에서 학위를 받은 미술 치료 전문가를 흉내 낼 수 있는 미대 지망생이다. 잘 풀렸다면 대학을 나와 신 중간계급 트랙을 밟을 만하다. 이들 신구 중간계급을 사회학자들은 중산층으로 통칭한다. 이들은 교육과 기업가 정신이라는 한때 우리 사회가 공인한 사회 이동 통로를 추종했고 끈끈한 가족애를 보이는 '정상적 가족'이다.

〈기생충〉에서 계단 이미지는 '막혔지만 열린' 공간이다. 누군가는 내려갈 일이 없고 누군가는 내려갔지만 올라오는 것은 난망이고 누군가에게는 올라가고 내려오며 우아함을 뽐내는 공간이고 누군가에게는 오르락내리락할 수 있지만 위험과 파국이 예견된 음산한 공간이다. 박 사장네 지하 창고보다 더 아래의 지하 벙커에 은거하는 근세는 박 사장을 '리스펙'하고 반지하의 기택네 가족은 박 사장 집에서 수단 방법을 가리지 않고 빌붙지만 파국을 면하지 못한다. 알레고리로 읽건 착실한 현실 반영 영화로 읽건 한국 사회 계급과 불평등 수업 텍스트로 웬만한 사회학자 논문보다 낫다. 한참 〈기생충〉에 빠져 지내다가 평생에 걸쳐 한 번도 바

덕에서 올라오지 못한 어떤 가족 이야기를 소환하게 되었다.

〈기생충〉이 개봉되기 한 달 전쯤 서울의 한 변두리 반지하 셋방의 계단식 화장실을 카메라에 담은 적이 있다. 내가 사당동 철거 재개발 지역 현장 연구에서 만난 열두 살짜리 소년이 마흔다섯의 다문화가족 가장이 되어 자기 집을 얻어 이사한 날이다. 그는 사당동에서 할머니, 홀아버지, 두 살 아래 여동생과 다섯 살 아래 남동생 등 다섯 식구의 일원으로 허름한 판잣집 방 한 칸에서 살고 있었다. 사당동이 철거되면서 주민등록상 아버지를 지운 조손 가족으로 중계동 임대아파트를 얻은 할머니를 따라 이사했고 할머니가 돌아가신 뒤에는 그 임대아파트를 승계한 홀아버지를 모시고 살았다. 이 가족의 33년을 다큐멘터리로 찍는 중이어서 촬영감독과 함께 그의 이삿날에 동그라미를 쳐 두었다가 달려갔다. 이사한 반지하 셋집에 들어섰을 때 그가 우리에게 맨 먼저 자랑스레 보여 준 공간이 계단을 딛고 올라가는 화장실이었다. "아내가 월세를 5만 원쯤 더 내더라도 무조건 이 집을 얻자"고 한 것은 화장실이 마음에 들어서였다. 샴푸도 없고 때 묻은 세제통도 없는 텅 빈 화장실 공간을 계단과 함께 잡아 보니 그림이 잡혔다. 이들 가족 이야기를 담은 다큐멘터리 첫 장면으로 그럴싸하다고 생각했다.

〈기생충〉이 칸 영화제 황금종려상을 받으면서 스포트라이트를 받은 기택네 화장실은 내가 잡은 반지하 셋집의 화장실과 매우 닮아 있다. 그런데 공간에 담은 이야기는 다르다. 기택네 가족에게 계단 위의 화장실은 지상에서 밀려난 중산층의 좌절을 쏟아 내는 공간인 데 비해 내 다큐멘터리 가족에게는 '오랜 꿈의 공간'이다. 방바닥보다 한 계단 높은 화장실을 자랑스레 보여 준 그는 필리핀에서 아내를 맞은 지 11년 만에 아내가 아르바이트해서 모은 돈을 월세 보증금으로 내고 아들딸과 함께 아버지의 임대아파트를 벗어난 것이다. 그는 내가 아는 한 자발적 휴직을 한 적이 없고 1년을 채우기 전에 늘 잘렸지만 쉬지 않고 일했다. 큰 사고도 없었고 큰 병을 앓지도 않았다. 내가 33년 전 사당동에서 이 가족을 처음 만났을 때의 아버지와 꼭 같은 처지에 있다. 불안정한 수입에 주거 조건도 비슷하다. 하수관이 늘 터져 있던 철거를 앞둔 사당동 셋방에 비하면 조금 나아지기는 했다. 아버지보다 학력은 조금 나은 편이다. 그 밖에 아내가 있다는 것을 빼면 별로 나아진 게 없다. 〈기생충〉을 보면서 한순간 대책 없이 밀려 떨어지는 사회는 불안하고 비극적이라고 생각했는데, 이 가족을 보면서 한번 떨어지면 다시는 올라서지 못하는 사회는 절망스럽다는 생각을 한다.

〈기생충〉이 관객 천만 명 돌파를 앞두고 있다. 이토록 많은 관객이 들었다는 것은 단지 황금종려상의 후광 때문만은 아닌 듯하다. 주변에서 보면 중산층의 신화가 허구임을 체감하고 언제 빈곤의 나락으로 떨어질지 모른다는 위기감 속에서 기택 가족과 문광 부부네에 감정이입하는 관객이 적지 않다. 호화스러운 집을 차지한 박 사장의 피로한 눈빛에도 감정이입을 할지 모른다. 잠깐 사업에 성공했다고 해서 언제 파국으로 치달을지 모른다는 불안감에서 누구도 자유롭지 않다.

답답한 마음으로 영화관을 나와 장면들을 되짚어 보다가 불쑥 끼어든 웃긴 장면을 꺼내 들었다. 문광이 지하 벙커에 숨긴 남편을 들킨 절체절명의 순간 북한의 김정은을 희화화하면서 기택네 가족을 협박하는 장면이다. 김정은을 희화화했다고 생각했는데 전 세계를 향해 '한반도의 핵'을 희화화했다는 생각이 들었다. 기택네와 문광네 가족에게 휴대전화의 '보내기' 버튼 하나가 북한의 미사일이나 핵폭탄 버튼보다 더 그들의 일상을 일순 폭파해 버릴 수 있는 위협적인 존재다. 살짝 끼어든 이 한 장면은 가상의 위험과 실재하는 위험이 혼재하는 우리의 일상을 다송 생일파티의 비극적 우화와 겹쳐 놓는다.

〈기생충〉이 '계급의 냄새'로 전 국민의 후각을 업그레이드했다면 계급 양극화와 중산층 몰락이 가져올 파국의 징후에 대한 후각도 업그레이드했으면 좋겠다. 더 추가한다면 머리 위에 이고 있

다는 핵만이 아니라 우리 발아래 묻힌 하수관 깊이와 도면에 대한
민감성도 업그레이드했으면 한다. 이 장마철에.

2019. 7. 5

# 내가 만난 가장 아름다운 여름 정원

'지식인의 담론 생산의 책임은 어디까지일까?'라는 고민을 떨쳐 버릴 수가 없는 날들이다. 무거운 제목을 뽑아 놓고 칼럼을 시작했는데 써지지가 않았다. 몇 줄 쓰다 말고 왜 언급할 가치도 없는 궤변을 상대해야 하는지 멈춰 생각하다가 내가 만난 가장 아름다운 여름 정원 이야기를 소환했다. 어쩌면 독자들에게도 후덥지근하고 짜증 나는 논박보다는 여름 정원 이야기가 위무가 될지도 모른다며 칼럼의 제목을 바꿔 달았다.

지난달 강화도에 소박한 집을 마련한 지인을 방문하게 됐다. 집은 이른바 민통선(민간인 출입 통제선) 안에 있었다. 두 번이나 차에서 내려 검문검색을 받고 열두세 집 정도가 모여 사는 동네에 도착했다. 돌아올 때 지인은 동네의 맨 꼭대기 집을 가리켜 이 동네를 환하게 하는, 정말 예쁘게 정원을 가꾼 집이라면서 안내를 했다. 희귀종 화초가 있거나 값비싼 정원수가 있거나 그런 정원이 아니라 오직 집주인의 손길과 정성으로 만들어져 있음을 단박에 알 수 있었다. 갖은 여름 꽃들로 채워진 정원에 감탄하면서 어떻게 이렇게 정갈하고 화사한 정원을 가꾸게 되었느냐고 집주인에게 무심코 물었다. 인사치레였다.

뜻밖의 답이 돌아왔다. "강화도의 장애아 부모들의 쉼터로 마련했어요. 제가 장애아 엄마거든요." 그러고는 "저희 딸이 심한 자폐를 앓고 있어요"라고 덧붙였다. 장애아 엄마로서 너무 힘들 때 어디 가서 위로받으며 차 한잔 마실 곳을 찾지 못했던 경험 때문에 시작한 일이었다. 딸은 말을 한 마디도 안 하는 자폐일 뿐 아니라 몸도 전혀 못 움직이는 복합 장애여서 시설에 있다. 장애아 부모들에게 1년 내내 꽃이 지지 않는 정원을 만들어 주고 싶어 공을 들이고 또 들였다. 타샤의 정원을 흉내라도 내고 싶었다고 했다. 타샤의 정원보다 더 아름답다고 말했다. 사실이었다. 어떤 정원도 타자의 아픔을 위무하고 상상하며 만든 정원보다 아름다울 수는 없다. '타자에 대한 상상력'으로 몸과 마음을 움직인 정원이었다.

'타자에 대한 상상력'은 일본 사회학자 오구마 에이지가 1925년생인 자기 아버지 구술을 받아 저술한《일본 양심의 탄생》이라는 책에서 빌려 왔다. 그는 자기 아버지의 삶을 구술 받으며 들은 많은 이야기 중에 가장 감명 깊었던 것은 아버지가 갖고 있는 '타자에 대한 상상력'이라고 적고 있다. 그의 아버지는 20살인 1945년 일본군에 징집되어 소련에서 패망을 맞았고 '조선인 일본군'과 함께 수용소에 갇혔다가 풀려나 일본에 돌아와서는 평범한 서민으로 일생을 마쳤다. 전쟁의 참혹함을 잊을 수 없어 한 번도 자민당에 투표하지 않았다. 말년에 이른 72살에 중국에 사는 '조선인' 전우에게 자기가 받은 일본 정부 위로금을 나눠 주고, 그가 일본 정부를 상대로 위로금 반환 소송을 하자 3심 패소 때까지 줄곧 공동 고소인이 되어 함께했다.

오구마의 책을 찾아 읽은 것은 이영훈 이승만학당 교장(이하 직함 생략)이 대표 저자가 되어 내놓은 《반일 종족주의》라는 책을 훑어보다 역겨움을 덜어내고자 꺼내 든 책이다. '타자에 대한 상상력'을 보는 순간 바로 《반일 종족주의》를 가로지르는 '매판 지식'의 대척어라고 생각했다. 이 칼럼을 시작할 때 처음 뽑은 제목은 '뜻밖에 소환된 모계 가계도와 매판 지식'이었다. 식민지 근대화론자인 이영훈이 모계 가계도까지 끌어내 독립유공자 후손임을 우겨 대지 않았다면 고려 말 호적 자료까지 불러와 그런 제목의 글을 시작할 일은 없었을 것이다.

그는 《반일 종족주의》의 논리와 논거가 친일로 반격을 받자 "나도 독립유공자 후손"이라는 주장으로 맞섰다. '실증경제사학자'의 방어 논거로는 "참 구차하고 황당하네" 정도로 넘어갔다. 그가 적시한 독립유공자 조상이 상해임시정부 국무위원 차리석 선생으로 "외증조부"라고 밝혔을 때까지도 당황스럽기는 했지만 고려 말 호적도까지 소환할 생각은 아니었다. 차리석 선생 외아들이 "팔 게 따로 있지"라면서 무슨 후손이냐고 나오자 그는 자기 어머니의 어머니(외조모)의 둘째 숙부가 차리석 선생이며 따라서 정확하게 표현하자면 외외종증조부인데 '외증조부'로 약칭했을 뿐이라고 밝혔다. 사칭은 아니라고 넘어갈 생각인 듯했다. 외외증종조부를 외증조부로 약칭할 수 있다는 발상은 자유당 시절 사사오입 개헌 때 동원된 '알량한 통계 지식'을 연상시키는 궤변이다.

우리 역사에서 모계 조상을 3대까지 포함시킨 가계도에 대한 역사적 기록은 일명 고려 말 화령부 호적 관련 문서가 유일하다. 그 호적에는 본인을 중심으로 부와 조부, 증조부, 모와 외조부까지, 그리고 처의 경우도 부와 조부, 증조부, 그리고 모와 외조부를 기록했고 거기에 더해 외조모의 부와 처, 외조모의 부까지 8조祖 호구식도 있다. 이는 우리 역사 기록에서 모계 가계도의 최대치다. 이영훈은 그의 《한국경제사》에서 마르티나 도이힐러 영국 런던대 명예교수가 고려 말 호적 자료를 인용해 그려 낸 양계(부계-모계) 가계도를 자세하게 인용한 적이 있다. 모계 3대가 나오는 그 가계도에도 외외조모 부친의 남동생(외외증종조부)까지 나오지 않는다. 그도 그 정도는 알고 있었을 것이다. 모계까지 8조를 뒤져도 독립유공자 한 명이 없었던 모양이라는 추론으로 몰아갈 생각은 없지만, 선대를 불러들이고 싶었다면 일본 사회학자 오구마를 흉내라도 내었으면 좋았을 것이다.

《반일 종족주의》 책장을 덮으며 '매판 지식'과 궤변에 아까운 시간을 쓴 것이 억울했는데 지면까지 할애하려니 글이 나가지 않는다. 이 책의 논거는 '사료의 편파 선택'이나 '일반화의 오류' 같은 점잖은 학문 용어로 비판하기에는 너무 하수다. 사료에 근거해 품격 있고 차분하게 조목조목 따져 진위를 가리고 반론을 제기해 볼까 하다가도 그럴 가치도 없고 깜냥이 못 되는 작업에 학계가 선뜻 나서고 싶지 않은 것 같다. 그런데 '매판 지식'이 일으키는 소음은 너무 크다. 매판 언론까지 나서 소음을 키워 낸다. 우리 지성계의 딜레마적 상황이다.

글 마무리를 해야 하는데 무슨 말을 해도 헛돌 것 같다. 다시 아름다운 여름 정원 이야기로 돌아간다. 그 정원에는 유난히 다양한 수국이 많았다. 겨울나기가 쉽지 않은데 영하 20도에 견디는 수종을 골라 심었다고 했다. 수국은 겨울까지 정원에 그대로 두면 마르면서 눈을 맞아 얼음꽃이 되고 겨울 정원을 덜 쓸쓸하게 한다는 말도 덧붙였다. 마음이 시리거나 쓰리거나 아픈 사람들이 덜 쓸쓸한 겨울 정원과 마주할 것을 상상해 보는 여름 정원은 더 아름다웠다.* 이쯤에서 지식은 무엇일까 그리고 지식인은 어디에

---

●　　칼럼이 나간 뒤 이 아름다운 정원을 찾아가는 길을 문의하는 전화를 많이 받았다. 주소

쓸모가 있는지 다시 묻게 된다.

2019. 8. 30

를 적는 대신 간단한 안내를 덧붙인다. 서울에서 강화대교를 타고 오른쪽 해안 도로 쪽으로 10분쯤 드라이브하면 연미정을 눈앞에 둔 지점에서 민통선으로 들어가는 초소와 만난다. 신분증을 맡기고 간단한 검문을 거쳐 10분쯤 드라이브하면 통일전망대와 양산면사무소 가는 갈림길에서 두 번째 초소를 마주친다. 오른쪽으로는 높은 철조망이 쳐진 해안을 따라가며 보초를 서고 있는 군인들과 마주친다. 큰길에서 5분 정도 차 한 대가 겨우 갈 수 있는 꼬불꼬불한 길을 따라가며 과연 여기에 친구는 어떻게 살고 있을까 걱정하면서 찾아 들어갔는데 입구에서 살짝 놀랐었다. 대략 10여 가구가 들어선 마을인데 동네 전체가 작은 정원처럼 느껴질 만큼 울타리 없는 집 마당에 갖가지 화초들이 제멋대로 자라고 있었다. 친구는 그 동네 맨 윗집 정원이 가장 볼 만하다고 안내했다. 거기서 가장 아름다운 여름 정원을 만났다. 장을 어디서 보느냐고 걱정했더니 강화 읍내 장터에 가면 된다고 말하고는 여기서는 강화 읍내보다도 개성이 더 가깝다고 했다.

# 역사가 부끄러움을 가르칠 수 있다면

얼마 전 1박 2일로 일본 삿포로에 다녀왔다. 개인 사정으로 나 사회 분위기로나 일본행 티켓을 끊을 상황은 아니었는데 단지 '부끄러움'이라는 단어에 꽂혀 가게 됐다. 고 김학순 할머니의 '일본군 위안부' 피해 증언을 처음 일본 언론에 소개한 우에무라 다카시 전 〈아사히신문〉 기자가 자신의 기사를 "날조"라고 공격한 우익 인사를 상대로 낸 명예훼손 손해배상 소송 항소심 재판을 그렇게 참관했다.

그 내용이 날조가 아니었음을 밝히는 것도 중요하지만 일본 내 우익 및 혐한 세력과 싸워 이기는 것도 포기할 수 없어 벌이고 있는 법정 투쟁이다. 엄혹했던 언론 탄압을 경험했던 해직 기자 출신들이 동병상련으로 꾸린 한국의 '우생모'(우에무라를 생각하는 모임)에서 삿포로에 함께 가자는 제의를 했을 때는 선뜻 답을 못했는데, 우에무라 기자가 지난 25년간 일본 사회 우익과 혐한 세력에 시달린 경험을 쓴 《나는 날조 기자가 아니다》 한국어

판을 읽고서 그냥 넘길 수가 없었다. 윤동주의 '서시'가 인생의 지침 중 하나라고 밝힌 서문에 "죽는 날까지 하늘을 우러러 한 점 부끄럼이 없기를…"로 시작하는 시 전문이 실려 있다.

지난 칼럼에서도 지식인의 담론 생산 책임은 어디까지일까 물으면서 입에 올리고 싶지 않은 《반일 종족주의》 대표 저자 이름을 짚고 말았는데, 이번 칼럼 쓰기도 비슷한 심사다. 우생모에서 삿포로에 함께 가자고 제안한 날은 연세대 사회학과 류석춘 교수가 강의실에서 일본군 위안부는 없었고 다만 일본군을 상대로 하는 조선의 매춘녀가 있었다는 발언으로 시끄러운 때였다. 무지하고 몰역사적인 사회학자와 동일 업종 종사자라는 부채도 삿포로행에 작용했다. 더 이상 방 밖 거동은 못하시지만 기억은 또렷한 노모께 삿포로에 잠깐 다녀와야 하는 이유를 짧게 설명드렸는데 "무슨 헛소리 들을…" 하시며 한숨을 내쉬고 '처녀 공출'로 '정신대' 끌려갈까 봐 혼인을 서둘러야 했던 당신과 당신 친구들 신세를, 옛날 말까지 불러와 새삼스럽게 푸념하셨다. 어머니는 고 김학순 할머니와 동년배 아흔다섯이다.

평화 헌법을 내치고 전쟁 국가로 향하는 일본 사회의 퇴행적 행보에 막막하기도 했지만 삿포로행은 위무의 시간이었다. 아베 정권이 한국 유신 때처럼 언론을 장악하고 혐한 세력이 공공

연하게 활개 치는 폭력적 우경화 분위기에서도 삿포로 지역 변호사의 절반 정도인 200여 명이 우에무라 변호인단에 이름을 올려주었고 재판정에 직접 나온 변호사도 20여 명이 되었다. 우에무라 기자에 대한 일본 내 지지 모임인 '우시모'(우에무라 재판을 지원하는 시민의 모임) 회원들이 뿜어낸 정화력은 여러 시름을 내려놓게 했다.

잠깐이지만 동아시아 평화를 위한 시민 연대의 가능성을 짚어 보기도 했다. 우시모 회원들은 재판이 끝나고 네 시간쯤 뒤 다시 모여 그날의 재판에 대한 경과 보고회를 개최했는데, 방청했던 참관인이 거의 한 명도 빠짐없이 참가했다. 보고회 자리를 둘러보니 어떤 인생 이야기를 가지고 여기 왔을지 궁금해지는 얼굴들이 그득했다. 바로 옆줄에 팔순이 훨씬 넘어 보이는 주름이 쪼글쪼글한 할머니가 턱을 괴고 진지하게 보고를 듣고 있었다. 그 뒷줄에는 한 가닥으로 땋아 내린 머리칼이 희끗희끗한 아주머니의 꼿꼿한 자세와 볼펜을 쥔 손이 시선을 잡았다. 일본말을 못해 묻고 싶은 이야기들을 삼켜야 했다. 다행히 우시모 사무국 비상임 사무차장직을 맡은 미도리 씨와는 띄엄띄엄 한국말 소통이 되어 이야기를 모을 수 있었다.

김학순 할머니가 〈아사히신문〉에 소개된 1991년에 고등학교 1학년이었던 미도리 씨는 처음으로 일본군 위안부 존재를 알게 됐다. "자기도 그때 태어났으면 그렇게 끌려갔을지도 모르겠다"는 생각을 했었다는 정도로 지나친 줄 알았는데, 기억 저장고에는 충격적 사건으로 기록되어 있었던가 보다. 미도리 씨는 25년이 지난 뒤 우에무라가 바로 그 기사 때문에 '날조 기자'라는 오명을 뒤집어쓰고 일본 우익의 험한 표적이 되고 있다는 보도를 접하고 우시모 간사로 자원봉사를 시작했다. 그의 현업은 간호사다. 재판이 진행되는 동안 휴가를 내고 한국에서 온 우리를 안내하는 일부터 온갖 잡무를 도맡아 동분서주했다. 우에무라 재판 보고회 자리에는 고등학교 1학년 아들을 현장실습 하도록 데려와 소개했다. 미도리 씨는 공식적으로 한국어 교습을 받은 적도, 한국어 학원을 다닌 적도 없다. "아이를 키우면서 살림도 해야 하고 간호사직이 3교대여서, 정해진 시간을 맞춰야 하는 학원에 등록할 수가 없어서" 한국 드라마로 배운 한국어 실력이라면서 웃었다.

샷포로 일정을 끝내고 돌아오는 비행기 안에서 하필 류석춘 교수가 박정희 시대를 미화하면서 전태일이 노동을 착취당했다는 데 의문을 던진 기고문에 대한 기사를 봤다. 거의 똑같은 원고가 3년 전 한 극우 매체에 실렸고 그 내용이 책으로 출간되었으니 이번 〈월간 조선〉에 낸 기고문은 세 번 우려먹은 글이다. 피로 눌러썼다고밖에 말할 수 없는 전태일 일기를 한 쪽이라도 보았다면 낼 수 없는 뻔뻔한 글이다. 전태일 재단은 허접한 '학자의 글'에 너무나 신사적이고 학구적인 반박문을 내는 수고를 해야 했다.

당파와 진영 논리로 역사를 난독하는 '부끄러움 모르는 부끄러운 지식인들'의 행진이 어디까지일지 막막하다. 일본 제국주의에 밟힌 식민지 시기는 식민지 근대화론으로 포장되고 군사독재는 압축 발전으로 칭송되며 탈분단 평화통일 지지는 좌빨로 담론화되는, 부끄러움이 마비된 지식인 지형을 떠받치는 강고한 세력에 때로 풀이 죽는다. 하지만 그래도 일상의 어딘가에서 턱을 괴거나 머리를 숙이며 역사 앞에 부끄러움을 헤이는 보통 사람들의 연대를 상상한다. 지식인들이 역사라는 거울 앞에서 부끄러움을 동력으로 글을 쓴다고 말할 수 있으면 좋겠다고 문득 생각한다.

끝으로 때가 때이니만큼 '부끄러움을 모르는 어떤 대학인' 이야기는 왜 피했느냐고 묻는다면, 〈한겨레〉 이숙인 칼럼 '선녀에서 악녀가 되어 버린 폐비 윤씨를 위한 변명'에서 연산군의 생모 폐비 윤씨가 "현숙하여 대사를 맡길 만하다"고 칭송받으며 왕비로 책봉됐다가 "패악이 너무 심해 도저히 중전 자리에 둘 수 없는 정도의 사람이 되는 데 걸린 시간이 단지 7개월"이라고 한 글

귀가 그 답이다. '바른 소리를 거침없이 쏟아냈던 진보 지식인'에서 '가족 사기단의 가장'(제1야당 유명 정치인이 지상파 방송에 나와 말한)으로 만들어지는 데 걸린 시간은 한 달 남짓인 것 같다며 필자와 함께 통탄했다. 스스로 더 진보적이거나 더 정의로움을 인증하려는 듯 '광기에 가까운 식자들'의 언설이 폐비 윤씨를 둘러싼 대신들의 간언과 교언에 겹쳐졌다. 우리 역사에서 그리 낯설지 않은 풍경이다.

2019. 11. 1

# 어떤 가난과 어떤 가혹한 70년

세밑에 이렇게까지 무거운 어떤 가족사를 꺼내 들 생각은 아니었다. 스티븐 비건 미국 국무부 부장관이 넓은 어깨를 흔들며 청와대를 나서는 화면과 여의도에서 태극기와 성조기를 함께 흔들며 국회를 아수라장으로 만드는 화면이 생각지 않은 순간 어떤 다큐 화면들을 불러냈다. 그렇게 다큐 속 두 가족의 70년도 소환했다. 일력 몇 장만 넘기면 한국전쟁 발발 70년이라는 사실도 작용했을 것이다. 칼럼 마감은 성탄절 아침이고 성탄절을 앞두고 한반도는 운명의 한 주를 맞고 있다는 내외신 기사가 쏟아지는데 '이런 이야기'를 치는 손이 무겁다.

첫 번째 이야기는 몇 주 전 서울독립영화제에서 보게 된 박경태와 김동령 감독이 공동 연출한 〈임신한 나무와 도깨비〉라는 다큐의 주인공 '인순' 아주머니의 가족사다. 한국전쟁 당시 고아로 버려져 서울역 근처를 떠돌다 성폭행을 당했고 생리 시작 전부터 성을 파는 일을 시작해야 했던 인순 아주머니는 양동이 철거되면서 소년원과 서울역을 거쳐 파주 용주골 기지촌으로 갔다. 포주가 이름도 호적도 만들어 주었다. 닉슨 독트린으로 파주 미군기지가 축소되자 의정부의 뺏벌이라는 막장 기지촌으로 밀려갔다. 베트남 파병 미군이 한국에 재배치되는 그때 언제쯤 마약에 취한 흑인 병사와 인순 아주머니가 만났다. 동거에 들어갔고 딸을 낳고 배우자 비자로 시카고에 건너가 아들도 낳아 언뜻 기지촌 여성의 로망을 실현한 듯했다. 그러나 곧 남편의 폭력과 몸을 팔아서라도 마약 살 돈을 마련해 오라는 요구에 도망치듯 뺏벌로 되돌아왔다. 돌아오는 여비는 날씨 좋은 하와이 미군기지 주변 바닷가에서 노숙하며 뺏벌에서 하던 일로 모았다.

인순 아주머니는 '두레방'이라는 여성단체에서 진행하던 미술 치료 프로그램에서 박 감독을 만나 20년 넘게 박 감독의 기지촌 다큐 주인공이 되었다. 박 감독의 첫 다큐 제목은 〈나와 부엉이〉인데 인순 아주머니의 그림 제목에서 가져온 것이다. 〈임신한 나무와 도깨비〉도 그의 그림 제목이다. 인순 아주머니는 〈임신한 나무와 도깨비〉에서 스스로 자신의 죽음에 대한 서사를 연기한다. 자신을 학대하고 치욕과 고통을 안겨 준 전남편의 목을 자른 후 남편의 목을 새끼줄로 묶어 마치 저승 여행에 길동무라도 되는 양 끌고 다니는 그로테스크한 서사 속에서 임신한 나무가 되었다가 전남편을 표상하는 도깨비가 되기도 한다. 그는 읽고 쓸 줄도 숫자나 연도 같은 것도 잘 모른다. 삶 자체가 픽션과 논픽션의 경계를 가로지른다. '선글라스 낀 각하'가 살아 있을 때 미국에 갔고 뻣벌에 돌아와 어느 날 화면에서 '대머리 대통령'을 봤다고 말할 때 그가 산 어떤 시기를 가늠해야 한다.

나는 다큐 밖의 인순 아주머니 가족사를 더 따라가 보았다. 40년간 연락 한 번 없었던 인순 아주머니 자녀들의 거처를 박 감독이 수소문해 찾아내었고 인순 아주머니와의 극적 해후도 주선할 것이라는 기대를 내비치며 미국에 다녀왔다. 그 얘기는 아직 다큐가 되지 못했다. 인순 아주머니의 딸은 시카고 빈민 지역 공공 아파트에 살고 있고 미국 서브프라임 금융 위기 때 신용불량자가 되어 여권을 받기도 쉽지 않고 초청에 응하기도 어려운 상태다. 낮에는 네일숍에서 일하고 밤에는 우버 택시 알바를 뛴다. 인순 아주머니의 손주들은 시카고 빈민 지역에서 비교적 반듯하게 자라고 있었다. 어쩌면 인순 아주머니는 딸보다는 손자와 먼저 만날 수도 있다. 미군에 지원해서 한국 근무를 자원한다면.

인순 아주머니 가족사는 내가 만들고 있는 다큐의 정 할머니 가족사와 곳곳에서 겹쳤다. 인순 아주머니의 딸과 정 할머니 손녀가 마흔세살 동갑이라는 우연만은 아니다. 내가 정 할머니를 만난 것은 1986년 사당동 철거 재개발 현장에서였다. 그때 열 살이던

정 할머니 손녀를 중심에 두고 그 가족의 33년을 다루는 영상을 편집하고 있었는데 어느새 그들 가족의 70년을 따라가고 있었다.

정 할머니는 한국전쟁 발발 직전 월남했다. 월남하는 도중에 혼자가 되었다. 20대 중반이었다. 남매를 데리고 피난민 대열에 끼어 부산까지 내려갔다가 서울 수복 후 용산역에 내려 그때부터 판자촌을 전전했다. 닥치는 대로 일했고 양동 판자촌에 살 때는 방 한 칸에 살며 '색시 장사'도 했다. 남매가 장성한 뒤에도 판자촌 삶은 그대로였다. 중학을 중퇴한 아들은 일용직 건설 노동자고 며느리는 가난이 싫어 아이 셋을 두고 가출하는 바람에 정 할머니는 손주 셋까지 떠안았다. 사당동이 철거될 때 중계동의 영구임대 아파트를 겨우 얻었다. 방 한 칸에 거실이 있는 아파트로 이사하자 바로 정 할머니 아들은 연변에서 아내를 새로 맞아들였다. 1년도 되기 전에 연변 며느리도 가난이 싫었는지 떠났다. 정 할머니가 세상을 뜬 뒤 아파트를 승계한 아버지를 모시게 된 큰손자도 일용직 노동자다. 필리핀에서 아내를 맞았다. 정 할머니 손녀의 큰딸, 즉 증손녀는 중학교 때 북한 이주민의 아들과 만났다. 북한 이주민에게 주거를 지원한 임대 아파트는 정 할머니 손녀가 사는 임대 아파트와 한동네였다. 북쪽 소년과 남쪽 소녀의 만남은 로맨스 소설이 될 수도 있지만 현실은 그렇지 않았다. 이 가족이 사회 이동의 사다리를 조금이라도 오를 것인가에 관심을 쏟으며 지켜

보던 나는 어느 순간 그런 질문을 내려놓았다.

인순 아주머니가 전쟁 때 손을 놓친 그의 어머니는 아마 20대였을 것이고 정 할머니와 비슷한 연배일 것이다. 생존했다면 90대다. 정 할머니 아들과 인순 아주머니는 70대로 같은 연배이고 자녀들은 같은 40대이며 손자녀도 같은 10대 후반이다. 정 할머니 손녀는 이혼하고 밤에는 노래방 도우미, 낮에는 가내 부업을 하며 서울시 공공 임대 빌라에 산다. 시카고의 인순 아주머니의 딸과 비슷하다. 이 두 가족의 70년에 걸친 잔혹 동화 같은 잔혹 실화는 지극히 운이 나쁜 개인사로 넘길 일이 아니다. 성과 사랑과 가족이 사적 영역으로만 치부될 수도 없다. 성탄절에 대륙간탄도미사일(ICBM)과 어떤 선물 꾸러미 중 무엇을 풀 것인가 고심하는 북한의 김정은 위원장의 캐리커처를 보면서 마치 우리는 거대한 전쟁놀이의 구경꾼이 된 듯 불편하다. 한반도가 초강대국 리더십의 시험대로 불릴 때 그 땅에 사람이 살고 있다고 모깃소리처럼 말해야 하는 것도 불편하다. 새로운 안보와 평화체제 운운하며 강대국 지도자들이 맞잡은 손을 보는 일도 편치 않다. 어떤 가혹한 70년이 우리 중 누구에게 되풀이될지 모른다는 불길한 상상과 불안이 유령처럼 떠돌며 우리의 사유와 감각을 마비시키는 일이 언제 마감될 수 있는지 묻고 싶다.

2019. 12. 27

# 글을 쓰다가 길을 잃다

글을 쓰다가 길을 잃었다. 맞는 말인지 모르지만 그런 기분이다. 이 글을 시작할 때는 나름 좁은 길을 택하거나 조금 느린 삶을 사는 젊은 세대 이야기로 모두에게 위로가 되는 글을 써 보겠다는 분명한 방향이 있었다. 코로나19로 우울한 공기가 일상에 너무 오래 뻗어 있기도 하고 주변에서 가끔 좀 더 '희망적인' 또는 '밝은' 글쓰기를 주문하는 일도 있어 위무가 될 칼럼을 써 볼 참이었다.

맨 먼저 불러온 이야기는 지난 연말 송년회 자리에서 듣게 된 "걷기에 좋지 않은 길은 없다"이다. 스승과 제자, 선배와 후배 또는 그냥 동인들이 뒤섞인 자리였다. 참석자들은 안부 겸 요즘 하고 있는 일을 돌아가면서 말하게 되었다. 한 참석자가 자기는 거의 매일 무작정 서울의 거리를 걸어 다니고 있다고 했다. 그러자 "서울에서 걷기에 어디가 가장 좋으냐"고 누군가 물었고 그는 "걷기에 좋지 않은 길은 없다"고 툭 던지듯 답했다. 나는 그 제목으로 그가 요즘 걷고 있는 서울의 길들을 써 보라고 말해 주었다. 그의

양해를 얻어 인용부호를 붙여 이번 내 칼럼 제목으로 삼을 생각도 했다. 엑스(X)세대인 그는 40대 초반까지 잘나가는 커리어우먼이었다. 그러던 중 어머니의 중병을 알게 되어 바로 16년간의 직장 생활을 정리했다. 어머니 간병 일지를 쓰면서 1급 요양보호사 자격증도 땄다. 이제 탈상하고 몇 년간의 '경단녀' 생활을 정리하면서 걷는 일로 일상의 리듬을 찾고 있었다. 어느 비 오는 날 신림동에서 걷기를 시작해 한강을 건너 광화문 근처 내 사무실까지 오기도 했다. "걷는 것만으로 충분히 좋았다"고 옷의 빗방울을 털며 말했다. 그런 시간이 없었다면 '걷기에 가장 좋은 길'을 묻는 사람들에게 그런 대답을 툭 던질 수는 없었을 것이다. '가장 좋은' 또는 '가장 빠른' 한방을 습관처럼 묻는 우리들을 잠깐 멈춰 세웠다.

내 연구실에서 그와 만나 그의 이야기에 잇대어 쓰고 싶은 어느 고등학생의 편지를 보여 주었다. 그 편지는 사회학이란 학문에 관심을 가지게 된 고등학교 2학년 여학생이 보낸 편지였다. 이메일 주소도 휴대폰 번호도 없이 재학 중인 고등학교 이름과 학년과 반이 적혀 있었고 학생 이름으로 오는 편지는 없어질지도 모른다고 생각했는지 담임의 이름이 적혀 있었다. 《사당동 더하기 25》라는 철거 재개발에서 만난 한 가족을 사례로 쓴 책을 읽고 질적 연구 방법과 사회학에 관심을 갖게 되었다고 또박또박 볼펜으로 쓴 편지였다. 내가 퇴임한 대학으로 보내진 그 편지는 돌고 돌아 내 손에 3개월 만에 왔다. 그와 나는 이메일 주소도 휴대폰 번호도 없이 담임 이름을 겉봉에 빌려 쓴 고2 학생이 보내온 도시 빈민에 대한 관심과 글 읽기에 놀라워하며 속도에 열광하는 디지털 세대에게도 우리가 몰랐던 느림에 대한 감수성이 있음에 공감하고 기뻐했다.

　칼럼을 쓰다 초고에 대한 구상을 들은 후배 사학자가 짧은 이메일을 보내왔다. "자신의 주소도, 핸드폰 번호도 없이 재학 중인 고등학교의 이름과 학년과 반, 담임 이름이 적혀 있는 그 편지는 대학 입시를 겨냥한 생활기록부(일명 생기부)용 편지입니다. ……" 거기에 덧붙여 "혹시나 제가 너무 의심이 많은가 싶어 재작년, 작년 올해 입시를 치른 아이 엄마들에게 에둘러 물어봤더니 '백퍼(100%) 생기부용'이라는 대답이 돌아왔다"는 부연 설명도 했다. 메일을 보낸 후배는 몇 달 전 내 방에 들러 우연히 그 편지를 봤다. 나는 인기도 없는 사회학을 공부하고 싶다는 고등학생이 기특해서 답장을 보낼 생각이었고 그 편지 봉투를 읽고 있던 책갈피에 꽂아 두었다. 그 책은 프랑스 사회학의 거장 피에르 부르디외와 아날학파를 대표하는 역사학자 로제 샤르티에의 대담집《사회학자와 역사학자》였다. 그 책을 사서 읽고 있었는데 같은 책을 번역자로부터 선물 받아 후배 사학자한테 '불하'하려던 참이어서 그 고등학생 편지가 두 권 중 어디에 꽂혔는지 찾다가 그 편지 이야기를 했었다. 후배는 이미 그때 그 편지에 대한 감을 잡았던 듯한데 그냥 지나갔다. 우리는 당대를 대표하는 사회학자와 역사학자가 대중용 라디오 대담에 나와 각자의 전공을 배경으로 깊이 있는 논쟁을 펴는 프랑스의 지적 풍토를 부러워하며 거기에 몰두했다. 샤르티에가 부르디외에게 이제는 지식인의 역할이 피지배 대중에게 지배 메커니즘을 스스로 분석할 수 있는 무기를 제공하는 일로 보는 거냐고 짚는 질문을 곱씹기도 했다. 우리가 그들만큼 격조 있는 지적 대화는 못하더라도 우리 사회 밑바닥을 훑고 가고 싶지 않았을 것이다.

'생기부용' 편지임을 지적하는 메일을 받고 낭패감이 몰려왔다. 이런 상황을 어떻게 해석해야 하는지 또는 우리가 왜 글을 읽고 쓰는지 같은 기본적인 질문에도 답을 할 수 없는 회의에 빠져들었다. 우리의 고등학생들은 대학에 가기 위해 그런 '생기부용' 편지라도 써서 스펙을 쌓아야 하는지 같은 구체적인 질문부터 이런 일을 기획하며 담당 교사와 학생은 어떤 대화를 하고 어떤 지도를 주고받는지 같은 우리 교육에 대한 근본적인 의문이 꼬리를 물었다. 최근까지 학원에서 중학생 국어 강의를 한 경험이 있는 내 연구실 조교에게 그 편지가 '생기부용'일 확률과 '순수하게 자발적인' 편지일 확률을 물었더니 "후자라고 답하고 싶기는 하지만"이라는 모호한 태도를 보이더니 그게 걸렸는지 "분명 아이의 잘못은 아니다"라며 뭔가 다른 곳으로 분노의 화살을 돌리고 싶어 했다. 그게 지식 생산 지배층인지, 꼼수와 정의로 위장한 정치판 인지 모르겠다.

　나와 거의 한 세대 차이가 나는 엑스세대와 함께 그와 다시 거의 한 세대 차이가 나는 새로운 세대의 상큼한 의젓함을 이야기하는 칼럼으로 희망을 보여 주고 싶었는데 그럴 수가 없게 되었다. 내 연구실에 들른 제자들이 풀어놓고 간 남동생이나 조카들의 이야기를 둘러싼 그와 나의 해석과 분석도 시들해졌다. 평범한 사회 초년생인 남동생이 동갑내기 여자친구와 함께 《82년생 김지영》을 보려다 여친에게 자기 페미니즘 감수성을 들킬까 봐 겁이 나서 혼자 보고 왔다는 이야기, 또는 조카가 엄마한테는 비밀인데 여친과 함께 성병 검사를 받아 그 검사증을 서로에게 보여 주기로 했다고 이모한테 주삿바늘 흔적이 있는 팔뚝을 보여 준 그런 이야기들에서 작은 밝음도 읽고 싶었다. 윗세대의 위선과 프레임에 코웃음 치는 젊은 세대의 등장은 '희망적'이라고 덧붙이고, 일상을 멈춰 세우며 머뭇거린 경험은 때로 예기치 않은 사유의 공간과 위무의 시간을 만들어 주기도 한다고 끝맺고 싶었는데 그럴 수 없어 유감이다.

2020. 2. 21

## 오월 광주와 '우리 선생님'에 대한 사유

오월의 문턱에 들어서면 언젠가는 한 번쯤 꺼내고 싶지만 덮어두었던 이야기를 일상에 쉼표가 찍힌 동안 찬찬히 들여다보았다. 오래 유예한 숙제다. 초중고를 광주에서 다녀 깊은 연고가 있지만 1980년 5·18에서 시작하는 그 열흘간의 '오월 광주'에 부재했고 사회(과)학자이면서 5·18에 대한 분석에도, 담론화에도 참여한 적이 없으며 그 오월 광주를 설명할 수 있는 내 언어는 아직도 막막함에 갇혀 있다. 무슨 말을 해도 헛돌 듯하지만 내가 어떻게 오월 광주와 마주했는지 마주하지 못했는지에 대한 내면의 풍경을 따라가 본다. 그러다가 '우리 선생님' 이야기에서 멈춰 섰다.

'우리 선생님'은 몇 십 년이 지난 지금도 고1 때 우리 반 애들이 주저 없이 담임 선생님을 부르는 일종의 고유명사다. 우리는 중2 때 4·19, 중3 때 5·16 군사 쿠데타를 겪고 1962년 군사정부가 내민 전국 공동 출제 연합고사를 치르고 고등학생이 되었다. 한 학년이 세 반뿐인 작은 학교와 담임 선생님에게 정을 붙였다.

담임은 화학 선생님이셨는데 고1 연말을 앞둔 어느 날 종례시간에 오 헨리의 단편집 《마지막 잎새》를 들고 오셨다. 그 안에 있는 〈20년 후〉를 읽어 주시다 말고 '20년 후 우리 모습 상상해 보기'를 제안하셨다. 모두들 신나게 20년 후 자기를 상상하며 떠들고 있었는데, 누군가 그럼 20년 후에 만나 보자는 의견을 냈다. 곧바로 그 약속의 징표로 다음 해 봄에 함께 나무를 심기로 했다. 새 학년으로 올라가면서 다른 반으로 흩어졌음에도 4월이 되자마자 1학년 때 담임과 반우들이 모여 식수를 했다. 식수목은 낙우송이었다.

1983년 봄 우리는 '20년 후'라는 약속을 지키기 위해 그 낙우송 앞에 모였다. 전국 각지에 흩어져 살던 우리 반 아이들 절반 이상이 모여들었고 선생님은 20년 전 출석부와 20년 후를 상상하며 재잘거린 우리들의 목소리가 담긴 녹음테이프도 챙겨 오셨다. 와자지껄 떠들며 교정을 둘러보고 있는데 누군가가 내게 다가와 "너는 광주에 없어서 모를 것 같다"면서 80년 오월 광주의 열흘을 빠르게 요약하고는 '우리 선생님'이 밖으로 뛰쳐나가려던 학생들을 가로막고 "나가려거든 나를 밟고 가라"라며 누워 버리셨다고 했다. 서울로 돌아오는 기차 속에서 선생님이 아니었으면 우리 수피아는 쑥대밭이 되거나 줄초상이 났을 거라는 참담한 말로 마감한 그 친구 이야기를 내 안에서 틀고 또 틀었다. 그때까지도 5·18은 공포의 언어였고 오월 광주는 완전한 침묵에 묶여 있었다.

1976년부터 1982년까지 내 주거지는 하와이대학교 캠퍼스 안의 동서문화센터(East-West Center) 기숙사였다. 1980년 5월 '광주에서 난 난리' 소식은 주로 전화선을 통해 들었다. 그 참상은 80년 12월 하와이대 구석진 작은 모임방에서 몇몇이 둘러앉아 국외로 유출된 비디오테이프를 통해서 보게 되었다. 그다음 해 봄 대통령이 된 전두환은 미국 방문길에 올라 레이건 미국 대통령을 만나고 귀국길에 하와이대에 들러 한국학연구소 앞에 매그놀리아를 기념식수로 심었다. 몇몇 유학생이 밤중에 그 기념식수의 팻말을 뽑아 거꾸로 꽂았다. '우리 선생님' 이야기에 이러한 기억들이 엇갈리며 겹치고는 한다.

이 칼럼을 쓰다 말고 선생님 장녀 현희 씨한테 전화를 걸었다. 선생님 1주기를 앞두고 있어 안부 겸 이야기를 쉽게 꺼냈다. "아버님은 한 번도 그런 이야기를 꺼내신 적이 없고" 당시 고3이던 셋째 동생한테 전해 들어 알고는 있다고 했다. 그러고는 예상치 않게 자기가 겪은 오월 광주를 바로 쏟아냈다. 군의관과 결혼해서 경기도 파주에서 신접살림을 차리고 본인은 보건소에서 일하고 있었는데 친정이 그리워 일주일 휴가를 받아 광주에 온 바로 다음 날 계엄이 선포되었고 '그 광주의 열흘'을 온몸으로 겪은 것이다. 결혼 전 광주 기독 병원 약제실에서 마약 담당 약사로 일한 경험이 있어 사상자가 들이닥치고 있던 그 병원에 달려가 진통제와 마약 내주는 일을 돕고 남편은 외과의로 수술실에 들어갔다. 병원 가운을 빌려 입고 시신을 옮기는 사람들한테도 무차별 총격이 가해지고 그 병원에만도 하루 동안에 부상자 150명이 밀어닥치고 15명이 사망한 그런 때였다. 현희 씨가 밤늦게 귀가해 보면 아버지는 학교 기숙사의 소등까지 점검하고 오신 듯한데 그 열흘 동안 서로 아무 말도 못 했다.

현희 씨는 셋째 동생한테 확인한 40년 전 사실 몇 가지를 전해 주었다. 고등학교까지 휴교령이 내려져 있었던 상황이었고 기숙사에 지방 학생 몇 명과 대입 준비 합숙반 학생 몇 십 명이 있었는데 그들이 시내로 진출하려고 몰려나오자 교감 선생님이었던 아버님이 기숙사 문을 막고 "나가려거든 당신을 밟고 가라고 실제로 드러누우시는 바람에" 어쩔 수 없이 돌아섰다고 했다. "아버님은 오직 학생들을 돌보신 것이고 광주 민주 항쟁에는…"으로 끝맺은 셋째 여동생의 말도 전했다. 그 말에 멈춰서 '오월 광주'의 열흘을 생각하고 또 생각한다. 한강의 《소년이 온다》에는 "칼라가 넓은 수피아여고 하복을 입은 누나가 평상복 차림의 누나와 함께 피 묻은 얼굴들을 물수건으로 닦아내고…"라는 대목이 있다. 헌혈하러 왔다가 시신 거두는 일을 돕는 장면인데 "은숙 누나는 짐작대로 수피아여고 3학년이었다"고 부연한다. '우리 선생님'의 간절함에 발길을 돌린 후배들은 한강의 소설에서처럼 시신을 거두는 일을 도

왔을지도 모르겠다.

　오월 광주는 수천 쪽의 증언록에 오르지 않은 수만의 서사를 품고 있다. 오월 광주의 슬픔과 분노와 아픔은 그만큼 깊고 다양하고 무겁다. 1980년 5월 21일 전남도청 앞에 모인 30만 광주 시민 '민중'의 서사는 더 말할 필요가 없다. 이 글을 마무리하는데 "1980년 5월 광주 상공에서 헬기 사격은 없었다"를 되풀이하며 '꾸벅꾸벅 조는' 전두환의 기사가 뉴스로 떴다. 마음을 추스르며 정치학자 최정운이 1999년 펴낸 《오월의 사회과학》을 꺼냈다. 그는 머리말에서 사회과학자가 5·18을 연구하는데 '그쪽 사람이었어?' 또는 '아닌데 왜' 같은 질문에 얼마나 열 받아야 하(했)는지에 상당한 지면을 할애한다. 이를 건너뛰며 "5·18은 우리 역사에서 하나의 사건이 아니라 우리의 역사를 다시 시작하게 만든 사건이며 아울러 우리 모두에게 각자 새로운 역사를 시작하게 만든 사건이다"에 줄을 치고 또 쳤다.

　첨언하면 제자들이 '전설적 교사'로 기억하는 '우리 선생님' 성함을 밝히지 않은 것은 당신을 내세운 적이 없는 선생님 삶을 그대로 살리고 싶어서이기도 하지만 전두환과 같은 지면에 함자를 올리고 싶지 않아서다.

2020. 5. 1

칼럼을 내보낸 뒤 당시 광주에서 고등학교를 다닌 지인 후배들이 자기들 학교에서도 선생님들이 교문을 뛰쳐나가려던 학생들을 막아섰던 비슷한 경험을 많이 얘기해 왔다. 그런 얘기들을 들으면서 1983년에 우리 선생님 이야기를 들었을 때처럼 가슴에 김 서린 바람이 스쳤다. 학생들이 교문 밖으로 나가는 것을 막은 '우리 선생님'의 결정은 "그때 나라면 어떻게 했을까"라는 물음이 되어 하나의 큰 숙제로 가슴에 들어앉았다. 어떤 실천적 결정을 해야 할 때 수시로 물음이 되기도 했다.

칼럼을 쓸 때 '우리 선생님' 딸 현희 씨가 1989년 국회에서 처음 열린 오월 청문회를 TV로 본 한 광경을 말했다. 칼럼에는 쓰지 않았는데 그 이야기를 불러내 필름을 돌리듯 천천히 곱씹어 본다. 현희 씨는 외과 군의관이었던 남편이 '그날' 척추에 총알이 박혀 실려 온 중학교 2학년생을 수술하면서 "살 수 있을까"와 "살아도…"를 오갔던 순간을 기억하고 있었다. 5공 비리 특위 청문회가 열린 그날 TV에서 목발을 짚고 증인으로 나선 한 남자가 바로 그 중학생이었다면서 그때 자기도 모르게 나온 탄성이 "살아 있구나"였다고 말했다. 그 탄성은 너무나 무겁게 '오월 광주'에 대한 우리들의 부채를 일깨웠다.

나는 1983년 봄 전두환 정권 시절 동국대 전임 교수로 임용되었다. 임용 절차에서 밟아야 하는 일 중 하나는 2박 3일의 연수를 받는 일이었다. 그 학기에 임용된 국·공립대 교수뿐 아니라 사립대 교수까지 모두 일종의 정치 연수를 받았다. 저녁에 분반을 짜서 토론하고 토론 후 자술서도 썼다. 여자 교수들은 여자 교수들끼리 반이 짜졌다. 분반 토론에서 만났던 몇몇 '여교수들'과는 추후에 서로 교류를 기피했다. 생각하면 수치스러운 교수 입교식이었다. 그때 전임 교수 임용은 바로 정년 보장 정규직 교수 트랙에 들어선다는 의미여서 신분은 보장 받았다. 비교적 자유롭게 강의할 수 있다고 생각했지만 그렇지 않았다. 〈계급과 불평등〉 같은 강좌 제목은 쓰지 못했고 〈사회계층론〉이라는 강좌명으로 수업을 했는데 수업에 들어왔던 학생들이 불심검문에서 강의 노트를 뺏기는 일이 아무렇지 않게 일어났다. 강의 노트에 '마르크스'라는 이름이 쓰여 있는 것만으로 압수당했다. 대학가에는 일명 짭새(사복 정보계 형사)들이 깔려 있었다. 서울 중심가에 자리한 교정은 자주 서울 지역 대학생들의 민주화 운동 기지가 되었다.

데모 학생들을 해산하기 위해 쏘아 대는 최루탄 연기로 교정은 늘 희뿌연했고 더운 날씨에도 창문을 닫아야 할 때가 많았다. 심지어 촛불연기가 최루탄 연기를 태워 준다고 해서 교수 연구실에 촛불을 켜 놓고 책을 보는 일도 자주 있었다. 정년을 맞아 연구실 정리하면서 보니 타다 남은 초가 열 개 정도 되었다. 1987년 6월 항쟁 때까지 대학 교정은 그러한 최루탄 연기와 학생들의 함성으로 조용할 날이 없었다. 데모에 가담하는 학생들의 출결석 체크를 하고 이를 학생 지도 레포트에 쓰는 모든 일들이 교수가 감당해야 하는 '책무'였다. 교수가 나서서 학생들 데모를 막아줄 것을 요청 받기도 했다. 강의 출결석을 엄하게 해서 이른바 '운동권' 학생들을 압박하라는 지시를 받기도 했다. 이런 상황에서 교수는 무엇을 가르치고 어떤 행보를 해야 할까 매일 고민해야 했다. 그때 내가 할 수 있는 일은 체육관 선거 반대 교수 명단에 이름을 올리거나 대통령 직선제 개헌을 촉구하는 교수 선언에 서명하는 수준이었다. 학생들에게 가투(길거리투쟁)에 나서라고도 나서지 말라고도 말하지 못했다.

이런 노트를 붙이면서 1981년 2월 전두환 대통령 방미 10박 11일의 마지막 방문지 하와이 대학에 들렀을 때 매그놀리아 기념식수 자리에 참석한 몇몇 유학생은 전두환 정권에서 한 자리씩 차지했다는 기억과 꽃다발까지 들고 간 친구는 여의도까지 진출했다는 기억이 겹쳐 나왔다. 거기에 더해 전두환 방미 업적을 끝없이 나열하고 찬양한 기사를 쓴 기자들 중에서 5공화국 국회의원 명단에 오른 이들이 적지 않았다는 기억도 따라 나왔다. 요즘 정치면 보도를 보면 그때 기사들을 찾아볼 때처럼 기시감이 몰려온다.

P. S.

'우리 선생님'이 '20년 후'를 이야기하다 심게 된 낙우송은 '남을 위한 삶'이라는 말뜻을 가진 나무다. 그 나무를 함께 심은 '우리들'은 내년에 식수 60년을 기념하기로 했다. 낙우송을 심고 20년후 교정에서 광주 5·18과 우리 선생님 이야기를 들었고 다시 20년 후에 만났을 때는 특별한 이야기는 생각나지 않고 40년 후배들이 동영상 카메라를 들고 신기한 듯 우리를 따랐다는 기억만 있다. '60년 후' 우리는 어떤 이야기를 하며 우리가 건너온 60년을 정리할지 모르겠다. '20년 후'를 더 이상 약속하지는 않을 것이다.

# 팬데믹 영화제 로드 무비를 상상하다

무관중 온라인으로 열린 전주국제영화제(이하 전주영화제)를 다녀온 뒤 그 여정을 복기하다가 로드 무비를 찍었다면 어땠을까 상상한다. 코로나19 팬데믹 상황에서 '전주영화제 가는 길'에 부닥친 일상적 장면들이 그런 상상을 부추겼다. 영화는 관객의 피드백이 중요하니 '온라인 영화 보고 댓글이라도 달아 주세요'라는 단상으로 정리하기에는 영화제 일정과 나의 일상에 침투한 팬데믹의 무게가 너무 무거웠다. 언어로 풀기가 난삽해 장면들을 로드 무비처럼 엮어 써 본다.

전주영화제 주최 측은 코로나19로 영화제 기간 동안 온라인 극장을 운영하는 방식을 택했지만 고심 끝에 극소수만이 참석하는 오프라인 개막식과 시상식을 진행했다. 5월 28일 개막해서 6월 1일 시상식을 진행한 영화제는 경쟁작에 한해 심사위원과 해당 감독들, 소수의 게스트가 참석하는 비공개 극장 상영도 했다. 필자는 〈사당동 더하기 33〉이라는 경쟁작 감독으로 이 모든 오프라인 현장에 있게 되었다. 마스크를 쓰고 라텍스 장갑을 끼고 소독제를 받아 극장의 좌석을 닦고 앉은 뒤 나올 때는 앉은 좌석을 닦아 주고 장갑을 반납하는 일을 의식처럼 되풀이했다. 마스크 쓰고 라텍스 장갑을 끼고 영화를 보는 일은 생각보다 힘들어 전주에 머물면서 다른 경쟁작들을 챙겨 보려던 원래의 계획을 접고 중간에 서울로 올라왔다.

개막식 행사에서 감동적인 언어나 제스처를 건져 보려고 해도 별로 떠오르지 않는다. 시상식에서 마스크를 통해 나오는 감독들의 수상 소감과 거기에 화답하는 장갑 낀 손뼉이 마주치면서 내는 낯선 음이 비현실적 현실이었다. 이번 영화제 동안 그나마 웃음이 터져 나온 순간은 온라인 영화제로 코로나 덕을 보게 된 플랫폼 '와브'에서 왔다고 소개했을 때, 그리고 이어 와브와 반대로 최대 피해를 보게 된 CGV 관계자라는 인사가 터져 나왔을 때뿐이었다. 물론 발이 묶여 시상식에 못 온 국제 경쟁작 수상 감독들의 영상 메시지와 함께 코로나 의료진한테 보내는 '덕분에 챌린지' 해시태그 화면은 인상적이었다. 그러나 이런 장면이 매해 되풀이된다면 눈을 감을 수도 있다.

축제일 수 없는 팬데믹 영화제로 가는 로드 무비를 찍었다면 어떤 장면으로 시작했을까 생각해 본다. 전주영화제 개막식 전날 방문한 서촌의 작은 한옥 뜨락과 그 뜨락에서 내려다보이는 수 미터 깊이로 파헤쳐진 지하 공사장이 될 것 같다. 대지 18평에 건평 10평의 이 작은 한옥 뜨락에서 며칠 전 지인을 따라 차를 마셨다. 프랑스에서 활동하면서 '한국적 정체성'을 고민하다 13년간의 프랑스 생활을 정리하고 서촌에 둥지를 튼 설치미술가의 집이다. 첫 방문 때 한옥 처마 선에 걸린 오후 3시의 햇살과 바람이 불 때마다 볼을 부비는 대나무들의 사각거림과 차향으로 그득한 뜨락에 빠져들었다. 세 평 정도의 서재 마루와 두 평쯤 되는 안방과 건넛방 그리고 한 평 정도의 부엌으로 구성된 이 작은 집은 안방의 작은 창으로 얼굴을 내밀면 북악산이 보였다. 정밀精密한 사치는 거기까지였다. 창 아래를 내려다보는 순간 맞닥뜨린 건 지하를 한없이 파내고 있는 공사 현장이었다. 차향은 멈췄고 예정에 없던 서촌 한옥 보존지구에서 벌어지고 있는 힘겨운 싸움 이야기로 옮겨갔다. 덜 편하고 덜 빠른 일상으로 코로나 팬데믹 이후 우리 삶에 대한 보다 근본적인 질문을 던지며 서촌에서 마을살이를 실천해보려 했던 설치미술가는 그런 고차원의 질문 대신 서촌 뒷골목에서 벌어지는 한옥 권장 지구가 '한옥 파괴 지구'로 둔갑하는 비(非)상식을 문제 삼는 싸움꾼이 되고 있었다. 전주영화제 개막식 전날 잠깐이나마 시간을 내서 거기 들렀던 것은 온갖 꼼수와 '건축 지식'으로 비상식적 인허가를 합법화하는 과정 뒤에 건축학과 교수가 있다는 하소연 때문이었을 것이다.

다음 날 전주영화제 개막식 가는 길에 마중 나온 제자가 전주에 인접한 완주에 있는 괜찮은 한옥 게스트하우스 단지에 들러 차를 마시고 가자고 했을 때 서촌 '한옥 지구단'을 둘러싼 토건 멘탈이 가슴을 눌러 거절할까 하다가 그냥 따라갔다. 거기서 뜻밖의 책방과 마주했다. 전주 주변에서 헐리게 된 고택을 그대로 옮겨와 크기도 모양도 다른 일곱 채의 한옥으로 게스트하우스를 운영하는 단지였는데 자연 풍광을 그대로 살리고 주변 경관을 해치지 않은 한옥 단지를 디자인하면서 반드시 책방을 넣기로 했다는 대표의 설명과 공간 배치는 팬데믹 영화제 로드 무비에서 뺄 수 없는 장면이 될 듯했다. 어쩌면 팬데믹 이후를 잠깐이라도 꿈꿔 보는 공간이 될 수도 있을 테니. 카메라는 책방에 오래 머물지 않을지도 모르겠다. 대신 책방 옆에 붙어 있는 '깜빡거리는' 멍 때리는 장소쯤으로 명명된 듯한 '플리커(flicker)'라는 명패가 붙은 텅 빈 공간을 미장센으로 오래 잡을 수도 있다. 이윤 극대화나 효율성 또는 가성비 같은 우리에게 친숙한 프레임을 배반한 공간이었다.

영화제 중간에 잠깐 서울에 왔을 때 내 다큐 〈사당동 더하기 33〉의 주인공 가족들에게 전화를 했다. 1986년 사당동 철거 재개발 현장에서 만나 33년간 함께 만들게 된 영화인데 프리미어 상영을 보여 주지 못한 아쉬움을 전하고 어떻게 지내는지 안부를 물었다. 사당동에서 열세 살 소년으로 만났던 이 가족의 장손은 필리핀 아내를 맞은 다문화가족 가장인데 아내가 다니던 봉제공장이 코로나로 폐업할 뻔했지만 "다행히" 마스크 생산 업체로 전환해 일거리가 많다고 전했다. 본인 일자리에 대해서는 우물쭈물 넘어갔다. 열 살 소녀로 만났던 둘째는 노래방 도우미어서 일자리를 잃었을까 걱정했는데 일을 계속한다고 했다. "요즘은 단속을 피해가며 일해야 해서 더 힘들다"는 말을 듣기 전까지 잠깐 안도할 뻔했다. 헬스클럽 트레이너 셋째는 이미 새벽 배송 알바를 겸하고 있었다. 배송업체 플랫폼 노동자들의 코로나 감염 확산 소식에 걱정되어 전화를 맨 먼저 했지만 연결이 되지 않았다. 부부가 번갈아 새벽 배송 일을 나가는 것 같아 여러 차례 연락을 취했는데 통화는 안 되고 "별일은 없다"는 짧은 문자만 왔다.

이런 장면들을 엮은 팬데믹 영화제 로드 무비를 상상하는 일과 코로나 이후의 뉴노멀 담론을 쏟아 내는 지식 행위 중 어느 쪽이 더 부질없을까를 자문한다. 코로나19라는 팬데믹을 가져온 생산 양식이나 생활 양식을 바꾸지 않고 코로나 백신이 개발되면 코로나 이전의 세상으로 돌아갈 수 있다는 미몽에서 우리가 언제 깨어날 수 있을까, 그리고 근대 자본주의가 심어 놓은 욕망 구조 안에서 코로나 이후를 말할 수 있는 새로운 언어나 문법을 가질 수 있을까를 질문해 본다.

2020. 6. 12

3장

일상에서 던지는 물음

# 장산곶매 이야기 좀 빌려도 될까요?

　지난 한 달간 매일 풀 수 없는 숙제를 껴안고 잔 느낌이다. '위력에 의한 성폭력' 혐의를 안고 세상을 하직한 인권 변호사 박원순 전 서울 시장의 죽음(이하 '박 시장 사건' 약칭)은 우리에게 너무 많은 숙제와 질문과 과제를 남겼다. 전장을 방불케 하는 진영 논리가 판을 가르고 눈만 뜨면 뜨겁게 달군 말과 글이 화살촉처럼 날아와 박혔다. 참을 수 없는 말의 가벼움과 그 무거움을 감당하기 힘들다. 문학평론가 신형철의 용어를 빌려 말한다면 에너지 안 들이고 비판으로 명성을 얻는 "나쁜 비판의 잉여 쾌락"족이 집단으로 등장한 듯하다. 판단할 수 있는 정보와 정황은 태부족이어서 할 말을 찾지 못해 우울증에 걸린 집단이 있다면 나는 거기에 속한다. 기명 칼럼을 쓸 순서를 받아들고 고심했다. 원래 쓰려고 했던 주제를 미뤄 놓고 자판을 두드리기 시작한다.

　박 시장의 죽음은 구성원 모두에게 각각 다른 이유로 이해받지 못한다. 던져 보는 질문도 각양각색이지만 가장 기본적이고 간

략한 의문은 어떤 성폭력을 했을까, 그리고 왜 죽음을 택했을까 정도로 요약될지 모르겠다. 첫 번째 질문을 캐물으면 2차 가해여서 더 나가지 못한다. 증거가 되는 문자의 정황과 맥락을 알고 싶지만 멈춘다. 두 번째 질문 또한 죽은 자는 말이 없으므로 추정의 영역이다. "모든 분에게 죄송하다"는 어떤 의미일까 지금도 혼자 곱씹을 때가 있다. 이를 둘러싼 풍문과 논박에 덧붙일 만큼 나는 정보가 없다. 박 시장 사건을 에워싸고 벌어지는 언쟁을 바라보며 우리가 '공통된 의미 지평을 잃어버린 통약 불가능한 비극적 공동체로 가는 징후로 읽어야 할까'라는 우려도 한다.

잠깐 장산곶매 이야기를 빌려 오고 싶다. 1970년대 중반 황석영 작가가 한 일간지에 《장길산》을 연재하며 서막 글로 올렸을 때 깊게 각인되었던지 장산곶매의 죽음 장면이 예기치 않은 순간 불쑥 떠올랐다. 장산곶매 이야기를 구전설화로 널리 알린 분은 백기완 선생인데 이번에 칼럼을 쓰면서 백기완 선생과 황석영 작가의 장산곶매 마지막이 다름을 새롭게 독해하게 되었다. 장산곶매 설화의 줄거리는 간단하지만 민중 서사 특유의 은유로 가득하다. 요약하면 장산곶이라는 동네에 엄청나게 날개가 크고 험악한 독수리가 마을을 집어삼킬 듯 쳐들어왔는데 마을 사람들은 잠들어 있었고 매 혼자서 밤새 싸워 겨우 독수리를 물리쳤으며, 피투성이가 되어 낙락장송 위에서 지친 몸을 쉬고 있는데 피 냄새를 맡은 구렁이가 매를 향해 기어 올라간다. 그때야 마을 사람들이 알고 뛰쳐나와 매더러 빨리 날아오르라고 소리치는데 매는 퍼덕거리며 날지 못한다. 자신들을 지켜 줄 매라고 발목에 묶어 준 그 표식 끈이 나뭇가지에 걸려 매가 날지 못하는 것을 보며 마을 사람들은 발을 구른다. 백기완 선생의 장산곶매는 밤새 싸우고도 훨훨 날아가는 데서 끝난다. 딸에게 주는 편지 형식의 수상록에서도 그렇고 뒤에 구전설화를 모아서 엮어 낸 《장산곶매 이야기》에서도 매가 "나무등거리에 끼겼던 끈을 끊고 지화자 으라차차차 하늘로 날으는 것이었다"로 맺는다. 반면 황석영은 《장길산》 서막에 도입한 장산곶매 설화에서도 그렇지만 〈장산곶매〉라는 희곡에서도 끈에 묶인 채 독수리와도 싸우고 구렁이와도 싸워 이겼으나 결국 발에 묶인 끈을 풀지 못하고 죽음을 맞는 것으로 마감한다. 마당극 형식을 취한 이 희곡에서 당골네의 입을 빌려 "매듭이 걸려? 몸주님 표시를 하느라고 묶어 드린 끈 매듭이 장수매를 죽게 하였구나. (…) 가지에 걸린 매가 날지 못하여 날개를 퍼덕거리는 안타까운 여러 밤이 끝도 없이 흘러가는고나"로 한숨을 내뱉으며 끝난다. 신탁이 내린 숙명도 아니고 개인 결함도 아닌 공동체와의 관계로 풀어 낸 매의 죽음이라는 비극성이 아프게 읽혔다. 처음에는 동네 사람들이 수호신이라고 장산곶매 발목에 매 준 끈에 대한 은유에 끌려 읽기 시작했는데 차츰 장산곶매 환유에 빠졌다. 통일운동가 백기완 선생은 발목의 끈을 끊고 하늘로 나는 전형적 영웅 서사로 민중의 꿈과 기를 살리고자 했다면, 작가 황석영은 마을 사람들이 살아갈 장산곶매 이후를 상상할 여지를 남긴 셈일까? 같은 사건을 다르게 만들어 내는 것은 이야기에서만 가능한 것이 아니다.

나는 2002년 재직 중이던 대학의 성폭력 사건에서 피해자 입장에 섰다가 가해 교수로부터 명예훼손 및 업무방해로 피소된 적이 있다. 같은 학과 ㄱ교수가 일본 체류 중 일본인 제자를 추행해서 학과에 진정이 들어왔고 학생들이 해당 교수 수업 거부 운동을 벌이는 2년여의 긴 싸움 끝에 학과장인 나는 명예훼손 및 업무방해로, 피해 제자는 무고 및 명예훼손으로 피소되었다. 물증이 힘든 성폭력의 피해자가 고소하는 순간 가해자 명예를 훼손한 명예훼손 민형사에 걸려 가해자가 피해자가 되고 피해자가 가해자가 되는 이른바 역고소 사건이 일어났는데 그 중심에 서게 된 것이다. 역고소 사건이 공식적으로만 12건이 터져 있던 때다. 현직 사회학 교수가 같은 학과 교수에게 피소되면서 역고소에 관심 없던 언론이 약간의 지면을 할애했고 검찰에서 무혐의 처리되면서 다른 사건들도 소 취하로 일단락되었다. 성폭력의 이슈화는 시대적 역사적 맥락과 무관하지 않다. 80년대 부천서 '성고문' 사건은 국가 공권력이 개입된 성폭력을, 90년대 서울대 신 교수 사건은 성폭력에서 '피해자 중심주의' 관점을, 우리 학과 사건은 역고소를 이슈화하며 온 셈이다. 우리 학과 사건을 소환한 것은 성폭력 사건을 문제화하는 시대적 역사적 사명과 소명의 흐름을 드러내고 싶은 데 그치지 않는다. 사건 15년이 지난 뒤 일본인 피해 제자가 중학생이 된 아들을 데리고 서울에 왔었다. 힘든 시기에 함께 싸워 준 당시 과대표들을 만나 감사도 전하고 아들 앞에서 그 이야기를 처음으로 꺼내 들려주고 갔다. 아들은 심각하게 귀 기울여 들었다. 여기에 가져온 이유다.

여전히 일상적 성폭력 문화와 성폭력 은폐의 카르텔은 강고하다. 2010년대 말에 와서야 현직 검사의 고투 끝에 한국판 미투가 촉발되었고 이제 '위계에 의한 성폭력'이 운동의 의제로 설정된 데 반론을 제기할 사람은 없을 것이다. 그러나 박 시장 사건이 15년 후 또는 30년 후 페미니즘 운동과 사회운동 그리고 지성사에서 어떻게 기록되고 조명될 것인가는 간단치 않다. 성폭력은 진영 논리로 접근하면 안 되지만 성폭력의 정의, 발화 방식, 맥락과 정황에 대한 해석은 사회적 정치적 논쟁이 경합하는 장일 수밖에 없으며 미래 세대를 위한 교육의 장이기도 하다. 다시 평론가 신형철의 말을 빌려 "일부 나쁜 비판의 목소리들은 그들 자신의 쾌락을 위한 것이지 대의나 약자를 위한 것이 아니다"로 끝낸다.

2020. 8. 7

이 칼럼은 우리 시대의 '문제적' 시간 속에 있다. 칼럼을 시작할 때도, 칼럼을 끝낸 후에도 '문제적' 상황이다. '문제적' 칼럼이 되는 과정과 방식을 스냅샷 찍듯 따라가 본다.

이 칼럼은 열흘간 작은 공간에 격리된 상황에서 쓰게 되었다. 칼럼을 묶어 낸다면 이 칼럼에는 노트를 꼭 붙일 생각이었다. 생각보다 더 길어진 노트를 붙인다. 감정을 얹고 싶지 않아 가장 건조한 방식의 노트를 고민하다가 날짜별로 메모를 적는다.

2020년 7월 7일

- '박원순 시장 사건' 보도를 보면서 여러 생각에 빠짐
- 다음 날부터 언론에 보도된 사건의 행간을 읽으면서 장례식을 둘러싼 논쟁과 사건의 담론화를 따라감. 상황을 이해하기 위해 생각을 정리해 보고 또 정리했지만 정확한 정보 자체가 손에 잡히지 않음.
- 아흔을 훌쩍 넘겨 거동은 힘들지만 라디오를 머리맡에 두고 뉴스는 놓치지 않는 어머니가 "박 시장이 정말 '그 짓'을 한 거냐"고 물음.
- "저도 잘 모르겠어요"라고 답함. 어머니가 말씀하시는 '그 짓'과 언론의 보도가 어느 정도 합치하는지 알 수 없었음.

**7월 22일**

- 고민 끝에 '박 시장 사건'을 칼럼으로 쓰기로 마음을 정함. 모든 게 명확히 잡히지 않아 직설로 풀 수 없어 고심 끝에 사건을 접하고 떠오른 장산곶매 이야기를 빌려 쓰는 칼럼으로 방향을 잡음.

**7월 23일**

- 백기완의 《장산곶매 이야기》와 황석영의 《장산곶매》 희곡집을 도서관에서 빌려 옴.

**7월 25일**

- 마음을 다잡고 잘 아는 일간지 기자에게 '박 시장 사건' 관련 칼럼을 쓰고 싶다는 운을 떼자 극구 말림. 내가 모르는 어떤 정보를 가지고 있는 거냐고 문의했더니 "심각하다"면서 고개를 저었다. 그 "심각하다"는 실체를 알려 주면 안 되느냐고 했더니 "2차 가해여서 알려 줄 수 없다"고 냉정하게 자름. 주변 지인들도 '박 시장 사건' 관련 칼럼을 쓰고 싶다는 운을 떼면 내용이나 방향은 묻지도 않고 "선생님이 몰라서 쓰려고 하는 것 같은데"라면서 이구동성으로 말림.

### 7월 27일

- 지난 며칠 사이에 내가 만난 사람 중에 코로나 확진자가 나왔다고 주거지 보건소에서 통보가 옴. (이때는 확진자 동선이 모두 낱낱이 추적되고 엄격하게 관리 되는 코로나 팬데믹 초기의 엄중한 시간이었음.) 그날 2시 30분 코로나 검사와 동시에 귀가를 포기하고 혼자 쓰는 내 개인 사무실에 칩거. 사무실에 어지럽게 쌓인 코로나와 전염병 관련 신간을 보며 시간을 때울 생각을 함. 코로나 팬데믹 자가 격리 경험담을 쓸까 잠시 생각하다가 접음.

### 7월 28일

- 음성이라는 통보를 받았지만 열흘간 자가격리에 들어가는 통제상황에 놓임. 마감을 앞둔 칼럼 때문에 양성이 나올까 봐 마음을 졸였는데 안도하면서 원래 생각했던 "장산곶매 이야기 좀 빌려도 될까요"라는 제목을 뽑아 놓고 칼럼을 쓰기로 마음을 정함.

### 7월 29일~8월 2일

- 매일 하루 네 번씩 보건소에 체온과 몸 상태를 보고하면서 백기완의 《장산곶매 이야기》와 황석영의 《장산곶매》를 꼼꼼히 읽으며 생각을 정리.

8월 3일

• 칼럼 초안 끝냄

8월 5일

• 금요일(8월 7일)자에 나가는 〈한겨레〉 칼럼은 마감 시간이 수요일(5일) 10시지만 그 시간에 맞춰 끝내지 못하고 양해를 얻어 오후 4시쯤 원고를 보냄

8월 6일

• 원고를 보낸 후에도 신경이 쓰여 칼럼에 혹 오탈자나 개념 오용이 있는지 살피고 있을 때 칼럼 담당 임인택 부장의 전화 받음. 칼럼에 인용한 글의 쪽수 등을 찾아 가며 재확인.

• 자가 격리가 다음 날 12시에 끝나면 즉시 사무실을 뜰 생각으로 오후 6시쯤부터 짐을 챙기기 시작. 전화 받음. 어머니가 아침마다 전화해서 밥을 제대로 먹었는지 걱정하셔서 "난 괜찮으니 제발 엄마 걱정이나 하시라"는 같은 말을 되풀이 하고 끊음.

• 저녁 식사 때쯤 요양보호사가 보통 때와 다르게 어머니가 식사를 잘 못하신다고 걱정함. 내가 장시간 집을 비우면 어머니가 스트레스를 받는 경향이 있다고 대수롭지 않게 말함. (해외 출장 때도 종종 그런 일이 있었음) 내일 12시면 자가

격리가 풀려 집으로 가니 안심하고 주무시라고 어머니께 말씀드리라고 말함.

- 밤 12시쯤 전화기를 무음으로 해 놓고 수면 가리개로 눈을 덮고 잠을 청함.

## 8월 7일

- 스마트폰을 켜고 무음을 해지하는 순간 바로 전화벨이 울림. "조금 전 장모님이 운명하신 듯하다"는 남편의 음성이 환청처럼 귀를 때림. 아침 6시 반 정도부터 내게 전화를 했는데 무음으로 되어 있어 못 받았던 모양.

- 전화를 끊고 바로 종로구 보건소에 리포트를 하고 12시에 격리가 끝나지만 모친이 위독하니 몇 시간 당겨서 바로 집에 갈 수 있느냐고 물음. 그럴 경우 12시까지 계속 내 위치를 추적해야 한다는 답을 받음.

- 가족들과 의논한 결과 12시에 자가 격리가 완전히 해제된 후 귀가키로 함. 해제 전 귀가해서 내가 코로나 확진자 접촉으로 자가 격리 상태였다고 하는 순간 어머니의 사인이 코로나로 인한 사망일 수도 있다는 의심을 살 수 있기 때문에 모든 절차가 훨씬 복잡해질 것을 우려함.

- 남편이 병원 장례식장이 아니라 119로 연락을 취하는 바람에 (병원으로 옮기지 못하고) 경찰의 검시부터 받게 됨. 이런

경험 때문에 100세 어머니가 집에서 주무시다가 가신 경험이 있는 친구가 "자연사하기도 힘들다"라고 말했던 것 같음. (집에서 자연스럽게 가신 경우에도 혹시라도 사고사나 변사 같은 의심을 받기 때문.)

- 가족원 중 한 명이 관할 경찰서에서 조사를 받고 사망 진단서를 받아서 장례 절차를 밟을 수 있다는 말에 가족들이 패닉. 큰아들이 종로 경찰서에 가서 여러 조사에 응한 후 검안서를 받아 귀가. 어머니는 6시~6시 30분 사이에 주무시던 방에서 운명하신 것으로 검시를 통보받음. (이 시간은 2층에서 자던 내가 1층으로 내려와 어머니 방문을 노크하면서 밤새 안녕하신지 잠깐 가슴을 다독이며 어머니 방에 들어가던 시간임)

- 서울대 병원 영안실로 어머니를 옮긴다는 연락을 11시 30분에 사무실에서 받음. 법적으로 자가 격리가 풀리는 12시까지 기다려 보건소의 해지 통보를 받고 12시를 넘겨 어머니가 떠난 텅 빈 집으로 귀가.

- 집에 와서 〈한겨레〉에 쓴 칼럼이 무사히 나온 것 확인.

- 오후 2시 서울대 병원에 도착해 까다로운 검사대를 거쳐 장례 준비에 들어감.

- 오후 4시 어머니 입관식 진행. 어머니의 마지막 잠드신 모습과 그렇게 마주함.

- (8월 15일에 시작된 2차 코로나 팬데믹 전) 잠깐 병원 문상이 허

용되어 문상 온 친척, 지인, 친구들은 여름 장마가 시작되어 폭우 중에 상을 치르게 된 데 걱정하면서도 어머니가 당신이 거처 한 방에서 주무시듯 가신 것은 '우리들 모두의 로망'이라고 위로.

8월 8일

• 문상객들 중에 페미니스트 활동을 같이한 다수의 동료와 후배들이 전날의 내 〈한겨레〉 칼럼에 피해자 입장의 언급이 없다는 항의 댓글이 다수 있다는 코멘트를 서로 주고받는 것을 들음.

8월 9일

• 폭우 속에서 간단한 발인식을 하고 7시 30분 서울대 병원을 출발. 남쪽으로 내려가면서 날이 개임. 예정된 시간에 선영에 도착. 고향 분들이 산일을 모두 준비해 놓아 2시 30분에 어머니를 고향 선영에 모시고 귀경 길에 오름.

10월 10일

• 우연히 〈한겨레〉 인터넷 판에서 10월 9일자 〈집에 대한 예의를 생각해 보는 시간〉 칼럼을 보다가 다른 칼럼이 모두 날짜순으로 모아져 있는데 바로 앞에 나왔던 〈장산곶매〉가 빠

져 있는 것을 발견. 칼럼 담당자에게 어떻게 된 건지 문의. 인터넷판 책임자가 박 시장 관련 글들을 한곳에 모아 독자들이 쉽게 볼 수 있도록 서비스 하느라 칼럼을 그쪽으로 옮겨 놓았다는 답을 받음. 복사해서 한 곳에 모으거나 링크 걸면 될 텐데 굳이 필자의 칼럼 모음 칸에서 그 칼럼만 지운 것을 이해 할 수 없다고 했더니 곧 칼럼을 제자리로 되돌려 놓음. 그냥 넘어갈까 하다가 아는 논설위원께 전화로 "이해 할 수 없는 일이 일어났다"고 말함. 편집국장과 직접 통화해 보라고 직통 번호 알려 줌. 편집국에서 그 칼럼에 대해 어떤 논란도 있은 적이 없었다면서 인터넷판 담당자에 문의했더니 내가 들은 것과 같은 "기술적으로 두 군데 둘 수 없어서였다"는 답을 전함. 고개를 갸우뚱하며 지나감. 추후에 한겨레출판사 담당자가 이 칼럼을 제외하고 칼럼집을 내자는 이야기가 없었다면 이 해프닝을 노트에 덧붙이지 않았을 것임.

## 2021년 9월 17일

• 4년간 연재했던 〈한겨레〉에 마지막 칼럼을 씀.

## 10월 13일

• 〈한겨레〉에 연재한 칼럼을 모아 출간하고 싶다고 수차례 연락을 했던 한겨레출판사 담당자한테 단순한 칼럼 모음집이 아니

**라 노트가 있는 칼럼 모음집**이라면 낼 의사가 있음을 표명.

10월 18일

• 그동안 쓴 칼럼 스물다섯 편 중 "⟨장산곶매 이야기 좀 빌려도 될까요?⟩와 ⟨어떤 말하기와 읽어 주기의 힘⟩ 칼럼 두 편은 칼럼집을 낼 때 제외하는 게 좋을 것 같습니다"는 메일을 받음.

10월 19일

• 메일을 받고 '황당하다'는 느낌이 들어 바로 다음 날 "빠른 회답 고맙습니다. 어떤 칼럼을 넣고 뺄 것인가를 그쪽에서 결정한다면 저는 한겨레에서 출판하는 것을 재고해야 할 것 같습니다"라는 답을 보냄.

10월 20일

• "내부 논의해 봤는데, 어떤 글을 넣고 뺄지에 대해서는 작가님께서 결정하시고, 구성이나 글의 세부적인 문장이나 표현에 대해서는 저희가 의견을 낸 뒤 작가님께서 받아들이실 부분들을 판단해서 결정하시면 될 것 같습니다"라고 쓰고 이어 "구성 관련해서 생각하시는 방향이 있으면 말씀해 주셔도 좋습니다. 그럼 메일 보시면 답장 부탁드립니다. 감사

합니다"라는 정중한 문자가 덧붙여 옴.

## 11월 8일

- 한겨레출판사 담당자의 메일에 대해 이를 어떻게 받아 들
여야 될지 또는 어떤 답을 해야 할지 생각이 정리되지 않아
답을 못하고 있었는데 이날 오후 5시경 한겨레출판사의 담
당자가 전화를 걸어옴. 지난 달 20일에 보낸 메일에 대해서
답이 없어 전화를 하게 되었다고 조심스럽게 말했고 나는
"할 말을 아직 준비하고 있지 못해서 답을 못했다"고 말함.
잠깐 망설이다가 제외했으면 하는 칼럼 두 개를 어떻게 택
한 것인지 물어 봄. '장산곶매' 칼럼은 분쟁의 소지가 있어
서라고 답함. 그런 의견이 데스크 의견인지 혼자만의 의견
이었는지 물어 봄. 공식 데스크 회의를 거친 것은 아니지만
자기 주변의 사람들과 의견을 나누어 보니 빼는 게 좋겠다
는 의견이었다고 답함.

페미니스트 지식인으로 살아온 내가 박원순 시장 사건을 둘
러싼 일련의 보도와 담론화에 대해 못 본 척 다른 주제로 칼
럼을 채울 수는 없었다고 말함. 〈어떤 말하기〉는 왜 제외하
자는 의견을 낸 건지 이해하기 어렵다고 말하려 말고 "매
카시즘도 아니고 이건 도대체 무슨 사전검열인지 모르겠다"
는 말이 튀어나옴. "선생님이 화가 나신 것 같은데"라고 말해

서 "화가 난 게 아니라…"라고 말하다 멈춤. 더욱 할 말을 잃음. 담당자는 '어떻든' 답을 기다리겠다고 말했고 나는 아직 아무것도 결정하지 못했다고 말하고 그러나 "이왕에 노트가 있는 칼럼집을 내려고 했으니" 한겨레출판사에서 출판을 하든 다른 출판사에서 출판을 하든 이 이야기도 노트로 나갈 것"이라고 말함. 앞서 말했듯이 단순히 신문에 연재한 칼럼을 묶어 내는 것은 의미가 없고 '칼럼 일지'을 쓰고 싶다고 생각했고 〈장산곶매〉는 칼럼을 쓰고 있던 상황까지 포함해 노트를 남기고 싶었다고 말함. 칼럼을 쓸 때 필자가 처한 사회적 공간과 사유의 궤적(머뭇거림과 함께)을 드러내고 싶었고 무엇보다도 우리가 마주하고 있는 시대적 상황에 대한 고민의 궤적을 빼놓을 수 없다고 말하고 "사실 나는 그때 코로나 양성 반응자와 접촉해서 자가 격리 중이었고 그런 상황에서 그 칼럼을 썼다"고 얘기함. "그런 상황은 제가 잘 몰랐다"는 답이 돌아옴. '그런 상황'을 알았다면 제외하자는 말을 안 했을 것이라는 뜻인지 이해할 수 없어 더욱 할 말을 잃고 침묵. '그런 상황'에서 썼다는 말을 덧붙인 것을 후회하면서 그 칼럼이 나온 날 아침에 어머니가 세상을 뜨셨다는 말은 삼키기를 잘했다고 마음을 다독임. 편집 담당자는 "이 책을 내는 일은 급한 건 아니므로 천천히 생각하면서 결정해 주면 좋겠다"고 말했고 나는 책을 내는 결정을 오래 끌 생각은 없다고 사무적으로 답을 하며 끊음. 몇 개월 후 다른 출판사로 가기로 했다고 알림.

P. S.

그 편집 담당자는 〈한겨레〉 신문에 칼럼 연재를 시작한 지 2년쯤부터 칼럼집을 한겨레출판사에서 내고 싶다고 메일을 보내는 열성을 보였고 심지어 기획 제안서까지 보내는 성의를 보였다. 칼럼을 열성적으로 읽은 성의 있는 독자/편집자가 칼럼을 묶어 내게 되었을 때 돌연 어떤 칼럼을 빼자는 의견을 그토록 쉽게 주저 없이 제안할 수 있는 담론 생산의 '문제적 현장'을 이렇게 마주하게 될 줄은 몰랐다. '박 시장 사건'은 왜 더 활발하게 담론화되지 못하는 것인지 가해자/피해자 프레임을 벗어나 이야기를 시작해야 할 것 같다. 페미니스트 이슈가 정치적으로 소비되는 방식에 대한 성찰과 논쟁을 멈출 수는 없다.

# 집에 대한 예의를 생각해 보는 시간

　코로나 스트레스를 안고 '집콕'한 추석 연휴에 칼럼 제목을 뽑아 놓고 장고했다. 인간에 대한 예의도 별로 생각하지 않는 세태와 어울리지 않는 제목이라는 생각이 없지 않아서다. 그냥 밀고 나가기로 한 것은 이웃 동네에 '집에 대한 예의를 생각하는 사람들'이 살고 있어서다. 이들은 서촌 한옥 보존지구의 20평 남짓한 한옥에 살고 있는데 어느 날 '잘 가꾼 집' 명찰까지 달았던 이웃 한옥 네 채가 헐리고 그 자리에 지하 1층에 지상 3층의 건축 허가증이 나붙은 공사판 천막과 마주치면서 행정 당국에 민원을 내는 힘겨운 싸움을 시작했다. 허물어 버린 한옥들은 두 명의 소유주가 나란히 두 채씩 소유하고 있었는데 서울시 리모델링 지원까지 받아 예쁘게 단장한 모델 한옥이었다. 지원금을 받을 때 내건 최소 조건 5년을 채우자마자 3층 빌딩 공사를 시작한 것이다. 주변의 네 집은 보고만 있을 수 없어 민원 내기를 시작했다. 한 집은 강남에 살다가 서촌으로 이사 와 모처럼 행복을 주는 집에 살고 있는데 집 주변이 심하게 망가지도록 놓아 두는 것은 사는 집에 대한 예의가 아니어서, 또 한 집은 이런 공사를 벌이는 건축주가 도시 재생에 밝은 건축학과 교수로서 서울시 도시 건축 공동위원회 위원으로 일하던 시기에 본인이 소유한 두 채의 가옥이 소재한 지번이 3층 건축이 가능한 지역으로 변경된 사실을 납득할 수 없어 싸움을 시작했다. 또 다른 한 집은 공사가 진행되면서 인접한 집의 벽에 균열이 나기 시작해 문제를 제기했는데 단지 보상금을 더 탐하는 수작 정도로 취급당한 낭패감을 참을 수 없었고 다른 한 집은 세입자지만 한옥 권장 지구에 사는 재미와 행복을 만끽하며 지내고 있었는데 이웃의 폐해를 아랑곳하지 않는 건축주의 '몰상식의 상식'을 참을 수 없었다. 내가 이들과 연대하고 싶어진 것은 승산이 없다는 것을 알면서도 살고 있는 집에 대한 최소한의 예의로 끝까지 함께 가 보겠다는 의지를 들으면서다.

이들은 종로구청과 서울시를 상대로 공사 중지 민원을 수차례 내고 있지만 돌아온 답은 한옥 보존지구가 한옥 지정 지구와 한옥 권장 지구로 세분화되고 한옥 권장 지구는 다시 권장 1, 2지구로 세분화됨에 따른 규정에 의거해 건축 허가에 하자가 없음을 알리는 '친절한' 여러 행정 용어가 가득한 문서들이다. 공사 현장이 지난 폭우에 무너졌고, 공사 진행과 함께 바로 옆 한옥의 벽과 보도 블록에 균열이 생겨도 눈길 한 번 주지 않고, 지하의 땅파기는 계속되었고 옹기종기 처마를 맞대며 인왕산과 백악산을 서로의 작은 창에 비켜 주며 지켜 온 좁은 골목의 평화로운 집들을 초라하게 뭉개면서 3층짜리 빌딩은 올라가는 중이다. 한옥 권장 지구에서 6m 이상 도로에 인접하지 않으면 2층 이상을 올릴 수 없는 규정이 어느 순간 4m 인접 도로로 고쳐져 합법적 건축 허가증을 받았음을 민원을 내면서 알게 되었고 한옥 권장 지구에서 건축 허가가 나오는 토지 면적은 60평 이하로 묶여 있지만 20평 내외를 두 채씩 가진 이웃 두 집이 담합해 각자의 필지를 붙이면 90평 가까운 필지의 건축 도면에 위용을 자랑하는 쌍둥이 건물을 올리는 일은 별 제재 없이 해낼 수 있다는 지식도 얻었다. 문제가 있다고 취재 나왔던 언론들은 규정 위반은 아니라는 행정 당국의 정당화 논리에 설득당했는지 아니면 큰 사건에 밀린 너무 작은 사건이었는지 뉴스가 되지 못했다. 번듯한 새 건물을 올리면 동네 땅값이 올라간다는 기대에 슬그머니 무임승차하고 싶은 때가 없지 않지만 도시 재생 전문성이 서촌 한옥 권장 지역의 건축 허가 규정을 변경해 가는 데 작동하는 방식과 법적 하자 없음으로 부끄러움 없음까지 보증받은 듯한 식자들의 양식에 맞서서 생각 있는 시민들과 연대하고 이를 확장하는 일을 멈출 수가 없다. 이들은 '작은' 현장을 통해 이런 일들이 우리 사회의 도시 재생이나 지역개발 현장 어디서나 일어나고 있다는 것을 알았고 우리 사회에서 공간의 공공성이 땅의 이윤 극대화에 압사당하는 축소판을 경험했다는 깨달음도 얻었다.

우리는 집의 가치가 집의 가격과 등치되는 담론 속에 묻혀 산다. 주택이 '사람 사는 집'이 아니라 '사고파는 부동산' 곧 소유와 재산 증식의 수단이 된 것은 한국 사회 보편적인 상식이 되었다. 지난 몇 달 동안에 몇 억씩 오른 '환상적' 부동산 가격 폭등이 극사실적 숫자로 뉴스 지면을 채우는 한편에는 사회적 거리 두기가 물리적으로 불가능한 일상을 사는 사람의 힘겨운 생존기나 공동 화장실을 쓰는 고시원 같은 단칸방 거주자가 혹 코로나 확진자의 접촉자가 되어 외출도 못 하고 화장실도 못 가는 사태가 생길까 봐 전전긍긍하는 주거 빈곤층이 엄존한다는 현실은 쉽게 가려진다. 그러나 코로나 팬데믹은 다른 주거 계층의 삶을 공간적으로 확연하게 분리하는 것이 불가능하다는 것을 일깨우고 있다.

포스트 코로나에 대비하는 미래의 집이 꼭 자동화된 보안 시스템이나 '스마트'한 홈 오피스 꾸미기에 매달려 마감될 수는 없다. 집이 이윤 극대화를 추구하는 투자의 공간이며 장소라는 자본주의적인 마인드를 얼마나 소거할 수 있느냐가 더 중요한 관건인 듯하다. 기능성과 상품성 그리고 효율성 극대화라는 근대의 가치보다는 이웃과의 관계를 회복시키는 공공성 담보가 더 중요한 덕목이라는 데 방점을 찍어야 한다. TV 인기 프로에 '먹방'만큼 '집방' 프로가 많은데 흥미롭게도 대체로 예능으로 소비된다. 내가 관심 있게 보는 집 관련 프로는 교육방송(EBS)의 〈건축탐구 집〉이다. 재산 가치와는 무관한 집을 짓고 사는 사람들 이야기 탓인지 아니면 예능 프로가 아니어서 그런지 시청률은 높지 않다. 집이란 무엇인가를 질문하거나 자문하는 경우가 많아 그들이 터득한 삶의 언어를 받아써 볼 때도 있다. 어느 숲속 나뭇가지에 3평짜리 자기만의 집을 지은 생활인 이야기나 도심의 골목 끝 5평 면적 자투리 땅에 4층을 올린 신혼집을 다시 찾아보기도 하고 집을 지을 때 부부가 각자의 공간을 따로 마련하는 사례가 적잖은 것, 또는 젊은 여성들이나 나이 든 여성들이 '겁 없이' 혼자 산골에 들어가서 사는 그런 사소한 의외성에 위로를 받기도 한다.

코로나19 팬데믹이 공간의 공공성과 관계의 윤리성을 새롭게 상상하는 바이러스도 함께 퍼뜨리는 계기가 되었으면 좋겠다. 집에 대한 예의는 인간에 대한 예의를 회복하는 하나의 길이 될 수도 있다. 이번 기회에 '자연스러운' 욕망을 관철시키는 시장 프레임에 갇힌 집과 공간에 대한 자본주의적 근대 기획을 비판적으로 되돌아보는 시간을 가져 보면 어떨지.

2020. 10. 9

# '그들의 시간'과 만날 수 있을까

　코로나 팬데믹에 일상을 내준 스산한 연말에 마지막 칼럼은 어떤 아침 음악 방송 인트로처럼 "가볍지 않게 무겁지 않게" 쓰고 싶었는데 쉽지 않다. 주변에 너무 아픈 삶도 죽음도 많아 '어쩌면 철 지난' 이런 이야기를 써야 할까 주저하다가 나 개인이 아니라 우리가 안은 여전한 숙제 더미라는 생각에 내 일상의 깊숙한 자락을 꺼내 든다. 어머니가 몇 달 전 세상을 뜨셨다. 어머니는 마지막까지 한반도의 '전쟁'과 '평화'라는 단어만 나와도 마음을 졸이며 혹여나 종전 소식이 없을까 뉴스에 채널을 맞추셨는데 무위로 끝났다. 어머니를 선영에 모시고 온 다음 날 새벽에 눈을 떴을 때 어머니가 스물여섯에 혼자되셨고 아흔여섯에 가셨으니 그 일흔 해가 한국전쟁 발발 70년에 걸쳤다는 생각에 마음을 뒤척였다. 그 시대를 살아야 했던 '그들의 시간'이 새로운 무게로 왔다. 선영은 새롭게 머릿속을 어지럽혔다. 6·25가 터졌을 때 우리 집에는 할아버지와 아버지 형제 넷 그리고 큰집의 장손까지 스무살 이상의 남자가 여섯 있었다. 전쟁 후 살아남은 사람은 둘뿐이었다. 그들은 사후에 고향으로 돌아오지 않았다. 아버지와 큰집 장손은 한 줌의 흙으로도 돌아오지 못했다. 선영에는 좌우 대립이 극심했던 고향에서 희생된 할아버지와 큰아버지 유택만이 있는데 어머니가 그 곁에 누우신 것이다. 어머니는 한때 "친정 산에 묻히고 싶다"는 말씀을 달고 사셨다. 요즘 말로 '시월드'에 대한 반감과 가부장제에 대한 저항의 언어인가 했는데, 전쟁의 참화를 피해 간 친정 식구들 옆에 눕고 싶다는 다른 표현이었다. 마지막 순간에야 전쟁으로 풍비박산된 시댁 선영으로 가는 결정을 하셨다.

3년 전 본란의 필진 제의를 받고 쓰고 싶은 이야기가 있는가에 방점을 찍고 주저했는데 수락하고 나서 맨 먼저 한 일은 엉뚱하게도 필진의 면모를 들여다본 일이었다. 낙상으로 눕게 된 연로한 어머니한테 무슨 일이 있어 혹 칼럼 날짜라도 바꿔야 한다면 필진 중에 부탁할 사람이 있는가를 본 것이다. 같은 과 입학 동기인 《녹색평론》 발행인 김종철의 이름을 보고 안도했다. 그런데 김종철이 우리 어머니보다 먼저 세상을 떴다. 어머니 삼우제를 지낸 바로 그날 그의 사십구재에 가야 했다. 그가 세상을 뜨기 전 본란에 마지막 쓴 칼럼 날짜를 기억하는데 그날이 원래는 내 칼럼 날이었다. 어머니 때문이 아니라 '오월 광주' 때문에 그와 날짜를 바꿨다. '오월 광주와 우리 선생님에 대한 사유'라는 제목을 뽑아 놓았는데 4월 17일로 내 칼럼 일정이 잡힌 것을 보고 오월 첫 주에

배정된 김종철한테 연락했다. 칼럼 순서를 바꿔 달라는 뜬금없는 내 요청에 그는 두말없이 "그러죠" 하면서 전화를 끊었다. 그렇게 '코로나 환란, 기로에 선 문명'은 그의 마지막 칼럼이 되었다. 이명 때문에 일상이 힘들었다는 것을 그가 떠난 뒤에야 알았다. 그가 떠나기 8개월 전쯤에 쓴 '툰베리의 결기'에서 기후 위기를 알리며 "인류 사회는 기후변화로 멸망하기 전에 인류 가운데 가장 순수하고 맑고 민감한 영혼들이 사라지거나 병들어 버린 결과로 속절없이 붕괴할 가능성"을 예고한 칼럼 몇 줄이 자주 아프게 떠오른다. 그는 《녹색평론》 3년치 정기 구독료를 보내면 "언제 폐간될지도 모르는데 뭘 3년씩 정기 구독 하느냐"는 특유의 냉소적이면서 무심한 한마디를 전화선에 던지고는 했다. 그가 새벽 산책길에 유명을 달리한 날은 6월 25일이었다. "오늘이 그 6 · 25 터진 날"이라고 지나가듯 흘리는 어머니의 중얼거림을 뒤로하고 집을 나온 날이다. 사족을 덧붙인다면 어머니 때문에 칼럼 날짜를 바꿀 일은 생기지 않았다. 어머니는 8월 초 내가 칼럼을 넘기고 마지막 수정 문의까지 답한 그날 조용하게 잠자리에 드셨고 다음 날 아침 주무시듯 가셨다. '장산곶매 이야기 좀 빌려도 될까요?'가 어머니 가신 날 아침에 나온 칼럼이다.

본란에 칼럼을 쓰면서 얽힌 이야기를 되돌아보다가 한 시대는 어떻게 가고 새로운 시대는 어떻게 오는 것일까 또는 우리는 '그들의 시간'과 어떻게 만날 수 있을까 같은 질문을 해 본다. 김종철의 글은 언제나 앞으로 올 '그들의 시간'을 향해 있었다. 환경 위기와 자본주의 탐욕 바이러스를 집요하게 경고하면서 미래의 그들이 살아갈 시간과 세상을 걱정했다. 반면 어머니는 70년 전 그날에 멈춘 '그들의 시간' 속에 사셨다. 가실 때는 뒷사람이 손댈 일 없이 삶을 정리해 놓고 가셨다. 당신이 매일 손길을 주던 이층장에는 몇 십 년간 입은 한복 몇 벌과 버선 세 켤레 그리고 동정 다섯 개가 남겨져 있었다. 환갑을 넘기신 후에는 새 옷을 사지 않으셨고 "한복은 동정만 갈면 항상 새 옷 같다"면서 가실 때까지 당신 저고리의 동정을 손수 손질해 입으셨는데 쓰시던 동정 한 죽에서 다섯 개가 남은 것이다. 언제나 과거의 시간에 머문 어머니가 20년분 간장을 담가 놓고 "네 생전에 간장 걱정은 안 해도 된다"고 하신 말씀이 어머니에게 드물게 들은 미래의 시간이었다. 요즘 김종철과 동기라는 것을 알게 된 지인들 중에는 "앞으로 《녹색평론》 어떻게 될까요?"라고 내게 묻는 경우가 꽤 있다. 이럴 때는 어머니가 담가 놓은 20년분 간장 생각을 한다. 최소한 우리 생전에 《녹색평론》에 대한 걱정은 안 해도 된다는 말을 들을 수 있을까 자문하면서.

김종철이 안고 간 시대의 아픔과 어머니가 안고 간 시대의 아픔은 깊숙이 묶여 있다. '잊혀진 전쟁' 속을 헤치며 무망하게 살다

간 '그들의 시간'과 환경 위기를 헤치고 살아갈 '그들의 시간'이 우리들의 시간 속에 있다. 그 간극을 우리의 시간 속에 담아내지 못하고 더 넓히고 있는 것 같은 한 해다. 우리 대학 입학 동기들 소모임에 '녹평회'가 있었다. 《녹색평론》 김종철과 '평화와 통일을 여는 사람들'(평통사)을 이끌고 있던 강정구가 함께한 모임이다. '우리의 시간'에서 가장 다급하고 중요하게 다뤄야 할 이슈에 동기 두 명이 앞장서 논쟁적 담론을 이끌고 있었는데, 정작 우리 동기들의 공식 모임의 포럼에는 둘 다 한 번도 연사로 초대받지 못했다. 이 점이 지금 마음을 무겁게 한다. 코로나 팬데믹을 야기한 근본적 문제에 눈감은 채 '뉴노멀' 타령을 하루에도 수십 번씩 들어야 하지 않았다면, 그리고 미국 대선 윤곽이 나오자마자 우리의 제1야당 비상 대책 위원장이 외신기자 클럽에서 아무렇지 않게 "북한이 핵을 포기하지 않으면 우리도 핵 개발해야"라고 발언하지 않았다면 이 칼럼이 조금은 가벼워졌을 것이다. 살아남은 자의 아픔과 슬픔과 책무가 한꺼번에 무겁게 몰려온다.

2020. 12. 4

# 어떤 위로 어떤 감동 어떤 아름다움을

잠깐 쉼표를 찍고 숨을 고르며 새롭게 한 해를 맞을 수 있을까 머뭇거린다. 지난 한 해는 모두가 그랬듯이 매일매일이 우울했다. 그랬다고 생각했는데 꼭 그렇지만도 않았다. 코로나 일상에서 찍은 작은 풍경을 불러 모아 새해를 맞는다. 작년 7월 코로나가 잠깐 소강상태였던 어느 날 저녁때였다. 일요일인데 골치 아픈 원고를 끝내려 사무실에 나갔다가 머리만 더 무거워져 빈손으로 귀가하는 길이었다. 집으로 들어가려던 순간 집 옆의 도서관 후문 앞 작은 화단의 돌 위에 누군가 엎드려 있는 듯했고 옆에는 누가 서서 부채질을 하고 있었다. 도서관이 문을 닫은 7시가 좀 넘은 시간인데 데이트족인가 하고 그냥 모른 척하고 집으로 들어가려다 눈길이 자꾸 가서 발걸음을 돌려 다가갔다. 자세히 보니 걸터앉는 돌단에 열 살 남짓한 남자아이가 배를 깔고 책을 보고 있었고 그 아이의 종아리에는 모기를 쫓으려는 듯 점퍼가 덮여 있었다. 후미진 언덕 끝 길에 인적도 드문 으슥한 곳에서 그 시간에 말을 걸면 경계의 눈빛만 되받을지도 모른다는 주저를 밀어내고 얼른 바로 옆집 산다고 대문을 가리키면서 인사를 건넸다. 아이는 세상모르게 책에 빠져 있었고 부채질을 해 주는 사람은 엄마였다. 아이에게 무슨 책을 그렇게 열심히 보느냐고 말을 건넸는데 엄마가 아무런 경계심 없이 만화책이라면서 《나의 로봇 왕》이라는 책의 표지를 들어 보여 주었다. 이 도서관을 멀리서 찾아왔는데 버스를 두 번 바꿔 타고 오가야 해서 반납일을 지키기도 힘들고 다음 날이 휴관일이어서 도서관 밖 외등을 불빛 삼아 보던 책을 마저 끝내고 가려고 열독을 하는 중이었다. 아이의 머리끝부터 발끝까지 부채질을 하고 있던 엄마가 아이한테 해 주던 부채질을 낯선 내게까지 바람이 오도록 팔을 크게 휘둘러 주었다. 타인을 경계해야 하는 각박한 시대에 건네준 작은, 큰 위로였다.

코로나 2차 대유행이 시작되면서 길거리에도 긴장감이 돌던 9월 어느 날 자동차 백미러로 보게 된 저녁노을도 불러온다. 저녁 6시 40분경이었다. 별로 기억할 일이 없는 그런 날 그런 시간인데 날짜와 시간조차 또렷하다. 신촌 쪽에서 광화문을 향해 가는 사직로에서 효자동 쪽으로 좌회전 신호를 기다리는데 바로 앞에서 신호가 바뀌었다. 하릴없이 운전대에 손을 얹고 물밀듯이 길을 건너는 인파를 무심히 보고 있는데 어떤 젊은 커플이 바삐 건너다 말고 중간쯤에서 순간 멈추었다. 남자는 건널목 신호등에 켜진 숫자를 세고 여자는 핸드폰을 꺼내 왼쪽으로 돌아서서 서쪽 하늘에 앵

글을 맞췄다. 기습적으로 보게 된 스마트폰 앵글을 따라 나도 모르게 무슨 대단한 풍경이 있나 하고 백미러를 보게 되었다. 생각잖게 눈부신 저녁노을이 백미러에 가득 차 있었다. 그 길이 서울 한복판 광화문을 동서로 가로질러 앞은 동쪽으로 뒤쪽은 서쪽으로 뻗어 있음을 새삼 실감하는 순간이었다. 어쩌면 서쪽 끝은 서해 바다에 이를지도 모르겠다. 요즘도 그 길에 설 때면 빌딩 숲이 막지 않은 하늘길이 어디까지 뻗어 있는지 보면서 백미러로 하늘을 본다. 백미러로 도로에 끝없이 이어진 자동차 행렬에 눈길을 주거나 차 뒷바퀴를 챙기느라 땅바닥을 본 적은 있지만 하늘을 볼 수 있다는 생각은 못 했었다.

광화문 뒷길에 있는 내 사무실 가까운 곳에는 매일 11시쯤부터 저녁 늦게까지 종일 과일을 파는 트럭이 있다. 가까이에 대형 마트가 있어 처음에는 누가 트럭에서 과일을 살까 생각했는데 적잖은 단골이 있어 노부부가 지키는 트럭은 심심찮아 보였다. 나도 5년 넘게 단골이다. 일흔이 넘어 보이는 아저씨는 근처에서 25년간 과일 가게를 했는데, 가게 임대료를 감당하기 힘들어 트럭을 사서 과일을 팔게 되었다는 신상 이야기에서부터 과일 고르는 데는 일가견이 있다는 세일즈도 하고, 자녀들이 모두 속 썩이지 않고 잘 자라 부부 교사인 딸도 있고 버젓한 기업에 다니는 아들도 있어 용돈 걱정할 일은 없다는 자랑도 했다. 남편은 새벽 일찍 과일을 떼어 오고 배달하는 일을 맡고 아내는 주로 트럭을 지키며 과일을 파는 분업을 오손도손 나누는 부부였는데 어느 날 아저씨 혼자 힘없이 과일을 팔고 있었다. 아주머니가 암 수술을 받아 입원 중이라고 했다. 다행히 3개월 만에 아주머니가 다시 트럭에 모습을 나타냈다. 놀면 뭐 하느냐면서 매일 열 시간 넘게 마스크를 쓰고 트럭을 지켰다. 광화문 사무실 밀집 지역 뒤편 한 귀퉁이에 있는 트럭에서 일어난 일에 아무도 관심이 없을 거라 생각했는데 그렇지 않았다. 이 동네의 1인 미용실 미용사도 아주머니가 퇴원했다면서 반가움을 나눴고 경쟁 가게가 될 만한 동네 슈퍼 주인도 아주머니가 다시 트럭에 나타난 것에 안도하며 소식을 전했다. 코로나가 기승을 부리면서 다시 트럭이 보이지 않게 되었다. 이 기회에 장사를 접으라는 자녀들의 충고를 받아들였나 보다 생각했는데 가을 과일이 제빛을 내기 시작할 때 트럭이 다시 모습을 드러냈다. 뒷골목에 훈기가 돌았다. 과일 트럭이 잠시 장사를 멈췄을 때 사무실 코너 다른 쪽 멀지 않은 곳에 또 다른 트럭 행상이 있다는 것을 알게 되었다. 그 트럭은 밤이나 호두 그리고 더덕 등 과일 트럭과 겹치지 않는 품목만 다룬다는 것도 알게 되었다. 무표정한 서울 한복판 대형 사무실 뒷길에서 그 나름대로 인정과 염치와 상도덕과 연대가 숨 쉬는 표정을 보게 된 것이다.


　한 해 동안 반경 2km 거리의 집과 사무실만 오갔다. 그래서 이런 풍경들과 마주치며 마음도 읽어 보고 주변도 찬찬히 들여다 보았을 것이다. 칼럼을 시작할 때는 이런 위로와 감동과 아름다움을 안은 풍경들과 올해도 마주치고 싶어 불러왔다고 생각했다. 글을 맺으면서 생각하니 그게 아니다. 백신이 개발되고 코로나가 잡혀 일상이 이른바 '정상화'되었을 때 언제 그랬느냐는 듯 기계적 효율과 경쟁과 압축 발전을 최대의 가치로 삼아 달려온 그 살벌함에 다시 실려 가는 게 아닐까 두려워서다. 새로운 문법으로 새롭게 판을 짜야 할 포스트 코로나 세상에서 우리는 어떤 위로와 어떤 감동과 어떤 아름다움을 새로운 가치로 꿈꿀 수 있을지 걱정되기 시작한다. 시로 일상을 사유하는 폴란드의 시인 비스와바 쉼보르스카의 《끝과 시작》이라는 시집을 꺼내 한 구절을 맺음말로 빌려 온다.

"어떻게 살아야 할까요?" 누군가 내게 편지로 물었다.
이것은 내가 바로 그 사람에게 묻고 싶었던
바로 그 질문이었다.

또다시, 늘 그래왔던 것처럼,
앞에서 내내 말했듯이,
이 순진하기 짝이 없는 질문보다
더 절박한 질문은 없다."

〈20세기의 마지막 문턱에서〉라는 시의 끝이다.

2021. 1. 29

## '어떤 언어로 소통할 수 있는가?'라는 물음

영화 〈미나리〉를 보고 나오면서 맨 먼저 떠오른 생각이 이 칼럼의 제목이다. 언어의 계급성과 위계성이 새로운 문제처럼 다가왔다. 미국 자본으로 미국에서 미국 시민(비록 한인 2세이지만)이 만든 영화임에도 극 중 대화에서 영어 비율이 50퍼센트가 안 된다는 이유로 골든 글로브가 〈미나리〉를 외국어 영화로 취급했다는 것 때문만은 아니다. 누군가에게는 다큐로 보이고 누군가에게는 가족 동화같이 읽히는 이 영화에는 한국어와 영어만 있지 않다. 서로 못 알아듣는 방언과 주술어와 경계인들의 언어가 따로 논다. 덧붙일 설명이 필요 없을 만큼 줄거리도 알려지고 화제도 많은 이 영화의 장점은 보는 사람의 처지와 관점에 따라 관객수만큼이나 다양한 독해가 가능한 데 있다. 보고 나면 대부분이 자기 이야기를 꺼내 보고 각자의 화면을 소환하고 자기 경험을 들여다보는 듯하다. 나도 그런 관객이다.

지난해 〈사당동 더하기 33〉 편집 과정에서 가장 논란이 많고 결정이 쉽지 않은 일이 등장인물 모두가 '우리말'을 하는데 왜 국내 상영본에 한글 자막을 깔아야 하는가였다. 서울의 사당동 재개발 지역에서 만난 한 가난한 가족을 33년간 지켜보며 만들게 된 다큐인데 이에 앞서 11년 전에 〈사당동 더하기 22〉를 내놓을 때도 고심 끝에 '우리말' 자막을 깔았었다. 자막을 넣지 않으면 영화를 보러 오는 대다수가 주인공 가족들의 말을 못 알아들을 것이고 그러면 어렵게 영화로 만든 의의가 사라질 것이라는 사전 리뷰어들의 의견을 받아들인 것이다. 그때는 '관객이 쉽게 알아들어야 한다'는 생각에 사로잡혀 누가 누구의 '우리말'을 쉽게 알아들어야 한다는 것인지에 대해서 질문하지 못했다. 〈사당동 더하기 33〉 편집회의에서 '우리말' 자막 없이 가 볼까 한다고 했을 때 자문위원 대다수가 고개를 저었다. 한 영화학 전공 교수만이 중산층 청중도 "이 다큐 주인공들의 말을 이해할 수 없는 불편함을 한번 겪어 보도록 자막 없이 내보내면 어떨까"라는 의견을 냈다. 그런 '모험'을 차마 못 하고 "선생님 영화 이론 수업에서 자막 없이 한번 틀어 보면 어떨까"라는 의견을 내는 데 그치고 다수 자문위원들의 의견을 따라 '우리말' 자막을 깔았다. 누가 누구 말을 쉽게 알아듣고, 누구의 문법을 기준으로 소통하는 것이 당연한가에 대한 회의와 질문이 예기치 않게 〈미나리〉 화면들 사이사이로 새롭게 떠돌았다.

빈민 지역 현장 연구를 해 온 사회학자가 다큐를 만들었을 때에야 비로소 계급 언어 간의 불통을 알았을 때 갖게 된 당혹감은 풀어내기 어려웠다. 그들의 불분명한 발음이 문제라고 처음에는 생각했는데 그게 다가 아니었다. 이를테면 다큐 가족 중 중학을 중퇴하고 알바를 하던 막내가 "사흘 일 안 하면 굶는다"고 말했는데 녹취를 푼 대학생들은 "석달 일 안 하면 굶는다"로 풀었다. 세 명이 검독한 뒤에도 그 녹취 오류를 잡지 못하다가 영화제 상영 직전 누군가 겨우 잡아냈다. 이런 일이 부지기수다. 대학생들은 그들 머릿속에 이미 들어와 있는 '경험의 각본' 안에서 녹취를 듣고 있었다. 가난한 층의 일상어와 중산층이 쓰는 일상어의 발음이나 어의와 어휘가 다르다는 것만이 문제가 아니었다. 한번은 너무 자주 일자리를 바꾸는 이 집의 장남에게 "성실하게 살라"고 말했는데 "성실한 게 뭐예요?"라고 물었다. '기술공고도 나왔는데 성실하다는 단어를 모르다니!'라고 생각했는데 이제 생각해 보니 단어 뜻을 물은 게 아니었다는 생각이 든다. 다큐의 주인공 식구 중에 처음으로 '정식' 결혼식을 올리고 살림을 나게 된 막내가 신부 쪽 집에서 상견례를 하자고 한다면서 무슨 말인지 묻는 전화가 왔다. '그런 단어'를 모른다고만 생각하고 내 나름대로 설명하고 끝냈다. 합동결혼식을 한 형과 누나와 달리 자기만 '단독' 또는 '정식' 결혼식을 한다고 좋아하고 자랑했을 때도 그 의미의 무게를 생각하지 못했다. 막냇동생이 결혼을 준비하고 있을 때 바로 위 누나는 어떻게든 이혼 좀 할 수 있도록 도와달라고 내게 수시로 전화했다. 생활비를 못 버는 남편과 벌써 별거 중이었고 재혼하려는 것도 아니고 위자료나 분할할 재산이 있는 것도 아닌데 왜 이혼 도장을 받아야 하는지 이해할 수 없어 주저하고 있을 때 "이혼을 해야 아이들 셋 데리고 살 임대 아파트라도 신청할 수 있어서"라고 사정했다. 이혼을 도와줄 변호사를 알선했다. 강남에 사는 사회복지 전공 제자가 와서 "이혼 가정의 자녀 문제가 얼마나 심각한데 어떻게든 이혼을 막아야지 선생님이 어떻게 이혼을 하도록 돕느냐"고 힐난했다. 잠깐 할 말을 찾지 못하고 물끄러미 그 제자의 힐난을 들었다. 한 사회의 불평등이나 계급양극화의 심각성은 지니계수 같은 수치로만 있는 것이 아니다. 누군가의 삶과 일상을 규정한다. 공동체의 위기와 와해가 누구의 언어로 어떻게 발화되는지 들여다봐야 한다.

낙태 금지법으로 시끄러울 때였다. 강북의 지하 셋방에 사는 지인 도우미 아주머니가 밖으로만 도는 자기 딸(년) 좀 만나 엄마 핸드폰이라도 받도록 말 좀 해 달라고 청했다. 중학을 중퇴하고 알바를 전전하면서 사는 10대 후반의 딸과 연락해 겨우 만났다. 밥을 사 주면서 지나가듯이 남친 있느냐 사귄 지는 얼마나 되느냐 등 나름으로 말을 틀 화제를 찾았다. 그 친구는 아무 표정 없이 "6개월 됐는데 그만두려는 참에 문제가 생겨"라고 빠르게 말했다. "싸웠어? 무슨 문제인데"라고 물었는데 우물쭈물하더니 생리를 기다리는 중이라고 했다. 남친과 그만두는 문제와 어떻게 연관되는지 순간 이해를 못 하고 어리둥절할 때 지나가는 말처럼 "임신했을까 봐 잠이 안 와요, 하필 그만두려고 할 때 이런 일이 생겨…"라면서 말을 흐렸다. 함께 나온 친구가 낙태법이 통과되었으니 기다려 보라고 옆구리를 찔렀다. 어떤 언어로 어떻게 말해야 할지 '아무 말'도 떠오르지 않아 겨우 한 말이 남친 직업이 뭐냐고 묻는 거였다. "대리운전이요, 저 하나 먹여 살릴 수는 있대요"가 답이었다.

〈미나리〉는 미국 사회의 문제를 조용하게 파고든 영화지만 한국 사회에도 많은 질문을 던지는 영화다. 혹자는 〈미나리〉를 퇴행적 가족주의에 호소하는 영화로 읽기도 하지만 영화에서 시련에 부닥친 가족이 곱게 차려입고 시골 교회에 나갔을 때 목사가 이들을 소개하면서 수식한 "참 아름다운 가족"이 사실상 얼마나 불가능한가를 보여 주는 영화이기도 하다. 〈미나리〉를 보면서 우리 사회의 '가난'과 '가족'을 둘러싼 언어를 돌려보고 또 돌려보면서 우리는 이 문제를 어떤 언어로 소통할 수 있을까 하는 숙제를 다시 소환한다.

2021. 4. 2

## "살림 따라오나 봐라"


어머니와 나눈 어느 날의 대화 장면을 소환한다. 소환했다기 보다는 그냥 떠올랐다. 평생 살림밖에 모르고 사신 어머니가 어느 날 푸념하듯, 오죽하면 어떤 여자가 죽으면서 살림 따라오나 봐라고(저승길에는 뒤돌아볼 수 없으므로) 했겠냐고 혼잣말을 하셨다. 강의 준비한다고 책장을 여기저기 뒤적이고 있던 나는 무심결에 "뭐가 따라오나 보라고요?"라고 되물었다. 살림이 얼마나 "징했으면" 여자가 죽으면서 저승까지 따라오나 보라고 했겠느냐고 속말하듯이 다시 하셨다. 여기까지는 살림은 팽개치다시피 하면서 책만 안고 사는 철없는 딸을 위해 살림을 도맡으셨던 어머니의 푸념쯤으로 치부하고 넘어갔을지 모르겠다. 목에 가시처럼 걸려 불편함으로 남은 것은 그때 머릿속을 스친 연상 프레임이다. 어머니 이야기를 사실은 건성으로 들으면서 어떤 여자가 죽으면서 뭐가 뒤따라오나 보라고 했다는 이야기에 순간 우리도 희랍(그리스)의 오르페우스 신화 같은 전설이 있었나 생각했고 눈을 반짝이며 되물었다. 그 한심한 연상을 얼른 접기는 했지만 '그런 말'을 한 여자가 옛날에 있었다는 사실에 놀랐고, 살림을 즐기신다고 생각한 어머니가 그 말을 내게 들으라는 듯 전하신 것, 그런 이야기를 들으며 오르페우스 신화를 떠올렸던 한심함까지 새롭게 복기했다.

지난해 떠나신 어머니에 대한 애틋한 추억거리로 복기한 건 아니다. 지식 생산에서 포지션의 책무를 고민할 때 또는 지식 재생산의 프레임에 의문이 들 때면 목에 가시 걸린 듯 떠오르는 이 그림을 다시 꺼내 든 것은 요즘 지면에 넘쳐 나는 사건의 해설과 해석의 프레임에 대한 성찰적 자의식과 무관치 않다. 그리고 무엇보다 아버지를 따라 평택항 부두 노동 아르바이트에 나섰다가 컨테이너 사고로 숨진 이선호 씨 사건과 연이어 발생하는, 이른바 '죽음의 외주화'로 불리는 하청 업체 산재 사고가, 죽으면서도 '따라오나 보라'고 했다는 해방될 수 없는 '목숨 건 노동'의 메타포로 자꾸만 읽혔기 때문이다. '이런 노동'에서 벗어나게 하고 싶어 집안 형편이 어려워도 대학에 보냈다는 선호 씨 아버지의 투박한 언설은 학비에 보태려고 아르바이트에 나섰다가 당한 죽음에 남의 일 같지 않다며 이어진 2030들의 추모보다 더 가슴을 무겁게 했다.

대학에 있을 때 한국 사회에서 사회학자로 굶어 죽을 일은 없을 것이라고 말했다. 자고 나면 생각지 않은 사건이 연발하는 사회에서 "다이내믹 코리아" 운운하며 이를 정리하거나 분석하거나 해석하는 일만으로도 일거리가 넘칠 거라고 사회과학자들은 들떠 있었다. 새로운 사회학 이론이 나온다면 한국에서 나오지 말란 법도 없다고도 했다. 누구를 위한, 무엇을 위한 이론인가는 미처 질문하지 못했다.

칼럼의 방향을 고민하며 사무실을 나오는데 전화 한 통을 받았다. 서울 사당동 철거 재개발 때 만난 가족을 따라 찍은 〈사당동 더하기 33〉 다큐의 주인공 중 한 명이다. 전화한 ○○은 사당동 철거 때 열 살이었는데 이제 마흔 중반에 들어선, 세 자녀의 엄마다. 어쩔 줄 모르는 화급한 목소리의 내용인즉 정부에서 생활보호 대상자에게 제공한 쓰레기 줍는 공공 근로를 하는데, 어떤 남자가 다가와 중고차지만 티코를 그냥 줄 수 있으니 필요하면 자기 집으로 따라오라고 해서 따라갔다는 것이다. 그동안 노래방 도우미로 일했는데 코로나로 일거리가 없어 쓰레기 줍는 일을 한 모양이었다. 집 현관에 들어서자마자 돌변한 남자가 강제로 옷을 벗기고 성폭행하려고 해 소리치며 알몸으로 튀어나왔다고 했다. 살려 달라는 소리에 이웃들은 감감했고 남자는 옷가지와 핸드백은 던져 줬다. 바로 신고해 경찰이 성폭력 신고 센터 클리닉에 데려다준 듯 병원에 간 이야기를 자세히 했다. 이런저런 궁금한 사항을 물으니, 사는 동네에서 멀지 않은 곳에서 오전 11시쯤 쓰레기를 줍고 있다가 일어난 일이었고 "거짓부렁" 아니라면서 담당 수사관 명함을 찍어 보내왔다. 내게 전화한 것은 말귀를 잘 못 알아듣는 자기를 수사관이 제대로 대해 주도록 통화 한번 해 달라는 것이다. ○○은 약한 청력 장애도 있지만 어려운 수사 용어에 대한 두려움도 컸다.

황망하게 전화를 끊고 음악 방송 채널을 켰는데, 공교롭게도 음악 해설가는 제우스가 낯선 사람에 대한 환대를 얼마나 중시했는지를 소개하면서 "낯선 사람을 환대하라. 혹 그가 변장한 천사일지도 모르므로"라는 멘트를 내보냈다. 그리고 덧붙였다. 요즘은 "낯선 사람을 경계하라. 혹 변장한 악마일지도 모르니까"라는 말도 있기는 하지만, 자기한테 둘 중 하나를 선택하라면 단연 전자를 택할 거라고 했다. 일상이 지뢰밭인 ○○이 속한 세상과, 희랍신화까지 빌려 와 근사하게 포장한 경구와 달콤한 인사말로 채워진 저녁 방송 멘트를 들으며 귀가하는 사람들이 속한 세계는 같은 세상인가를 질문하면서 혼란이 밀려왔다.

다음 날 담당 수사관이 조사를 마치고 피해자에 대한 보호조치도 했다는 얘기를 하면서, 다행히 피해자가 따님과 함께 왔다고 전했다. 작은딸이 동행해 준 모양이었다. 사당동 살 때의 ○○, 그리고 스물도 되기 전 엄마가 되었던 ○○과 경찰서에 엄마를 수행한 갓 스물을 넘긴 ○○의 딸 모습이 겹쳐지면서 '빈곤의 세대 재생산'이라는 관념적 용어가 당황스러운 현실로 무겁게 다가왔다.

우리 사회에 계층 이동의 사다리가 있는가는 맥없는 질문이 되었다. 소득 양극화나 빈부 격차로 간극이 더 벌어진 두 세계는 다른 언어와 다른 해석의 프레임 속에서 더 견고해지고 있다. 외주화된 '죽음 노동'은 개인 부주의로 언설화되고, 자원이 맨몸뿐인 빈곤층(특히 여성)이 사기의 미끼에 걸리면 '공짜 좋아하는 빈곤 문화론'을 지지하는 자료가 된다. 현상의 몰이해와 오해 위에 축적한 식자들의 지식 생산의 포지션과 지식 재생산의 프레임에 막막해하며 '삶의 태도로서의 지식'을 새롭게 고민한다. '삶의 태도로서의 지식'이란 용어는 서촌에 사는 자칭 '태도 예술가' 지인에게서 차용했다. 마을 살리기에도 나서고 환경 운동도 하고 때로 싸움꾼 노릇도 하는 그는 프랑스에서 예술가로 활동하다가 우리 문화에 대한 갈급증에 시달리다 짐 싸서 귀국했다. '태도 예술'이 뭐냐고 물었더니 삶의 태도로서의 예술이라고 말해 주었다. 이런 저런 활동을 하면서 알게 된 청년들의 방황과 실의에 '마음의 씨앗'이 필요한 듯해서 그들의 멘토를 자청하며 작은 행사도 시작했다. 얼마 전 멘티들과 함께 인왕산 소풍으로 씨앗을 뿌렸다고 알려 왔는데, 궁금했지만 '낄끼빠빠'를 몰라도 유분수라는 생각에 가도 되느냐고 묻지는 못했다. 필자 소개에 적힌 '사회학자 · 명예

교수'라는 타이틀이 목의 가시처럼 걸려 잘 나가지 않은 부담스러운 글쓰기다.

2021. 5. 28

# 어떤 말하기와 읽어 주기의 힘

후줄근하고 핫한 이슈들이 지천으로 깔린 시점에 한가한 소재를 꺼내 든다. 글을 읽는 여정에서 줍게 된 낙수다. 질식할 것 같은 '뻔뻔한 말'들을 밀어내며 읽게 된 책이 있다. 이집트의 여성 작가 나왈 알-사으다위의 소설《제로 점에 선 여인》(이하《제로 점》약칭)이다.《세계문학의 가장자리에서》(현암사, 2014)라는 책 안에 들어 있는 오카 마리岡真理 일본 교토대학 아랍 문학 교수가 쓴 '제3세계 페미니즘과 서발턴'이라는 논문을 읽다가 이 소설과 만났다.

눈길을 끈 것은 이 소설에 대한 소개나 줄거리가 아니라 일본 독자들의 독해에 대한 저자의 비판적 사유였다. 소설을 제대로 읽어 보고 싶어 열심히 찾았지만 우리말 번역본이 없어《우먼 앳 포인트 제로》(Woman at Point Zero)라는 영역본을 구해 읽었다. 오카 마리의 논문에 나왈 엘 사다위의《영점의 여인》으로 표기되어 있어 이 '영점'이 이집트어로 어떤 뉘앙스인지 궁금해하던 차 마침 방학을 맞아 서울에 온 아랍 사회 전공 사회학자 하현정 교수에게 자문했다. 한국에서 자리 얻는 것을 포기하고 중국 듀크 쿤산대에 자리 잡은 하 교수는 학부에서 아랍어 문학을 전공한 연줄을 십분 활용해 이를 답해 줄 아랍어 문학자들을 애써 찾아주었다. 아랍 문학은 우리에게 《천일야화》가 아직도 가장 낯익고, 영어나 일어 중역이 아닌 아랍어에서 바로 번역된 작품이 여전히 일천하다는 현실, 그리고 소수 교수로 아랍어문학의 명맥을 유지하는 대학의 현주소와도 맞닥뜨렸다. 《제로 점》에 대한 논문을 한편 쓴 필자를 찾았는데, 김능우 교수는 서울대 인문대학 아시아언어 문명학부 강사로 본인을 소개했다. 국립 서울대에 정규 교수직 자리는 없이 아랍어 문학 강의자 한 명으로 강좌가 운영되는 모양이었다. 김 교수 논문의 용례를 따라 작가는 '나왈 알-사으다위'로, 작품명은 《제로 점에 선 여인》으로 쓰게 되었다.

 《제로 점》은 영국의 출판사가 2006년 발행한 《죽기 전에 꼭 읽어야 할 책 1001》(이하 《책 1001》)에 포함되어 있을 만큼 세계문학계에 알려진 책이며 《책 1001》은 우리말로도 번역 소개되었다 (마로니에북스, 2007). 거기에 소개된 한쪽짜리 줄거리가 우리말로 읽을 수 있는 《제로 점》의 전부다. 참조로 덧붙이자면 《책 1001》에 포함된 우리나라 작품은 박경리의 《토지》와 조정래의 《태백산맥》 두 편이다. 《제로 점》의 서사 구조는 간단하다. 아랍어로 '천국'을 의미하는 피르다우스라는 이름을 가진, 그러나 그 이름과는 정반대의 삶을 살게 된 사형수 여성의 인생 역정이다. 화자는 2명인데 1장과 3장의 화자는 여자 수감자를 상담하고 분석하는 정신과 의사이고 2장의 화자는 순박한 농민의 딸에서 거리의 여인이 되고 권력자 남성들을 쥐락펴락할 만큼 성공한 뒤 그 권력의 정점에 있는 뻔뻔한 포주를 살해한 혐의로 사형 집행을 기다리고 있는 사형수다. 그녀는 사형을 면해 주겠다는 밀려드는 호의도 뿌리치고 대통령의 특사 청원도 거부한다. 교도소의 정신분석 전문의 접견 요청도 거들떠보지 않는다. 흐트러짐 없이 고개를 빳빳이 세운 여자 사형수가 있다는 교도관의 말을 들은 정신분석 여의사가 이 사형수를 면담하고 싶어 안달했지만 허사였다. "그녀(피르다우스)가 당신을 만나 줄 리가 없다"는 여성 교도관의 말을 들었을 때 여의사는 "정신분석이 뭔지도 모르는 무식한 자가 뭘 안다고"라고 생각하면서 자기가 얼마나 유명한지 몰라서일 거라고 스스로를 달랜다. 여러 차례의 시도가 모두 무위로 끝나 포기하고 교도소 문을 나가려는 순간 무표정과 침묵으로 일관하던 피르다우스가 면담을 청한다는 교도관의 전언에 여의사는 흥분을 감추지 못한 채 단숨에 달려 들어간다. 독방을 찾아온 여의사를 피르다우스는 자기가 앉아 있는 차디찬 맨바닥에 앉게 한 뒤 "말은 내가 하겠다. 당신의 말을 들을 시간이 내게는 없다"고 못 박고 자신의 이야기를 시작한다. 여의사가 눈을 감은 채 이야기를 듣다 말소리가 그쳐 눈을 떴을 때 피르다우스는 "갈 시간 됐어"라고 재촉하는 경찰관에게 둘러싸여 나가고 있었다. 정신분석의가 한 일은 몇 시간 후 형장으로 사라질 피르다우스의 뒷모습을 멍하니 바라본 것이 전부다.

오카 마리가 주목한 것은 세미나 등에서 이 소설을 읽혔을 때, 독자 대부분이 아랍 · 이슬람 사회의 가혹한 여성 차별의 실태를 페미니스트 작가가 고발한 작품으로만 읽거나 아랍 사회의 가부장성을 유별난 듯 타자화시켜 읽는 일본 독자들의 경향이었다. 페미니스트 지식인에 의해 여성/서발턴의 삶의 경험이 착취 · 억압되거나 타자화되는 데 대한 정신과 의사 출신인 작가의 자기비판이라는 관점에 무게를 두는 오카 마리는 여의사에게 내 말을 가로막지 말고 듣기만 하라는 거리의 여인을 내세운 작가의 의도를 놓치는 점을 집요하게 잡고 비판한다. 요즘의 우리 상황 때문인지 권력과 돈밖에 모르는 그 정점에 있는 포주를 주저 없이 살해하고 "모기는 못 죽이지만 뻔뻔한 남자는 단숨에 죽일 수 있다"면서 고개를 빳빳하게 쳐들고 "말은 내가 하겠다. 당신은 내 말에 토 달지 말고 듣기만 하라"는 거리의 여인이 던지는 도도한 메시지를 어떻게 읽어 줄 것인가가 숙제처럼 따라왔다. 굳이 여기에 덧붙인다면 입 다물고 듣기만 해야 할 식자를 '페미니스트 지식인'에 국한할 이유는 없다. 권력을 향해 뛰면서 물불 가리지 않는 헛말들을 쏟아 내는 지식인 전체를 향한다고 봐야 할 것 같다. 부끄러움을 모르는 사회를 만드는 데 일조하는 우리 사회 식자들의 직무유기와 사회적 효용가치에 대한 사유의 지점을 들춰 보게 하는 대목들이 가득하다.

　　대학도 교수도 학자도 논문도 모두 구정물을 뒤집어쓴 것 같은 요즘 드물게 학자라는 타이틀에 거부감을 안 준 한 천문학자의 칼럼을 빌려와 '말하기'와 '읽어 주기'에 대한 프레임과 용도를 곱씹으며 심란한 마음을 달랜다. "그 학생 '위성의 구덩이를 세는 중이야'"(〈한겨레〉, 2021년 7월 9일)라는 제목의 칼럼인데 필자가 몇 년 전 해외 학회에서 만난 한 대학원생이 자신을 위성의 구덩이를 세는 중이라고 소개한 기억을 소환하고 "지구 표면에 대해서도 아직 완벽히 알지는 못하지만, 지구로부터 수억 킬로미터 떨어진 가니메데의 충돌 구덩이를 세는 천문학자 하나가 존재한다는 것에 안정감을 얻었다"고 쓴 구절에 밑줄을 긋는다. 지구가 곧 망하지는 않겠다는 생각도 하고 우리 사회도 희망이 있는 구석이 있을 것 같다는 생각도 한다. 결과 격이 다른 시간을 사는 사람들에 대해 생각한다. 이들을 어떤 알레고리로 읽을지 궁금하다.

2021. 7. 23

## 페미니스트 지식인의 '어떤 읽기'와 문해력

애초 이 칼럼에 노트를 붙일 생각은 없었다. 한겨레출판사의 편집 담당자가 칼럼집을 낼 때 빼고 싶은 두 편 중 한 편으로 찍지 않았다면 '노트 없는 칼럼'으로 남았을 것이다. 칼럼 마지막에 "어떤 알레고리로 읽을지 궁금하다"고 끝맺기는 했지만 칼럼집을 낼 때 제외시켜야 할 만한 '문제적' 칼럼으로 읽힐지는 예상하지 못했다. 처음에는 편집 담당자가 25편 칼럼 중 '장산곶매' 한 편만 빼자고 하기가 속이 보여서 그냥 따라 붙었나 생각했었다. 담당자에게 이 칼럼을 제외시켜야 한다는 생각을 왜 했느냐고 물었을 때 "제목에 어떤 전제가 있는 것 같아서"라는 답을 들은 뒤 생각이 많아졌다. 무슨 전제가 깔려 있다고 생각한 건지는 따져 묻지 못했다. 이 칼럼이 왜 문제가 되는 글인지 이해할 수 없어 우리 사회의 일반적 문해력을 질문하며 노트를 붙인다.

이 칼럼을 쓰면서 이집트의 작가 '나왈 알-사으다위'를 어떻게 표기할지, 제목은 제대로 번역된 건지, 그리고 왜 우리말로 번역되지 않았는지 질문하게 되었다. 그리고 이런 질문은 어떤 텍스트를 누가 읽고 어떻게 읽어 주느냐의 중요성을 깨닫는 과정이기도 했다. 《제로 점》에 나오는 '어떤 말하기'와 지식인의 읽어 주기에 대한 오카 마리의 비판적 성찰은 우리 독자들에게도 던져보고 싶은 메시지였다. 이런 문제의식을 담은 칼럼이 (잘못 담았는지는 모르겠지만) 왜 칼럼집을 낼 때 제외되어야 하는 '문제적' 칼럼으로 찍혔을까를 다시 묻게 된다.

오카 마리의 논문 〈제3세계 페미니즘과 서발턴〉은 작가나 영화감독 등 지식인이 그들의 언어로 '표상 불가능한' 서발턴의 아픔과 기억을 어떻게 표상할까 고민하는 지점을 읽어 내는 논문이다. 이 논문은 위안부 할머니들을 다큐 주인공으로 등장시킨 〈낮은 목소리〉의 변영주 감독의 말을 첫머리에 놓고 시작한다. "(나눔의 집의) '할머니'들의 아픔을 우리는 이해하지 못할지도 모른다. 그렇지만 이해하려고 노력할 수는 있다. 이해할 수 있는지 없는지가 문제인 것이 아니라, **이해하려고 노력하는 것**이 중요한 것이다"라는 문장이다. 오카 마리는 이어서 이집트 작가의 《제로 점》 소설을 예로 가져와 '읽기' 또는 '읽어 주기'의 힘에 방점을 찍어 보여준다. 피르다우스라는 가난한 매춘 여성과 그의 인생 이야기를 듣는 여성 정신과 의사를 등장시켜 이 여의사와 피르다우스의 관계성을 작품 속에 드러낸다는 점에 주목하면서 일본 사회에서 이 소설에 대한 독자들의 '읽기'의 문제점을 포착한다. 작가가 명확히 작품에 써넣은 가난한 매춘 여성과 그의 인생 이야기를 듣는 여성 정신과 의사의 비대칭적 관계성을 대부분의 일본 독자들이 간과한다는 것이다. 일본 독자들은 "농촌에서 태어나고 자란 순박한 소녀가 왜 창녀의 길에 들어서는지 그리고 매춘이라는 생업을 그만두고 성실한 회사원으로 근무하다가 스스로의 의지로 매춘부로 왜 다시 돌아갔는지, 왜 사형수가 되었는지, 왜 스스로의 의지로 죽음을 택하는지를 그리고 있다"는 소설의 표층적 서사만 따라 읽는다는 것이다. 대부분의 일본 독자가 주인공의 삶을 통해 이집트 사회를 관통하는 가부장적 사회의 착취와 차별의 구조를 "달리 비할 바 없는 강도로" 보여 주고 있다고 읽는 데만 그친다는 점을 '문제적' 읽기로 찍어 낸다. 영어권에서 이 소설에 대한 해설 역시 일본 독자들의 읽기와 비슷하다. "중동 지역에서 여성들이 어떤 삶을 사는지 '통렬하게(scorching)' 보여 주고 있다거나 여성 억압의 이야기를 보여 주는 아랍 소설이지만 전 세계 보편적 이야기이기도 하다"는 평과 함께 아랍 여성에 대한 "리얼하면서 동정적 초상"이라는 찬사가 대부분이다. 오카 마리가 주목한 페미니스트 지식인에 대한 성찰과 비판은 대체로 간과한다. 오카 마리는 이 서사구조를 페미니스트 지식인이 '페미니즘'의 이름 아래 타자인 여성을 자의적이고도 일방적으로 표상하고, 오히려 이 (서발턴) 여자들의 목소리를 봉쇄하고 있다는 데 주목하면서 이 작품을 페미니스트 작가 사으다위의 "수행적인 비판으로 읽을 수 있다"고 해독한다. "우리는 우리가 마음대로 설정한 우리의 관심에 도움이 되는 한정된 범위 내에서 피르다우스의 이야기에 흥미를 가진다"면서 서발턴 '여성'을 타자화하는 독해를 극도로 경계한다. 서사

구조의 핵심을 놓치는 독자와 비평가의 문해력의 한계도 짚는다. 만약 오카 마리의 이러한 읽기가 아니었다면 필자는 이집트 작가의 작품들이 얼마나 우리에게 알려지지 않았는지 그리고 세계화를 꿈꾸는 우리 대학 사회가 아랍권의 사회와 문학에 얼마나 무지한지 수준에서 문제를 제기하는 글쓰기에 멈췄을 것이다.

"이 소설의 강도는 단순히 사회적으로 엘리트 여성이 아닌 여성의 억압과 차별을 강력하게 그렸다는 것에만 그치는 것이 아니라, 사상적 사정射程의 넓이에 있다"는 것을 이해하는 것은 오카 마리 논문의 핵심이기도 하지만 소설《제로 점》의 핵심이기도 하다. 담론 생산자들의 책임이 얼마나 무겁고 또한 값진가에 대해 다시 생각해 본다. 이 칼럼을 제외하자는 한겨레출판사 담당자의 메일을 받고 우리 사회의 독해력과 문해력의 자장과 파장에 대한 문제의식을 새롭게 생각해 보게 되었다.

# 우리는 어떤 길을 낼 수 있을까?

마지막 칼럼을 물음으로 시작하게 되었다. 스스로에게 던지는 질문이다. 코로나 팬데믹과 환경위기와 앞이 막막한 글로벌 정세와 요동치는 국내 정치판 속에서 길을 잃는 느낌에 자주 빠진다. 거기서 벗어나 여행하는 기분으로 가족이 함께 성묘길에 나섰다. 여정을 스케치하듯 가볍게 쓰려고 책상 앞에 앉았는데 무거운 글이 될 것 같다. 개별 가족사를 칼럼 소재로 가져오는 부담 때문에 '사회학자스러운' 무색의 소재로 돌아갔다가 밀어내고 돌아오기를 수차례 했다. 가족사는 개인과 사회구조의 교차점을 구체적으로 보여 주는 유효한 사회사적 자료이고 후대의 길을 묻는 구체적 사유의 지점이라는 점에서 약간의 부담을 감내하고 쓰기로 했다.

어머니 1주기에 세운 상석에는 "마음으로 여기 오신 아버지와 그리움으로 사신 어머니를 함께 기립니다"라고 썼다. 산일을 맡은 조카에게 할아버지가 가신 해를 1950으로 쓰고 괄호를 닫는 대신 별표(*)로 마감하라고 말했다. 우리 가족이 아버지를 못 보게 된 것은 1950년이 맞지만 그렇다고 아버지가 1950년에 돌아가셨는지 알 수 없어서다. 그 옆에는 1950년 겨울에 고향에서 가신 할아버지와 큰아버지 산소가 있다.

선영에서 나와 백수 해안도로로 들어서기 전 길목에 매의 바위라는 절벽이 있는데 그 앞에 차를 세웠다. 거기에는 〈응암선유鷹岩船遊〉라는 한시와 '응암의 뱃놀이'라는 우리말로 풀어 쓴 시비가 있다. 몇 해 전 50년 만에 고향을 찾게 되었을 때 지인이 증조부 시비라고 안내해 주었다. 시를 쓴 이의 출생연도는 1862년으로 쓰여 있는데 사망연도는 ~로 표시된 채 비어 있다. 군에서 시비를 세우게 되었을 때 글쓴이의 사망연도를 확인해 줄 후손을 못 찾아서 그렇게 되었다고 했다. 이 시비 앞에서 큰아들이 "할머니의 증조할아버지라는 분이 쓰신 시, 말하자면 아빠의 외조부의 조부 되시는 분이 쓴 시"라면서 자기 아들에게 신기해하기를 주문했지만 아이는 눈만 껌벅거렸다. 할머니의 증조할아버지가 이 고을에 근대 교육을 시작한 한말 개신改新 유학자라고 덧붙일까 아니면 사망연도가 비어 있는 연유를 설명할까 망설이다가 말없이 시비 옆에서 가족사진을 찍는 것으로 끝냈다.*

---

• 　한말 호남 한 고을의 유학자였던 증조부 조찬승(曺燦承)은 소작쟁의를 한탄하면서 지주들의 자성을 촉구하고 부녀해방을 깨우치자는 "탄소작쟁의(歎小作爭議) / 권지주자성(勸地主自性) / 계부녀해방(戒婦女解放)"이라는 오언절구를 그의 문집에 남길 만

그동안 별로 주목하지 않았던 증조부의 출생연도를 꼽아 보았고 이번 성묘길에 동행한 손자들의 출생연도와 맞춰 보니 대략 140~150년의 차이가 났다. 산업혁명과 프랑스혁명을 배경으로 출현한 사회학이라는 근대 학문의 세례를 받은 나는 근대에 기대를 걸며 새로운 세상에 눈떴던 윗세대와 근대 문명의 모든 문제를 안고 근대 끝자락에 서 있는 아랫세대를 거칠게 넘나들며 무거운 질문과 조우했다. 해방되기 2년 전 세상을 뜬 증조부는 당신의 자녀들과 손자들이 좌우 대립이 치열했던 해방공간과 육이오를 거치면서 집안이 풍비박산되는 그 폭력적 시대를 '다행스럽게도' 마주치지는 않았다.

'폭력적' 근대에 대한 유감과 포스트 근대에 대한 보다 구체적인 질문에 다가선 것은 어쩌면 이번 성묘길에 어린 두 손자와 함께해서였을 것이다. 코로나가 덮치기 직전 출생한 두 살 반이 안 된 손자는 유난히 하늘의 별 보기와 달 보기를 좋아한다. 이 아이는 어린이집을 마스크 쓰는 일로 시작했는데 아직도 말이 더디다. 또래들과 어울리다 보면 말이 늘 것으로 기대했는데 6개월이 지나도 크게 나아지지 않았다. 어린이집 선생님도 친구들도 모두 마

큼 계몽적이고 혁신적인 유학자였다. 희망적 근대를 꿈꾸었는지도 모르겠다. 이 글을 쓰면서 서구 근대 이론의 초석을 놓은 막스 베버가 1864년 생이라는 사실과 한국 근대 신소설의 창시자 이인직이 1862년생이라는 정보도 끄집어 보면서 그 시대를 상상해 본다.

스크를 쓰고 있어 입 모양을 볼 수 없어서다. 달을 좋아하는 이 아이는 하늘에서 반달을 보았을 때는 손을 높이 치켜들고 반으로 싹 가르는 시늉을 했다. 초승달 때는 두 손을 합쳐 귀에 대고 얼굴을 기웃하며 눈을 살긋이 감고 자는 표정을 지었다. 말보다는 몸으로 그림을 그리는 이 세대가 어떤 이름을 얻게 될지 '사회학자 할머니'의 빈곤한 상상력은 진도를 내기 힘들다. 이 아이는 점점 별이나 달보다는 플라스틱 장난감 로봇의 이름에 익숙해지고 있다. 중학교 3학년 큰손자는 게스트 하우스에 머무는 동안 도쿄올림픽을 보는 어른들의 시간을 피해 밤 12시에 거실로 내려와 새벽 3시까지 수학 문제를 푸느라 출발하는 날 늦잠에 빠졌다. "중3이 공부할 게 그렇게 많으냐"고 신기해하면서 물으니 웃기만 했다. 빅데이터에 관심이 많아 대학에서 수학을 전공할 생각이라고 말해서 왜 빅데이터에 관심이 있는지 그리고 빅데이터와 수학이 무슨 관계인지 물었을 때 나온 단어들은 인공지능(AI), 알고리즘, 새로운 언어로 글쓰기 등등 내가 따라가기에 벅찬 개념의 연속이었다. 증조 외할머니 반찬을 세상에서 제일 맛있어 한 이 손자는 상석 앞에서 가장 쉽게 울음을 터뜨렸다. 큰손자의 등을 토닥거리던 나는 위로의 말을 찾는 데 애를 먹었다. 영화 〈미나리〉에서 순자(윤여정) 역의 할머니도 아니고 방학 때마다 외가에 가면 "위따 내 강아지들 오는가" 하면서 버선발로 토방을 내려오던 나의 외할머니와도 거리가 먼 '사회학자 할머니'는 스스로 어색해하며 등을 두드리던 손을 내렸다.

서울로 돌아오는 길에 한 국제 보고서가 "지구 평균 온도가 산업화 이전보다 1.5도 높아지는 시기를 2021~2040년 사이로 제시했다"는 기사를 보다가 나도 모르게 손자들의 나이를 꼽아 보고 있었다.

성묘길에서도 내려놓지 못했던 우리 시대에 대한 무거운 질문은 서울에 돌아왔을 때 더 구체적이고 직접적으로 다가왔다. 서울에 돌아온 날 후배가 간토(관동) 대지진 조선인 대학살 진상 규명 촉구 1인 시위에 나설 수 있는 날을 물어왔다. 대선배 언론인 임재경 선생께서 노구를 끌고 나오시면서 청을 보내셨다. 일정이 안 맞아 나서지는 못하면서 마음은 더 무거워졌다. 지금 우리는 그때로부터 한 발짝이라도 나가고 있는 것일까라는 회의가 몰려왔다.

며칠 뒤에는 남편한테 주아프가니스탄 대사관으로부터 예기치 못한 전화가 와서 함께 당황했다. 남편은 10년 전쯤 코이카 프로젝트로 아프가니스탄에 의료보험을 도입할 수 있도록 시범사업을 도우러 간 적이 있는데 통역 겸 어시스턴트로 함께 일한 파트너의 이름과 일한 기간을 확인해 달라는 전화였다. 곧이어 미국의 아프간 철수가 숨 가쁘게 진행되었고 우리는 '아프간 특별기여자'를 선심 쓰듯 맞아들였다.* 그러면 된 것일까? 새로운 밀레니얼은 100년 전 우리 선대가 맞서야 했던 제국주의 격동기와 다를 수 있을까? 어떤 평화를 후대에 물려줄 수 있을지 자문하며 칼럼을 마친다. 지난 4년간 나의 시간은 8주 만에 닥치는 칼럼의 시간으로 자주 환산되었다. 일상의 텍스트 읽기로 시작한 글쓰기는 수시로 나와 칼럼과 시대를 묶었다. 지면에 감사드린다.

2021. 9. 17

* 2021년 8월 아프가니스탄에서 우리 정부 재건사업에 협조했던 현지인들 391명이 '아프가니스탄 특별기여자' 신분으로 국내에 입국했다.

글을 묶어 내면서 "쉽지 않은 글쓰기였다. 글이 잘 나가지 않아 멈칫대며 여러 차례 여기서 멈출까 생각했다"는 말로 시작하겠구나 생각했는데 막상 자판 앞에 앉으니 편안함이라는 단어가 먼저 떠올랐다. 다른 사람들과 이야기를 나누게 된 편안함은 홀가분함으로 이어졌다. 아무도 알고 싶어 하지 않는 이야기를 꺼내 모든 사람 앞에 널어놓은 불편함에서 벗어나 누군가와 이야기를 공유하는 상상만으로 위로도 되고 위무도 되었다.

왜 글을 쓰는가 그리고 누구를 위해 글을 묶는가 자주 자문했다. 젊은 친구들이 읽어 주었으면 좋겠다. 내가 상상할 수 있는 가장 젊은 독자들을 위해서 썼다고 말하고 싶다. 가까운 옛날이야기가 가까운 미래와 연결될 수밖에 없다는 것을 읽어 주었으면 한다. 우리 앞에 빛나지 않고 빠르지도 않고 편하지도 않은 길을 걷고 있는 사람들이 있었고, 지금도 여전히 있다는 이야기를 하고 싶었는지도 모르겠다. 그렇게 일상을 채우는 사람들이 많았으면

하는 생각을 여기 담는다.

시대와 시국과 시류를 구분해 읽는 일은 아주 어릴 때부터 해독이 어려운 난삽한 부호로 집안에 떠돌았다. 사회학자가 된 뒤에는 이 일이 더 난삽한 부호이면서 과제가 되었다. 에필로그를 쓰다가 선잠에서 깨어났을 때 이상하게 선연한 꿈이 생각났다. 어떤 시곗줄이 내 오른팔에 '심어진' 꿈이었다. 가판에서 팔목을 두 번 돌리는 초록색 시곗줄이 마음에 들어 산 평범한 시계의 초록색 긴 줄이 마치 시간의 칩처럼 내 팔뚝에 힘줄로 심어진 듯했다. 여전한 현재인 과거와 만나면서 쓰는 글이 쉽지 않아서였을지도 모르겠다. 이 책을 묶으면서 과거와 겹쳐진 현재의 시간을 읽는 일이 새로운 고민으로 떠올랐다. 옛날이야기는 생각보다 가까운 옛날이야기임을 상기시키고 싶었고 철 지난 이야기가 철이 지나지 않은 이야기인 듯 자꾸만 발목을 잡았다.

크림반도의 러시아-우크라이나 전쟁 보도는 수시로 한반도의 분단 상황을 소환하며 내 고향 이야기가 '가까운 과거' 이야기일 뿐 아니라 현재의 이야기임을 상기시켰다. 신냉전의 시대에 들어섰다는 두려움을 에필로그에 집어넣고 끝내려고 했는데 몇 시간 후 '이태원 참사' 뉴스가 온 국민의 잠자리를 흔들었다. 그리고는 남한과 북한이 분단 이후 처음으로 북방한계선(NLL)을 넘어 서로

미사일을 쏘았다는 뉴스가 우리의 일상을 흔들어댔다. 역사적 과오의 기시감을 오늘의 현재에서 읽는 일은 우리 모두의 불행이다. 광기의 시대와 맞닥뜨리지 않기를 소원한다.

다음 세대가 맞서야 할 이야기들에 작은 실마리가 되길 바라면서 인왕산 자락 끝 연구실에서 쓰고 엮다.

2022년 11월 초
조은